NACHTS AM FLUSS

TRISH DOLLER

NACHTS AM FLUSS

Aus dem Englischen von Ann Lecker

CARLSEN

Das Shakespeare-Zitat stammt aus dem 1. Aufzug, 3. Szene von *Der Sturm*
Übersetzung nach Christoph Martin Wieland

MIX
Papier aus verantwortungsvollen Quellen
FSC® C083411

Deutsche Erstausgabe
Veröffentlicht im Carlsen Verlag
Juni 2017

Published by arrangement with Patricia M. Doller
Originalverlag: Bloomsbury Children's Books, New York
Originaltitel: »The Devil You Know«

Dieses Werk wurde vermittelt durch die Literarische Agentur Thomas Schlück GmbH, 30827 Garbsen.
Aus dem Englischen von Ann Lecker
Lektorat: Brigitte Kälble
Umschlaggestaltung: formlabor
Umschlagfotos: shutterstock © Jurga Jot/Ensuper
Herstellung: Karen Kollmetz
Satz: Pinkuin Satz und Datentechnik, Berlin
Druck und Bindung: CPI books GmbH, Leck
ISBN 978-3-551-31500-7
Printed in Germany

Für alle Mädchen, die wissen, was sie wollen.
Und für alle Mädchen, die es nicht wissen.

Die Hölle ist leer, alle Teufel sind hier!

William Shakespeare, DER STURM

KAPITEL 1

Feierabend rückt mit jedem Ticken der alten Wanduhr über der Tür in immer greifbarere Nähe – näher, näher, noch näher –, als Justin in den Laden kommt und ich einen kleinen, leisen Tod sterbe. Nicht weil er das Mädchen aus Alachua, das mich in der Fußballmannschaft ersetzt hat, im Arm hält, sondern weil sie auf dem Weg nach O'Leno sind und hier im Lebensmittelladen meines Dads einen Zwölferpack Bier dafür besorgen. Sommerfreitage sind immer unser Ding gewesen und ich hätte nie gedacht, dass es einmal nicht mehr so sein könnte. Dass ich so voll und ganz ersetzt werden könnte.

Er fehlt mir nicht. Kein bisschen. Was mir fehlt, ist jemanden zu haben, mit dem ich auf dem großen, mit Moos bedeckten Baumstamm neben dem Fluss liegen und über alles Mögliche reden kann. Oder auch nicht reden. Ich vermisse das Gefühl seiner warmen Hände auf meiner nackten Haut im laubgesprenkelten Sonnenschein. Ich vermisse seinen Mund auf meinem, bis unsere Lippen geschwollen und wund sind. Seine dunkelblauen Augen begegnen meinen über den Kopf seiner neuen Freundin hinweg und ich weiß, dass ich mir etwas vormache. Mir fehlt das alles so sehr, dass es wehtut.

Bis zu diesem Moment hatte ich vorgehabt meinen morgigen freien Samstag – ein seltenes und wertvolles Gut – damit einzuläuten, heute Abend mit meinem kleinen Bruder *Findet*

Nemo anzuschauen, bis er ins Bett muss, und dann die ganze Nacht lang Reisen an Orte zu planen, an denen ich noch nie gewesen bin. Durch alte Reiseführer vom Flohmarkt zu blättern – zum Teil von Ländern, die es so gar nicht mehr gibt – und meine Traumziele auf die Karten zu pinnen, die an den lilafarbenen Wänden meines Zimmers hängen. Vielleicht Machu Picchu. Oder Island, um das Nordlicht zu sehen. Oder ein Tauchurlaub auf Fiji, obwohl ich nicht mal tauchen kann. Noch nicht. Bis zu diesem Augenblick hatte ich mich darauf gefreut, mir in meinen Schlafanzug gekuschelt ein Leben jenseits von High Springs, Florida, auszumalen. Jetzt finde ich die Aussicht, allein zu Hause zu sitzen, einfach nur ... deprimierend.

Bevor ich weiter darüber nachdenken kann, platzt Justins dämlicher Zwillingsbruder Jason durch die Tür und bringt die Ladenglocke zum Scheppern, als würde sie in einem Mixer feststecken. Er ist wie eine überdimensionierte LEGO-Figur gebaut und sieht so anders aus als Justin, dass man sich nur schwer vorstellen kann, dass sie verwandt, geschweige denn demselben Mutterleib entsprungen sind.

»Hallo, Sparkles.« Jason hievt sich nicht auf die Ladentheke, sondern er katapultiert sich regelrecht neben mir nach oben. Er trägt ein T-Shirt mit abgerissenen Ärmeln und ich kann die Pickel auf seiner Schulter und Deo-Krümel in seinem Achselhaar sehen. »Wir machen heute Abend am Fluss mit ein paar Leuten Party. Hast du Lust, mit mir nackt baden zu gehen?«

Seit ich vor elf Jahren im Krippenspiel unserer Grundschule eine Schneeflocke namens Sparkles war, nennt mich Jason so. Arcadia Wells klingt zwar nicht unbedingt besser, aber ich finde meinen Namen gut, weil er laut dem zerfledderten und vergilbten alten Babynamenbuch meiner Mutter »abenteuerlustig« bedeutet. Mir gefällt die Vorstellung, dass sie sich so etwas für mich erträumt hat. Dass ich diesem Ort eines Tages wirklich entkommen werde. Obwohl mich alle anderen Cadie nennen, hält Jason den Spitznamen Sparkles noch für genauso witzig wie damals, als wir sieben waren. Natürlich bin ich der Auffassung, dass Jason Kendrick irgendwann seine eigene Schwester heiraten wird, deshalb versuche ich mich nicht darüber zu ärgern.

»Nicht mal, wenn du der letzte Mann auf Erden wärst«, gebe ich zurück, während ich Justin beobachte, der im kühlen Gang mit dem Bier steht und über die Arme des Mädchens aus Alachua reibt, um sie warm zu halten. Früher hat er das für mich getan. Jason wiehert los, als wären meine Worte ein Witz, und ich spüre, wie meine Nase anfängt zu laufen.

Ich werde nicht weinen.

Ich weigere mich zu weinen.

Stattdessen schubse ich Jason von der Ladentheke.

»Komm schon, Sparkles, sei nicht so.« Er zieht einen Schmollmund. »Das wird lustig und vielleicht lass ich dich sogar …« Er macht mit der Faust eine Bewegung vor dem Mund und drückt die Zunge von innen gegen die Wange.

Mein Gesicht wird feuerrot und mir wird schlecht. Was Justin und ich gemacht haben, wenn wir allein waren, ist privat. Das habe ich mit keinem anderen gemacht. Hat er Jason wirklich davon erzählt?

Wut jagt wie eine Flipperkugel durch mein Innerstes, bis ich in Flammen stehe. Justin bringt einen Zwölferpack zur Kasse, als wäre es immer noch unser Freitag. Als wäre das alles völlig in Ordnung. In Gedanken teile ich ihm mit, dass er sich sein Bier von jetzt an woanders besorgen soll. In Gedanken sage ich, dass er sich zum Teufel scheren soll. Aber in Wirklichkeit tippe ich wortlos den Preis für das Bier in die Kasse und er gibt mir den genauen Betrag.

Auf dem Nachhauseweg beschließe ich heute Abend in den Statepark zu gehen, auch wenn ich dann zusehen muss, wie Justin mit seiner neuen Freundin rumknutscht. So neu ist sie eigentlich gar nicht. Er kam schon letztes Jahr mit ihr zusammen, etwa drei Wochen nachdem er mit mir Schluss gemacht hatte. Kurz bevor Coach Wainwright ihr meinen Stammplatz in der Mannschaft gab. Ich kann das dem Mädchen aus Alachua nicht übel nehmen – es ist nicht ihre Schuld, dass ich Fußball aufgeben musste. Nach Moms Tod war Dad ein totales Wrack und jemand musste sich um Danny kümmern und den Haushalt schmeißen. Ich habe so meine Zweifel, ob ich das alles richtig gut hinkriege, vor allem wenn man den Zustand des Hauses betrachtet, das jetzt vor mir auftaucht. Der Anstrich blättert von den Fensterläden und in unserem Garten sieht man vor lauter Unkraut das Gras nicht mehr. Es ist mir peinlich, wie heruntergekommen unser Grundstück mittlerweile aussieht.

Dad sitzt mit dem Hauptbuch des Ladens und einem Bier am Küchentisch. Ich habe ihn zu überzeugen versucht seine Buchhaltung auf dem Computer zu erledigen, aber er meint, es hätte was Entspannendes, sie auf Papier zu machen. Ich drücke ihm einen Kuss aufs Haar und bemerke dabei ein paar neue graue Strähnen inmitten des Brauns, als mein kleiner Bruder aus dem Wohnzimmer hereingerannt kommt und die Arme um meine Beine schlingt. Er wird bald vier und hält sich manchmal schon für zu groß zum Knuddeln, heute aber offenbar nicht.

»Hallo, Mister Boone.« Ich wuschele ihm durch sein hellblondes Haar. Mom nannte uns immer ihre Flachsköpfe, allerdings habe ich mir vor ein paar Tagen die Haare in einem Anfall spätnächtlicher Langeweile goldrot gefärbt und sie auf Kinnlänge geschnitten – und ich bin mir immer noch nicht sicher, ob das dämlich oder genial war. Es ist ein ziemlich schmaler Grat.

Jedenfalls, seit ich Danny eine Geschichte über den Trapper und Pionier Daniel Boone vorgelesen habe, besteht mein Bruder darauf, dass wir ihn so nennen. Ich habe die Schulberaterin gefragt, ob das merkwürdig ist, vor allem weil bei uns zu Hause schon so lange nichts mehr normal läuft, doch sie hat mir versichert, dass sich das irgendwann geben wird. Dass Danny sich vorstellt ein Pionier aus dem 18. Jahrhundert zu sein, ist wohl auch nicht verrückter, als zu glauben, dass ich irgendwann tatsächlich die Zitadelle von Machu Picchu erklimmen werde.

»Wie wär's mit Ravioli zum Abendessen?« Ich binde mir die Schürze mit dem Eulenmuster um, die Mom und ich zusammen geschneidert haben, als sie mir das Nähen beibrachte. Sie zog sie immer zum Kochen an, auch wenn sie bloß einen Beutel Fertigkäsesoße aufriss. Mom war da eigen und ... also das klingt jetzt vielleicht ein bisschen albern, aber wenn ich die Schürze trage, habe ich jedes Mal das Gefühl, dass ihre Arme um mich geschlungen sind. Und mich stützen.

»Ravioli!« Danny wirft die Arme in die Luft und macht eine Ein-Mann-La-Ola-Welle. Ich sollte erleichtert sein, nur ist diese momentane Begeisterung keine Garantie dafür, dass er die Ravioli nachher tatsächlich essen wird. Ich kann ihm dreimal dieselbe Soße vorsetzen und beim vierten Mal verkündet er, sie wäre eklig. »Darf ich helfen?«

Er reißt den Eisbergsalat in winzige – unbrauchbare – Stücke, aber ich lasse es ihn auf seine Weise machen. In der Zwischenzeit wärme ich ein Glas Spaghetti-Soße auf und werfe gefrorene Ravioli in kochendes Wasser. Danny erzählt mir von den Abenteuern, die seine Wonder-Woman-Puppe erlebt hat, während ich bei der Arbeit war. Sie hat vorher mir gehört, ich habe sie ihm geschenkt, als er alt genug war, um nicht mehr auf ihren Beinen rumzukauen. Obwohl wir viel darüber geredet haben, dass jedes Kind mit jedem Spielzeug spielen darf, tendiert er mittlerweile zu traditionellen »Jungs«-Sachen wie Müllautos, Piraten und allem, was man mit ordentlich Krach untermalen kann. Trotzdem liebt er Wonder Woman weiterhin abgöttisch. Auch wenn Dad bei unserem Gespräch die Augen verdreht, lässt er Danny damit in Ruhe, weil er weiß, dass Mom es genauso gesehen hätte wie ich.

Kurz darauf ist das Essen fertig, und nachdem Dad das Tischgebet gesprochen hat, fragt er mich, wie es heute im Laden gelaufen ist. Abgesehen von Justins illegalem Bierkauf (was Dad nicht zu wissen braucht) war nicht viel los. Ich möchte den Abend nur ungern mit schlechten Nachrichten verderben. »Es war okay. Ein bisschen ruhig. Vielleicht kommen während Rheas Schicht noch ein paar Leute rein, um sich vor Ladenschluss mit Bier einzudecken.«

Dads Seufzer ist wie ein schwarzes Loch, das alles Glück im Raum verschluckt. Es ist eine große Belastung, dass der Laden jedes Jahr ein bisschen mehr Geld verliert, und ich hab das Gefühl, als wäre das irgendwie meine Schuld – auch wenn ich es besser weiß. Wir können einfach nicht mit dem hiesigen Supermarkt konkurrieren. Und Mom war die treibende Kraft, die alles am Laufen hielt. Den Laden. Das Haus. Uns.

Ich blinzele Tränen weg und konzentriere mich auf meine

Ravioli. Das Telefon klingelt und Dads Stuhl scharrt über die Fliesen, als er aufsteht, um ranzugehen. »Hallo ... oh, hi, Ed ...«

Onkel Eddie ruft immer an, weil er bei irgendwelchen erfundenen Heimwerkerprojekten die Hilfe meines Vaters braucht, und das, obwohl der zwei linke Hände hat. Dad glaubt, ich wüsste nicht, dass sie einfach nur in der Garage sitzen, Dokumentarfilme schauen und Bier trinken, aber da irrt er sich. Als es nur einmal im Monat vorkam, war das kein Problem, doch mittlerweile ist er zwei, drei Mal pro Woche dort. Wenn man noch Nachtschichten im Laden, Stadtrats- und Denkmalpflegesitzungen hinzurechnet, sind Daniel Boone und ich praktisch Waisenkinder.

Vermeidung. Dads Bewältigungsstrategie Nummer eins.

»Können wir *Nemo* schauen?« Etwas Süßeres als Danny, der mich mit schräg gelegtem Kopf ansieht, während ich seinen Teller wegräume, gibt es wahrscheinlich nicht, aber ich werde heute Abend auf keinen Fall zu Hause bleiben.

»Hör mal, Kumpel ...«

»Cadie.« Dad legt den Hörer auf. Wir sind mit Sicherheit die letzte Familie auf Erden, die noch einen Festnetzanschluss besitzt. Diese Nummer wählen auch nur Callcenter-Leute und Onkel Eddie. Sogar Grandma Ruth ruft uns auf unseren Handys an und sie geht schwer auf die achtzig zu. »Ich weiß, dass heute Abend eigentlich dein freier Abend sein sollte –«

»Heute *ist* mein freier Abend. *Ist.*« Ich sage es mit Nachdruck, was ihm jedoch nicht auffällt.

»Aber Eddie braucht –«

»Hast du dir in letzter Zeit mal das Haus angesehen?«, frage ich. »Vielleicht könnte Onkel Eddie mal zur Abwechslung *dir* helfen.«

»Arcadia June.« Wut brodelt in Dads Stimme, wie Wasser kurz vorm Überkochen. »Als alleinstehender Vater hat man es nicht leicht und ich würde es wirklich schätzen, wenn –«

»Oh, ich weiß, wie *nicht leicht* es ist«, unterbreche ich ihn und marschiere durch den Flur zu meinem Zimmer. Dad folgt mir. »Wer mäht denn den Rasen? Ich. Wer macht das Haus sauber? Ich. Wer wäscht die Wäsche? Oh! Stimmt. Das bin ja auch ich. Ich bringe Danny zum Arzt, wenn er krank ist, decke ihn jeden Abend zu und verjage die schwarz-gelben Bienenmonster unter seinem Bett. Und bis letztes Wochenende habe ich mich um all das gekümmert, während ich gleichzeitig Schule hatte. Heute Abend ist mein freier Abend. Ende der Diskussion.«

»Cadie.« Er ist auf einen Streit aus, doch den Gefallen werde ich ihm nicht tun. Mit dem Fuß stoße ich gegen die Tür, die seiner Nase gefährlich nahe kommt, und teile ihm mit, dass ich mit ein paar Freunden nach O'Leno fahre. »Ich weiß nicht genau, wann ich wieder zu Hause bin«, schiebe ich hinterher. »Vielleicht heute Abend. Vielleicht morgen früh. Vielleicht erst am Sonntag.«

Mir ist klar, dass das eine Scheißeinstellung ist. Mein Dad arbeitet weiß Gott genauso hart wie ich, aber ich habe das Gefühl, dass immer ich Zugeständnisse machen muss. In meinem ersten Highschool-Jahr, als Danny noch ein Baby war und die Nächte durchschrie, war ich diejenige, die Rillen in den Teppich lief, um ihn zum Schlafen zu bringen. Damals verpasste ich so viel Unterricht, dass der Bezirk uns einen Mahnbrief schickte. Ich verstehe, dass wir Dads Einkommen aus dem Laden brauchen, nur scheint er manchmal zu vergessen, dass Danny sein Sohn ist. Und ich seine Tochter bin.

Mein weißes Unterhemd und meine Shorts landen auf dem

Boden, während ich meinen Schrank durchstöbere. Ich besitze eine komplette Zweitgarderobe, die ich nie wirklich anziehe, weil ich sie für irgendwann mal aufhebe. Na, vielleicht beginnt irgendwann mal ja heute Abend.

Ich suche ein gepunktetes marineblaues Vintage-Kleid aus, das ich in einem Secondhandladen in Gainesville aufgestöbert habe, und ziehe dazu die braunen Bikerboots an, die mich ein ganzes Monatsgehalt gekostet haben. Eine Dusche wäre nicht schlecht und ich bin mir nicht sicher, ob mein Zwei-Tage-Pony als sauber und glänzend durchgeht, doch Dad steht immer noch auf der anderen Seite der Tür und hält mir einen Vortrag über Verantwortungsbewusstsein und darüber, dass man für die Familie Opfer bringen muss. Ich habe Fußball aufgegeben. Ich habe Justin aufgegeben. Ich weiß nicht, was ich sonst noch opfern könnte, aber es wird auf keinen Fall mein freier Abend sein.

Ich flechte mir den Pony aus dem Gesicht, bevor ich im Spiegel mein »neues« Ich betrachte und die Augen verdrehe – es ist einfach mein altes Ich in einem Kleid. Ich habe noch nie ein Kleid zu einer Lagerfeuerparty getragen und die Moskitos und Hirschzecken werden sich mit Genuss auf all die nackte Haut stürzen, aber ich sehe gut aus. Vielleicht sogar ein bisschen besser als gut.

Ich stopfe Justins Jeansjacke – die er nie zurückbekommen wird – in den Lederrucksack, den mir Mom vermacht hat, zusammen mit meinem Geldbeutel, meinen Schlüsseln und einer Flasche Insektenschutzmittel und rufe dann Duane Imler an.

»Du fährst nicht zufällig an O'Leno vorbei, oder?«, frage ich, als er rangeht. »Ich brauche eine Mitfahrgelegenheit.«

Duane hat vor einem Jahr seinen Abschluss gemacht und

arbeitet als Abschleppwagenfahrer für eine hiesige Firma. Als ich in der achten Klasse war und er in der neunten, war er etwa drei Wochen lang mein Freund. Obwohl wir nie zusammen irgendwohin gingen, weil er keinen Führerschein hatte – er kam immer mit dem Fahrrad zu uns, um mit mir abzuhängen –, hielt ich es für supercool, einen Jungen zu »daten«, der schon auf die Highschool ging. Duane war auch der erste Junge, der mich geküsst hat. Ich habe ihm nie erzählt, dass es sich angefühlt hatte, als hätte ich eine Saugglocke im Gesicht. Aber offensichtlich hat er seine Technik verbessert, denn er heiratet nächstes Weihnachten Jessica Shiver.

Jedenfalls, unsere Freundschaft überlebte die Trennung und ich habe auch immer noch die Schmetterlingskette, die Duane mir zu meinem vierzehnten Geburtstag geschenkt und die auf meinen Hals abgefärbt hat. Er gehört zu den Leuten, die kein Problem damit haben, den Rest ihres Lebens in High Springs zu verbringen, und ich sage das nicht mit einem Nasenrümpfen – manche Leute sind einfach dazu bestimmt hierzubleiben. Er ist glücklich. Was vielleicht mehr ist, als ich von mir behaupten kann.

»Wo bist du?«, fragt er.

»Ich klettere demnächst aus meinem Schlafzimmerfenster.«

Er lacht. »Ich bin gleich da.«

Ich warte, bis der Abschleppwagen um die Ecke kommt, schiebe das Fliegengitter hoch und lasse mich das kurze Stück auf den Boden runter. Dann renne ich durch das zu hohe Gras und steige in die Fahrerkabine, als Dad mit fuchsteufelswilder Miene aus der Eingangstür stürmt. Unsere Wände sind dünn wie Papier. Dass das kein sauberer Abgang werden würde, war vorprogrammiert.

»Bis morgen«, rufe ich ihm zu und winke durch das offene Beifahrerfenster, während Duane Gas gibt und vom Haus wegfährt. »Und vergiss nicht, dass Daniel Boone seine Eier nicht isst, wenn sie auch nur das kleinste bisschen flüssig sind.«

KAPITEL 2

Duane gibt einen leisen, anzüglichen Pfiff von sich, als er mein Kleid mustert. Es hat einen runden Ausschnitt mit einer kurzen karierten Rüschenborte. »Mann, Cadie. Du wirst heute Abend auf dem Campingplatz ein paar Herzen brechen.«

»Echt? Meinst du wirklich?« Insgeheim bin ich von dem Gedanken ganz begeistert, dass ich jemandem das Herz brechen könnte. Vielleicht ist das die neue Arcadia Wells. Schön und gefährlich. Duane schnipst mir gegen die Schläfe und bringt mich so auf den Boden der Tatsachen zurück.

»Lass dir das nicht zu Kopf steigen«, ermahnt er mich. »Und bild dir bloß nicht ein, du könntest Justin zurückgewinnen. Das wird nämlich nicht passieren.«

»Das habe ich mir überhaupt nicht eingebildet.«

»Lügnerin«, sagt er, als sein Walkie-Talkie-artiges Telefon zum Leben erwacht und der Dispatcher der Abschleppfirma ihn über einen geplatzten Reifen auf der Interstate 75 informiert. Duane nimmt den Job an und blickt dann zu mir. »Er geht im Herbst nach Gainesville und du wirst dich bei der ersten Gelegenheit vom Acker machen. Es bringt also nichts, mit seinen Gefühlen zu spielen.«

»Er hat mit mir Schluss gemacht, schon vergessen?«

»Und du weißt auch, warum, Cadie, stell dich also nicht dumm.«

Neben Arbeit, Schule und der Erziehung eines kleinen Bruders hatte ich nicht genug Zeit für meinen Freund.

Ehrlich gesagt habe ich das immer noch nicht, und das, obwohl die Schule nicht mehr mitzählt. Ich bin in die Fußstapfen meiner Mom getreten und hab keine eigene Spur mehr hinterlassen.

»Außerdem«, fährt Duane fort, »ist er mit Gabrielle glücklich.«

So heißt sie, das Mädchen aus Alachua, nur tue ich gern so, als wüsste ich das nicht. Total unreif, schon klar, aber ich kann nicht *ständig* gelassen darüber hinwegsehen, dass er mir den Laufpass gegeben hat. Manchmal bin ich einfach eine Zicke.

»Ich will ihn sowieso nicht zurück.« Das ist gelogen. Mehr oder weniger. Ich weiß es schon selbst nicht mehr. Ihn heute im Laden zu sehen hat mich völlig aus der Bahn geworfen, dabei denke ich sonst wirklich nicht viel an ihn, ehrlich.

Duane schaut immer noch skeptisch. »Gut.«

Obwohl man von uns aus schon eine Viertelstunde bis zum Eingang des Parks braucht, zahlt er die fünf Dollar Eintritt und fährt weiter, damit ich nicht den ganzen Weg bis zum Campingplatz laufen muss. Das ist supernett von ihm. Neben der Rangerstation parkt ein schwarzer Cabrio-Klassiker, bei dem Duane gleich zweimal hinschaut. »Hammer. Das ist ein '69 Cougar.«

»Sieht hübsch aus.«

»Süße, so ein Auto ist mehr als hübsch«, gibt er zurück. »Und das hier ist bestimmt gut fünfundzwanzigtausend Dollar wert. Wahrscheinlich hat es noch den original 351.«

»Ich versteh nur Bahnhof«, sage ich. »Mich würde ja mehr interessieren, warum jemand so eine Testosteronmaschine benutzt, um Kanus durch die Gegend zu schleppen.«

Hinten am Wagen, unter dem Georgia-Nummernschild, ist ein Anhänger mit zwei roten Booten angekuppelt und neben der Fahrertür steht ein Typ, der aussieht wie aus einem Outdoor-Werbeprospekt. Zerzauste dunkelbraune Haare, rotes Karohemd mit hochgekrempelten Ärmeln, teure Wanderstiefel, ausgezeichnete Waden. Ich höre auf darüber nachzudenken, dass er nicht zu dem Auto passt, als er mir ein Junge-von-nebenan-Lächeln zuwirft. Innerlich sprühe ich Funken wie eine Wunderkerze an Silvester.

»Hey! Auf dem Magnolia-Campingplatz steigt ’ne Party«, schreie ich ihm durchs Fenster zu. »Komm doch vorbei.«

Der Typ macht ein Daumen-hoch-Zeichen, was zwei Dinge bedeuten kann: Entweder er kommt zur Party oder er will das durchgeknallte Mädchen in dem Abschleppwagen nicht vor den Kopf stoßen. So oder so, ich habe ihn eingeladen. Genau das würde die brandneue Arcadia Wells tun. Auch wenn sie es ein wenig eleganter hätte anstellen können.

Duane lacht. »Geht’s noch diskreter?«

»Ach, halt die Klappe.« Ich wende mich vom Fenster ab. Schamesröte schießt mir ins Gesicht und ich boxe ihn gegen die Schulter. Der Typ von der Rangerstation fährt vermutlich nicht auf Mädchen ab, die sich in Abschleppwagen rumkutschieren lassen, aber sein Lächeln gefällt mir, das steht schon mal fest.

»Du kannst mich hier rauslassen«, sage ich, als wir den Magnolia-Campingplatz erreichen. Die Bremsen geben ein lautes *Wusch* von sich, als Duane anhält, und ich lehne mich rüber, um ihm einen Kuss auf die kratzige Wange zu drücken. »Du bist der Beste. Danke.«

»Jederzeit«, meint er. »Weißt du doch.«

»Schaust du später noch vorbei?«

»Nö.« Er schüttelt den Kopf. »Sobald ich das Auto mit dem geplatzten Reifen abgeschleppt habe, fahre ich zum Abendessen nach Hause zu Jess und später gibt's vielleicht noch einen Film. Außerdem knutschst du wahrscheinlich sowieso schon bald mit dem Cougar-Typen rum. Aber meld dich, falls du jemanden brauchst, der dich zurückbringt, oder sonst irgendwas, okay?«

»Ja, Sir.« Ich salutiere ihm. »Hab dich lieb.«

Er erwidert, dass ich die Klappe halten soll – seine Art, mir zu sagen, dass er mich auch lieb hat –, und rumpelt dann mit dem Abschleppwagen davon.

Meine Stiefel machen ein schön draufgängerisches Revolverheld-Geräusch, während ich die Schotterstraße entlanglaufe, vorbei an Campingbussen, Wohnmobilen und Zelten – größtenteils aus anderen Bundesstaaten. Als ich den Stellplatz der Kendrick-Brüder erreiche, prasselt das Lagerfeuer schon und die Party ist in vollem Gang. Um die Feuerstelle herum haben es sich Leute auf Decken und Klappstühlen bequem gemacht. Ich kenne alle außer einem Hippie-Paar mit Dreadlocks, das höchstwahrscheinlich Gras raucht.

Ein paar Leute rufen meinen Namen, als ich die mit Eis und Bier gefüllte Zinkwanne – eigentlich ein Futtertrog – unter den Zypressen ansteuere. Justin, der am Grill steht und Hotdogs und Burger brät, schaut auf.

»Hi, äh ... hi, Cadie«, stammelt er.

Ich nicke ihm zu und schenke ihm mein süßestes Lächeln. »Hi, Justin.«

Ich gehe ein paar Schritte weiter und werfe einen Blick über die Schulter, um zu sehen, ob er meinen Hintern abcheckt. Jep. Von wegen, glücklich. Aber während ich tief ins Eis greife, um das kälteste Bier herauszufischen, weiß ich, dass Duane Recht hat. Auch wenn ich Justin heute Abend vielleicht zurückgewinnen könnte (es sei denn, diese Version von mir, die im Kleid steckt und süße Jungs zu Partys einlädt, überschätzt sich ein bisschen), muss ich ihn in Ruhe lassen. Ich will kein altbekanntes Drama. Ich will ein unbekanntes Abenteuer.

Ich öffne gerade meine Dose, als Jason aus dem Wald platzt und sich die Hose zumacht. Er sieht mich und ein dümmliches Grinsen breitet sich auf seinem Gesicht aus. »Arcadia Wells, wie schön, dass du unsere kleine Soiree mit deiner Anwesenheit beehrst.«

»Manchmal tut es gut, sich unters Volk zu mischen«, erwidere ich und trinke einen Schluck von meinem Bier. Es schmeckt nicht besser, nur weil es das kälteste im Trog war. »Und hör sich einer an, wie elegant du dich auf einmal ausdrückst. Dabei hab ich das Gefühl, als wäre es erst gestern gewesen, dass du die Wörter beim Lesen noch laut buchstabieren musstest. Aber Moment. Das *war* gestern.«

Er umarmt mich lachend und drückt mein Gesicht gegen sein Hemd, das nach Lagerfeuer, Gras und Jungsmief riecht. »Gib's ruhig zu, Sparkles. Du bist nur so fies zu mir, damit keiner merkt, dass du unbedingt auf meinem Schniedel reiten willst.«

»Deinem Schniedel? Wow, du hast echt Stil.«

»Ich weiß. Gehst du später mit mir nackt baden?«

»Wenn du Glück hast und ich verzweifelt bin.«

Er gibt mir einen feuchten Bierschmatz auf die Wange und lässt mich los. »Verzweifelte Frauen mag ich am liebsten.«

»Ich weiß«, rufe ich ihm über die Schulter zu, während ich mich auf die Feuerstelle zubewege, wo ich ein paar meiner früheren Mitspielerinnen auf einer Decke erspäht habe. »Ich kenne alle deine Exfreundinnen.«

»Cadie! O Mann, deine Haare sind der Hammer!« Hallie Kernaghan winkt mich zu sich und klopft auf den leeren Platz zwischen ihr und Carmen Ruiz. Ich setze mich. »Wir haben uns ja schon ewig nicht mehr gesehen. Wo bist du gewesen? Wie geht's dir?« Hallie bombardiert mich mit Fragen und legt den Kopf auf meine Schulter – das hat sie früher auch immer gemacht, wenn wir nach einem Auswärtsspiel mit dem Bus nach Hause fuhren. »Die ganze Mannschaft vermisst dich.«

Andere Stimmen melden sich zu Wort, um das zu bestätigen, aber ich frage mich, ob sie wirklich mich oder nur ihre alte Torhüterin vermissen. Denn außer einem kurzen Hallo, wenn wir uns in der Schule auf dem Flur begegneten, hatte ich mit ihnen kaum noch etwas zu tun in den letzten Monaten. Niemand sagt einem, dass man abgeschrieben ist, sobald man nicht mehr zur Mannschaft gehört, doch genauso ist es. Wir sind zwar noch nett zueinander, aber so richtig befreundet sind wir nicht mehr. Loszulassen war leichter, als ich dachte, und vielleicht vermisse ich bloß, ihre Torhüterin zu sein. Ich bin mir nicht sicher. »Ich vermisse euch auch.«

Da die meisten anderen Mädchen jünger sind als ich, kenne ich sie nicht besonders gut. Und als sie anfangen darüber zu reden, wie sehr sie sich auf das bevorstehende Trainingscamp an der Universität von Florida freuen, sitze ich einfach nur da und höre eine Weile mit halbem Ohr zu, um nicht unhöflich zu erscheinen. Der Gedanke an all die Fußballcamps, die ich verpasst habe, tut weh. All die Spiele. Die Anspannung, die sich in meiner Magengrube zusammenballte, wenn sich der Ball über das Feld auf mich zubewegte. Die Unterhaltung macht mich traurig und ich entschuldige mich, um ein frisches Bier zu holen, obwohl meins praktisch immer noch voll ist.

Ich stehe mit zwei Bier, die ich gar nicht will, neben dem Trog, als der Typ mit dem coolen Auto auf die Party marschiert kommt. Er schaut sich um und ich habe auf einmal eine ganze Schmetterlingsfarm im Bauch. Soll ich auf ihn zugehen? Oder warten, bis er mich bemerkt? Dann kommt mir plötzlich der panische Gedanke, dass er vielleicht gar nicht nach mir sucht. Vielleicht hat er bereits Hallie mit ihren hübschen blauen Augen bemerkt. Oder Carmens sexy dunkle Locken. Oder Lindsey Buck – wenn irgendjemand je im Einkaufszentrum von einer Modelagentur entdeckt werden sollte, dann sie. Gerade als ich entschieden habe, dass ich ganz sicher nicht sein Typ bin, treffen sich unsere Blicke über die Flammen hinweg. Er schenkt mir dasselbe süße Lächeln wie vorhin und geht um die Feuerstelle herum auf mich zu.

»Du bist gekommen.« Ihm einfach so mein zweites Bier hinzustrecken fühlt sich merkwürdig vertraut an, weil ich ihn ja überhaupt nicht kenne, aber alles andere wäre Verschwendung und er nimmt es, ohne zu zögern, an. »Ich war mir nicht sicher, ob du wirklich auftauchst. Die Einladung war, na ja, schon leicht schräg.«

»Aus einem Abschleppwagen hat mir tatsächlich noch keiner was zugerufen.« Die Dose zischt, als er sie öffnet. »Wie konnte ich da widerstehen?«

Ich lache. »Ich bin Cadie.«

Er wischt sich die Hand an seinen Shorts ab, bevor er sie mir hinhält. »Freut mich dich kennenzulernen, Cadie. Ich bin Matt.«

Matt.

Sein Name gefällt mir. Mir gefällt der knochige Höcker an seinem Handgelenk unter dem braunen Uhrenarmband aus Leder. Mir gefallen auch die kaum sichtbaren Sommersprossen auf seinem Nasenrücken. Dunkles Haar lockt sich um den Rand seiner Red-Sox-Baseballkappe in alle Richtungen. Wenn er sie abnehmen würde, wäre es wahrscheinlich total zerdrückt, und ich bin mir ziemlich sicher, dass mir das auch gefallen würde. Aber der Gesamteindruck ist beinahe zu viel für mich. Er ist so gut gebaut und ich komme mir plötzlich wie der Schlussverkauf eines Secondhandladens vor.

»Bist du aus der Gegend?«, fragt Matt und sein Akzent verrät mir, dass er aus Neuengland ist. Die Baseballkappe deutet auf Boston hin.

»Leider ja«, sage ich. »Just a small town girl ...«

Matt greift meine Anspielung auf den alten Hit der Band Journey auf und hält mir die Faust hin, damit ich meine dagegendrücke. »Don't stop believin', Cadie«, singt er, als unsere Knöchel sich berühren.

»Wie kommt's, dass du eine Boston-Kappe trägst, dein Auto aber in Georgia gemeldet ist?«, frage ich, während wir uns auf ein Paar umgedrehte Getränkekisten in der Nähe des Feuers setzen. Ich mustere Matts Gesicht und überlege, ob er uns wohl für die größte Ansammlung von Hinterwäldlern hält, der er je begegnet ist, doch er streckt seine Wanderstiefel Richtung Flammen, als würde ihm nichts auffallen. Als wäre er einer von uns. Nur mustern ihn die meisten Mädchen auf der Party, als wären sie dankbar, dass er es nicht ist. »Erzähl mal.«

»Ich bin eigentlich aus Maine«, sagt Matt. »Aber das Auto hat meiner Großmutter gehört. Sie ist erst kürzlich gestorben und hat in Savannah gewohnt.«

»Das tut mir leid.«

»Danke.« Sein angedeutetes Lächeln wirkt ein bisschen traurig und ich möchte ihn in die Arme nehmen, reiße mich aber zusammen. »Meine Familie ist zur Beerdigung runtergekommen und mein Cousin und ich haben danach beschlossen, mit dem Auto in den Süden zu fahren und in ganz Florida zu campen und zu paddeln. Ein letztes Abenteuer, bevor er für die nächsten fünfzig Jahre Teil der arbeitenden Bevölkerung wird.«

»Klingt nach einer Menge Spaß.«

»Bisher war es super«, sagt Matt. »Apropos Spaß ... gibt's hier in der Gegend irgendwas, das wir unbedingt machen sollten?«

»Da ihr eigene Kanus habt, könntet ihr so ziemlich von überall lospaddeln«, antworte ich. »Zum Beispiel von hier bis runter zum River Sink oder von der Kanustation an der Highway-441-Brücke flussabwärts bis zu einer der Quellen. Lily Spring ist immer einen Ausflug wert – wegen Naked Ed.«

»Naked Ed?«

»Das ist der Typ, der sich um die Quelle kümmert«, erkläre ich. »Er hat eine kleine schilfgedeckte Hütte und läuft gerne nackt rum. Aber er trägt einen Lendenschurz, wenn Leute vorbeikommen.«

»Ja! Genau so was meine ich.« Matts Lächeln ist wie die aufgehende Sonne, die meinen ganzen Körper wärmt. »Hast du ihn mal getroffen?«

»Nein.«

Er stupst mich sanft mit dem Ellbogen an. »Komm doch einfach mit.«

Vielleicht ist das meine Chance, ein unbekanntes Abenteuer zu erleben. Ein kleiner Akt der Rebellion mit einem süßen Typen als Beilage. Ich lächele zurück. »Ja, warum nicht.«

»Dann hast du also keinen Freund?«

Mein Blick wandert zu Justin und Gabrielle – eine dämliche Angewohnheit, die ich offenbar nicht ablegen kann –, die auf der Ladeklappe seines silbernen Pick-ups wie Turteltauben aneinandergekuschelt sind. Offenbar ist es ihnen unmöglich, die Finger voneinander zu lassen. Bei Justin und mir war das nie so gewesen, keine Ahnung, warum. Vielleicht weil meine Finger immer mit etwas anderem beschäftigt waren.

»Wenn ich einen hätte, würde ich wohl kaum hier bei dir sitzen.« Meine schlummernden Flirtkünste scheinen in die Gänge zu kommen. »Von daher hast du richtig geraten. Aber ich könnte natürlich stattdessen eine Freundin haben.«

Er lacht. Nicht auf fiese Art – so, als könnte ich mich unmöglich von Mädchen angezogen fühlen –, sondern als hätte ich ihn ausgetrickst. »Hast du eine Freundin?«, fragt er.

»Nein.«

»Das passt prima, ich hab nämlich auch keine.«

Ich kann mir kaum vorstellen, dass ein so gut aussehender Typ wie Matt wirklich Single ist, aber da er sowieso nur ein paar Tage in High Springs bleiben wird, kaufe ich ihm nur zu gern ab, was er mir anzubieten hat. »Klasse.«

Er nimmt die Füße vom Feuer weg und steht auf. »Ich hol mir noch ein Bier. Willst du auch eins?«

»Ich hab noch.« Ich hebe meine nach wie vor fast volle Dose hoch. »Aber danke.«

Ein paar Minuten lang sitze ich allein da und überlege, ob Matt davon ausgeht, dass ich auf ihn warte, oder ob er sich jetzt jemand anderen vornimmt. Vor allem als Lindsey Buck ihn beim Biertrog anspricht und er ihr dasselbe Lächeln schenkt wie mir, als wäre sie das einzige Mädchen weit und breit. Ich sacke ein wenig enttäuscht zusammen. Mir ist peinlich, dass ich dachte, es hätte nur mir gegolten. Mir ist peinlich, dass ich kaum mehr mit meinen Freunden rede und der Schlagabtausch mit Jason Kendrick einem richtigen Gespräch noch am nächsten kommt. Dass ich sogar in einer so großen Gruppe – aus der ich viele seit dem Kindergarten kenne – allein bin.

Ich sollte nach Hause gehen.

Duane würde mich abholen, aber ich bin noch nicht sehr lange hier und will ihn nicht jetzt schon wieder herbitten. Um das Gesicht zu wahren und etwas Zeit zu schinden, beschließe ich einen Spaziergang am Fluss entlang zu machen.

»Hey, gehst du etwa schon?« Gerade als ich meinen Rucksack schultere, kommt Matt mit einem frischen Bier – und Lindsey im Schlepptau – zurück.

»Ich, ähm ... muss nur kurz aufs Klo.«

»Ich begleite dich«, bietet er an und Lindseys Lächeln verschwindet. Höchste Zeit abzuhauen. Ich habe keinen Anspruch auf Matt und ein bequemer Schlafanzug und sprechende Zeichentrickfische kommen mir auf einmal wieder sehr reizvoll vor.

»Das ist echt lieb von dir«, sage ich. »Aber ist schon okay. Ich bin gleich wieder da.«

KAPITEL 3

Ich entferne mich von der Party und werde dabei wie eine Art Hinterwäldler-Disney-Prinzessin von einem Chor aus Fröschen und Grillen begleitet, als ich den '69 Cougar erblicke, der nur ein paar Zeltstellplätze entfernt geparkt ist. Der Kanuanhänger ist vom Wagen abgekuppelt und ein Typ – Matts Cousin vermutlich, es sei denn, sie werden gerade ausgeraubt – beugt sich über den offenen Kofferraum. Sein T-Shirt ist hochgerutscht und entblößt etwas nackte Haut und zwei Rückengrübchen direkt über dem Bund seiner ausgewaschenen Jeans. Ich verlangsame meinen Schritt, denn dieser Rücken verdient es, ausgiebig bewundert zu werden. Außerdem arbeiten meine Hormone offenbar gerade auf Hochtouren. Dann dreht er sich mit einer großen roten Kühlbox in den Händen um und prompt ist es um mich geschehen.

Seine bernsteinfarbenen Augen und sein nahezu pechschwarzes Haar sind Matts so ähnlich, dass ihre Verwandtschaft außer Frage steht. Allerdings ist dieser Typ reifer. Älter. Und jetzt, da ich ihn in seiner ganzen Pracht sehen kann, fallen mir so viele interessante Dinge an ihm auf, dass ich nicht weiß, wohin ich als Erstes schauen soll.

Vielleicht auf die Frankensteinnarbe, die sich weiß und gezackt von seiner gebräunten Haut abhebt, vom Haaransatz quer über seine Stirn verläuft und eine dunkle Augenbraue durchkreuzt. Sie sieht wütend aus. Brutal. Hinter dieser Narbe steckt vermutlich keine niedliche Geschichte, dass er zum Beispiel gestürzt ist, als er Radfahren lernte, oder in der Kinderliga von einem Baseball getroffen wurde.

Ein anderer Hingucker ist die farbenfrohe Zusammenstellung von Old-School-Seefahrer-Tattoos – Segelschiffe, Anker und Seemannsknoten, Taucher mit altmodischen Taucherhelmen, nackte Meerjungfrauen, Blumen und Aberhunderte kleine Sterne –, die sich unter den Ärmeln seines T-Shirts hervor- und bis runter zu seinen Handgelenken schlängeln.

Mein Blick wandert wieder nach oben zu seinem Gesicht, zu der Nase, die am Ansatz ein wenig schief ist, als hätte er sie sich schon mal gebrochen. Zu seinem rappelkurz geschnittenen Haar. Und schließlich zu seinem Mund, der mit einem schiefen Grinsen anerkennt, dass ich ihn abchecke – und o mein Gott, will ich diesen Typen kennenlernen.

Er stellt die Kühlbox auf den Boden und wirbelt mit seinen Stiefeln Staub auf, als er zu mir herüberkommt. »Hey, ähm … hi.«

»Hi.« Er ist sehr groß. Mein Kopf würde perfekt unter sein Kinn passen – bei diesem Gedanken muss ich erst mal tief durchatmen, bevor ich weitersprechen kann. »Ich bin Cadie.«

»Noah.« Seine langen Finger liegen auf dem rissigen Trojan-All-Stars-Logo in der Mitte seines T-Shirts. Ich möchte wissen, wofür dieses Logo steht. Möchte die Bedeutung des Holzkugelarmbands an seinem Handgelenk kennen. Möchte wissen, woher er kommt. Wonach sein Mund schmeckt. Ich sage noch einmal Hi und spüre, wie mir die Röte ins Gesicht schießt vor Verlegenheit, weil wir uns schon begrüßt haben. Denn ihn anzusehen ist, als würde man versuchen ins Sonnenlicht zu starren und sich nicht darum kümmern, dass man dabei erblinden könnte. Und weil er mich auch abcheckt.

»Wohin gehst du?«, fragt er und läuft neben mir her.

»Ich mach nur einen Spaziergang«, antworte ich. Er hat nicht denselben Akzent wie Matt, aber das sage ich ihm nicht, weil das merkwürdig rüberkommen könnte – als wäre ich eine Stalkerin oder so. Vor allem da er keine Ahnung hat, dass ich weiß, wer er ist. Und weil mir nicht einfällt, wie ich das ins Gespräch einflechten könnte, lasse ich es bleiben. »Wo kommst du her?«

»Oakland über Maine über Savannah. Hast du was dagegen, wenn ich dich begleite?«

»Klingt umständlich«, sage ich. Mir gefällt, dass wir gleich zwei Gespräche auf einmal führen. Mir gefällt, dass seine sanft-raue Stimme von einem tiefen, geheimen und besonderen Ort zu kommen scheint. »Und nein, das macht mir nichts aus.«

»Die Kurzfassung«, fährt er fort, »ist, dass mein Cousin Matt und ich eine Campingtour durch Florida bis runter nach Flamingo machen. Schon mal von dem Ort gehört?«

Ich schüttele den Kopf.

»Das ist eine verlassene Stadt an der unteren Spitze von Florida, die von den Everglades umgeben ist. Ziemlich abgelegen«, erklärt Noah.

»Wenn euch das Spaß macht.«

»Campst du nicht gern?«

»Oh, doch. Ich finde campen klasse«, antworte ich und beobachte, wie der Anflug eines Grinsens seinen Mundwinkel hebt, und ich habe dieses Gefühl, dass uns ein unsichtbarer Faden verbindet. Wir haben etwas gemeinsam. Auch wenn es nur eine Vorliebe dafür ist, auf dem Boden zu schlafen. »Aber wenn ich die Wahl hätte zwischen Florida und irgendeinem anderen Ort, würde ich mich jedes Mal für den anderen Ort entscheiden.«

»Wo würdest du hingehen?«

»Vielleicht Richtung Oakland über Savannah und Maine.«

Mein schamloser Flirtversuch hat die gewünschte Wirkung und sein angedeutetes Grinsen wird zu einem strahlenden Lächeln. Hitze breitet sich in mir aus und sammelt sich an den peinlichen und an den bedeutungsvollen Stellen.

Abrakadabra.

Wenn Matt der Vierte-Juli-Feiertag war, ist Noah ein Sommergewitter und ich kapiere nicht, warum. Ich weiß, dass ich an einem schweren Fall von Lust auf den ersten Blick leide, aber sollte es nicht genau so anfangen? Wir sollten die Kisten unseres Lebens nicht einfach so aufreißen und sie uns gegenseitig vor die Füße knallen. Vielmehr sollten wir eine Lasche nach der anderen hochklappen und erst mal vorsichtig hineinschauen.

»Gehen wir an einen bestimmten Ort?«, fragt er.

»Nicht wirklich«, erwidere ich. »Der Fluss liegt direkt vor uns und es gibt einen Weg, der am Ufer entlangführt. Falls du dazu Lust hast.«

»Klar.« Er nickt. »Ja, dazu habe ich große Lust.«

Bei diesem Eingeständnis wird mir klar, dass Freitage jetzt auch für mich etwas Neues bedeuten können. Ich kann mit einem anderen Typen auf dem Stamm neben dem Fluss liegen. Ich kann Lippen küssen, die ich noch nie zuvor geküsst habe. Natürlich hätte ich diese Eingebung schon längst haben können, seit zwischen Justin und mir Schluss ist. Aber erst jetzt, da die Möglichkeit besteht, jemand anderen zu küssen, erscheint es mir wie ein Schritt in die richtige Richtung, Freitagen eine neue Bedeutung zu geben.

»Also ... Oakland?«

»Also, ja«, sagt er. »Ich bin in Kalifornien geboren, aber ich habe an der Highschool Ärger bekommen. Deshalb hat mich meine Mom nach Maine zu meiner Tante und meinem Onkel geschickt. Sie dachte, dass es dort ... zivilisierter wäre.«

Komische Wortwahl, aber ich gehe mit einem Witz darüber hinweg. »Ein bisschen wie der Prinz von Bel-Air, nur in umgekehrter Richtung.«

Doch Noah lacht nicht, er nickt bloß und sagt: »So was in der Art.«

»Hattest du die Sorte Ärger, die Narben hinterlässt?«

»Kann man so sagen.« Er fährt mit dem Finger über die blasse, gezackte Linie auf seiner Stirn. »Mir, ähm, hat jemand eine zerbrochene Flasche über den Schädel geschlagen.«

Meine Brust fühlt sich plötzlich zu eng für meine Lungen an und ich bin hin und her gerissen, ob ich auf dem Absatz kehrtmachen und zurück zur Party gehen soll. Ich hatte Recht, was die Narbe betrifft, vielleicht sogar mehr, als mir lieb ist. »Hast du ... ähm ...« Ich gebe mir Mühe, unbekümmert zu klingen, stolpere aber über die Worte. »Hast du den Kampf wenigstens gewonnen?«

»Scheiße.« Noah fährt sich mit der Hand über den Schädel und am Nacken entlang. Verlegenheit flackert in seinem Blick auf, bevor er ihn auf den Boden senkt. »Ich hab dir Angst eingejagt. Tut mir leid.«

»Was hast du mit dem anderen Typen angerichtet?«

»Ich möchte eigentlich nicht ...« Noah verstummt. Ich glaube nicht, dass er es mir erzählen wird. Ein paar Schritte lang sagt er kein Wort und das Knirschen des Schotters und der Vogelgesang füllen die Lücken. »Hör mal, Cadie, das ist schon sehr lange her und ich möchte diese Geschichte eigentlich nicht erzählen, wenn ich einen guten ersten Eindruck zu machen versuche. Ich würde dir lieber präsentieren, wer ich jetzt bin.«

Er sieht mich mit seinen bernsteinfarbenen Augen an und wirkt so aufrichtig, dass ich ihm – gesunder Menschenverstand hin oder her – jedes Wort abkaufe.

»Du kannst nicht so was sagen und mich dann in der Luft hängenlassen«, wende ich ein. »Ich will's trotzdem wissen.«

»Ich, ähm ...« Er fährt sich noch einmal mit der Hand über den Kopf und aus seinem Blick spricht so viel Schmerz, dass ich es beinahe zurücknehme. »Ich habe ihm mit meinem Stiefel den Wangenknochen gebrochen.«

»Du hast ihn getreten? Ins –«

»Ja.« Leise Reue schwingt in dem Wort mit, aber bei der Vorstellung, wie sein staubiger Doc Marten das Gesicht von jemandem zu Brei schlägt, dreht sich mir der Magen um. Die Jungs aus der Gegend prügeln sich auch gelegentlich, doch es geht nie über ein bisschen Gepose und ein paar Fausthiebe hinaus, bevor jemand die Streithähne trennt.

»Warum hast du das getan?«

»Ich dachte, er würde mich umbringen«, erwidert Noah. »Ich war jung und zugedröhnt und hab mir vor Angst fast in die Hosen gemacht und ich bin ... keine Ahnung ... völlig ausgetickt, und als es vorbei war, war ich voller Blut und er hat sich nicht mehr gerührt. Einer meiner Freunde hat mich mit Zahnseide zusammengeflickt, weil ich Angst hatte, dass ich im Knast lande, wenn ich ins Krankenhaus gehe.«

Ich weiß nicht, wie ich das einordnen soll. Wie ich mir ein Leben vorstellen soll, in dem diese Art Gewalt notwendig ist. Das Licht, in dem ich Noah sehe, hat sich verändert, und ich habe keine Ahnung, was ich dazu sagen soll. »Wer hat angefangen?«

»Spielt das eine Rolle?«

»Möglicherweise?«

»Ich habe mich verteidigt.« Er zuckt hilflos, nicht sorglos mit den Schultern. »Aber das macht es auch nicht besser.«

»Na ja, du hattest jedenfalls Recht, was diese Geschichte betrifft.«

»Ich hätte dir das nicht erzählen sollen. Tut mir leid.«

»Wir haben alle eine Vergangenheit.«

»Ach, ja? Was ist deine?«

»Meine Mom ist vor drei Jahren an Bauchspeicheldrüsenkrebs gestorben und hat mich mit einem Dad zurückgelassen, der kaum was auf die Reihe kriegt, und mit einem kleinen Bruder, den ich aufziehen muss, als wäre er mein eigenes Kind«, sage ich. »Seitdem habe ich nicht wirklich ein Leben gehabt.«

So viel zum Thema »Erst mal die Laschen hochklappen«.

Unsere Geschichten wirbeln im Staub, der mit jedem unserer Schritte aufsteigt. Die Sache ist die: Obwohl mir seine Worte Angst gemacht haben, fahre ich immer noch voll auf Noah ab. Nicht weil ich irgendwelchen bescheuerten Bad-Boy-Fantasien nachhänge, sondern weil ich mich seit Justin zu niemandem so hingezogen gefühlt habe. Ich bin mir nicht sicher, was das über mich aussagt, aber ich möchte Noah einen Vertrauensvorschuss geben.

»Reden wir über was anderes«, sage ich, in der Hoffnung, dass er sich nicht für den Tod meiner Mom entschuldigen wird. Ich kann es absolut nicht ausstehen, wenn Leute das tun. »Socken? Käse? Lieblingsbrettspiel?«

»Keine, Colby Jack und das Spiel mit dem Druckknopf in der Mitte.«

»Meinst du *Trouble*?«

»O Mann.« Er lacht. »Heißt das wirklich so?«

»Ja. Aber mich interessiert mehr deine Wahl eines Käses, der unter einer Identitätskrise leidet.«

»Das ist keine Identitätskrise«, sagt Noah. »Es sind einfach zwei Sorten Käse in einem. Doppelt lecker.«

Ich lache und er lächelt auf eine Art, bei der ich den Boden unter meinen Füßen nicht mehr spüre. Etwas in mir rückt sich wieder zurecht.

Wir haben fast die Flussbiegung erreicht, über die sich die Schwenkbrücke spannt, als wir auf der Straße hinter uns Reifen knirschen hören. Wir treten zur Seite, um Platz für Justins Pick-up zu machen. Er sitzt am Steuer, Gabrielle hat sich an ihn geschmiegt und Jason hängt wie ein Hund aus dem Beifahrerfenster.

»Hey, Sparkles, Zeit zum Nacktbaden«, ruft er. »Spring rein.«

Die Ladefläche ist gerammelt voll mit Leuten, was gefährlich wäre, wenn sich der Pick-up nicht im selben Tempo vorwärtsbewegen würde, in dem Noah und ich den Weg entlangschlendern. Jason wirft die Tür auf, damit ich einsteige, aber ich schüttele den Kopf. »Wir holen euch ein.«

»Du kennst mich: Wer zuerst kommt, mahlt zuerst.«

»Ich lass es drauf ankommen.«

»Wie du willst.« Der Pick-up beschleunigt langsam und fährt an uns vorbei. Lindsey Buck winkt uns von der Heckklappe zu, auf der sie neben Matt sitzt. Beide lassen die Beine über den Rand baumeln. Sein Blick ruht einen Moment lang – fast zu lange – auf mir, bis er Noah ein verschlagenes Grinsen zuwirft.

»Das ist Matt«, sagt Noah. »Er hat mich sitzenlassen, um irgendeinem Mädchen nachzujagen. Das hat er dann wohl gefunden.«

Ich könnte die Sache klarstellen, aber wozu? Stattdessen frage ich ihn, warum er nicht mit seinem Cousin zur Party gekommen ist.

Er zuckt mit den Schultern. »Ich musste unsere Zelte aufbauen.«

Justins Pick-up verschwindet um die Kurve und wir sind wieder allein.

»Was hat es mit dem Nacktbaden auf sich?«, fragt Noah.

»Das ist hier Tradition.«

Wegen der natürlichen Quellen überall in der Gegend – der Grund, warum unsere Stadt High Springs benannt ist – liegt die Wassertemperatur immer bei etwa zweiundzwanzig Grad. An einem heißen Sommertag wie heute wird es sich himmlisch anfühlen, vor allem da Noahs Nähe meine Haut zum Glühen bringt.

»Willst du hin?«, fragt er.

»Weiß nicht. Du?«

Er gibt ein tiefes, leicht anzügliches Lachen von sich, bei dem mir ein elektrischer Schauer über den Rücken läuft, und ich weiß, dass ich total auf ihn abfahre. »Mal ganz ehrlich, Cadie. Ich hätte nichts dagegen, dich in deinem Evakostüm zu sehen.«

»Dann ist heute wohl dein Glückstag.«

Vom Fluss hallen Schreie und Planschgeräusche durch die Bäume zu uns herüber, als alle vom Pick-up zum Wasser rennen und ihre Klamotten auf dem Badesteg zurücklassen. Auch wenn wir sie noch nicht sehen können, weiß ich, dass genau das gerade passiert, weil ich es selbst oft genug getan habe. Als wir das Flussufer erreichen, sind fast alle im Wasser. Manche haben Badesachen an, andere nicht. Ich hatte noch nie Hemmungen, mich auszuziehen und direkt in den Fluss zu springen, weil ich all diese Leute schon mein Leben lang kenne. Aber in Noahs Gegenwart ist das was anderes. Ich war noch nie mit einem Fremden nackt baden.

Und noch schlimmer ...

Mein BH hängt zu Hause über der Duschstange. Ich kann mich also auch nicht hinter ein bisschen Baumwolle und Spitze verstecken.

Mit dem Rücken zu Noah atme ich einmal tief durch, um Selbstvertrauen zu tanken, und ziehe mein Kleid über den Kopf. Jason, der Blödmann, ruft mir anzüglich zu, dass ich hübsche Titten habe, darum verberge ich sie hinter meinen verschränkten Armen, halte die Luft an und hüpfe in meiner rot gepunkteten Unterhose ins Wasser. Noah springt neben mir rein, und kurz bevor ich untertauche, erhasche ich einen Blick auf grün karierte Boxershorts.

»Gibt's hier wirklich Alligatoren?«, fragt er, als er wieder auftaucht. Wir schauen uns an, nur unsere nackten Arme und Schultern ragen heraus, während wir in der Nähe des Stegs Wasser treten. Mir ist total bewusst, dass Noah trotz des trüben Wassers meine Brust sehen kann, aber jetzt noch zu versuchen mich irgendwie zu bedecken wäre, als würde man die Stalltür schließen, nachdem sich das Pferd davongemacht hat. Dennoch fände ich es schöner, wir würden in diesem Moment unseren Spaziergang am Fluss entlang fortsetzen. Noah wirft mir Blicke zu, glotzt aber nicht. Zum Glück. »Muss ich mir Sorgen machen, bei lebendigem Leib gefressen zu werden?«

Am Ufer steht ein gelbes Schild, das auf den Mangel an Rettungsschwimmern und eine Vielzahl von Alligatoren hinweist. Nicht weit von uns entfernt sitzt Janelle Clancy am Rand des Stegs und lässt nur die Füße ins Wasser baumeln, weil sie zu große Angst hat reinzugehen. Ihr älterer Bruder Clay hat vor ein paar Jahren zwei Finger an einen Alligator verloren. Allerdings war er auch völlig betrunken gewesen und bescheuert genug, das Biest mit einem Paintballgewehr zu provozieren. Aber wenn ich Janelle wäre, hätte ich vermutlich auch Angst.

»Nicht wirklich«, beruhige ich Noah. »Bei dem ganzen Lärm und Gezappel bleiben sie auf Abstand. Nur nach Einbruch der Dunkelheit sollte man nicht schwimmen gehen.«

»Ich weiß nicht so recht, ob ich es jetzt tun sollte.«

»Keine Sorge.« Ich habe das Gefühl, wir wären in unserer eigenen kleinen Blase, als ich ihn anlächele. »Ich werde dich beschützen.«

»Du bist aber nicht wie diese Sumpfmädels im Fernsehen, die Alligatoren auf den Mund küssen, oder?«

»Nein.« Ich starre auf Noahs Lippen und kann selbst nicht fassen, wie schamlos ich mich gerade verhalte. Aber, o mein Gott, ich will ihn unbedingt küssen. »Nicht Alligatoren.«

Als könnte er meine Gedanken lesen, bewegt er sich im Wasser auf mich zu und drückt seine Lippen auf meine. Doch jemanden in vier Meter tiefem Wasser zu küssen und dabei nicht unterzugehen ist alles andere als leicht. Wir treten uns gegenseitig an die Beine und unsere Lippen wollen nicht aufeinanderbleiben. Am Ende lachen wir uns dermaßen kaputt, dass wir einfach aufgeben.

»Vielleicht sollten wir's noch mal probieren, wenn wir wieder festen Boden unter den Füßen haben«, schlägt Noah vor.

»Unbedingt.«

Er zieht die Augenbrauen hoch. »Bald?«

»Ja.«

»Jetzt?«

Auch wenn wir noch nicht lange genug im Wasser sind, um es als Schwimmen gelten zu lassen, kann es nur eine Antwort geben. »Ja.«

Noah klettert als Erster die Leiter hoch und geht zu dem Haufen mit unseren Klamotten. Außer an den Armen – und vielleicht dem Bereich, den ich nicht sehen kann, weil er von schlaffen, nassen Boxershorts bedeckt wird – ist er nicht tätowiert. Schlank, nicht mager. Muskulös.

»Hey, Sparkles, suchst du das?« Jason steht in seinen nassen, praktisch durchsichtigen und total widerlichen weißen Unterhosen auf dem Steg und hält mein Kleid hoch.

»Gib's einfach Noah, bitte.«

»Komm und hol's dir.« Er wirbelt es wie ein Lasso über dem Kopf.

»Jason, bitte.«

Justin schwimmt an mir vorbei und klettert die Leiter hoch auf den Steg.

»Warum so schüchtern, Cadie?«, zieht Jason mich auf. »Wir haben dich doch sowieso schon alle nackt gesehen.«

Mein Gesicht läuft feuerrot an. Ich hasse es, wie schmuddelig das aus seinem Mund klingt. Ich blicke mich nicht um, aus Angst, dass mich alle anstarren, und ich vermeide Blickkontakt mit Noah, weil ich nicht sehen will, was ihm im Gesicht geschrieben stehen könnte. Jetzt wünsche ich mir wirklich, ich wäre in meinem Schlafanzug zu Hause bei Daniel Boone. Oder an irgendeinem anderen Ort, der nicht hier ist.

»Weil ich, wenn wir sonst schwimmen gehen, aus dem Wasser kommen und mich direkt anziehen kann«, sage ich mutiger, als ich mich fühle. »Aber jetzt geht das nicht, Jason. Ich muss nackt rumlaufen, bis du so gnädig bist mir mein Kleid zurückzugeben, und das ist, ehrlich gesagt, ein bisschen wie vergewaltigt zu werden.«

»Herrgott noch mal, Arcadia.« Er spricht meinen Namen wie eine ansteckende Krankheit aus, seine wütende Stimme hallt so laut durch die Bäume, dass ihn wahrscheinlich der ganze Statepark hören kann. »Ich bin kein Vergewaltiger. Über so einen Scheiß macht man keine Witze.«

»Gib ihr das Kleid zurück ...« Noahs Tonfall ist hart und er ballt die Finger immer wieder zu einer Faust. »Sonst reiß ich dir den Arsch auf.« Während er Jason mit Gewalt droht, stellt sich Justin neben Noah. Gemeinsam bilden sie eine Art Verteidigungsmauer zwischen mir und Jason. Justin spricht den Namen seines Bruders wie eine Warnung aus.

»Na schön.«

Ich weiß nicht, ob Jason wegen Noah oder Justin klein beigibt, aber sein Blick ruht auf mir, als er mein Kleid mit dem für ihn so typischen dämlichen Grinsen in den Fluss wirft.

KAPITEL 4

Ich halte mir das patschnasse Kleid vor die Brust, klettere die Leiter hoch und gehe den Steg entlang mit dem Rest Würde, der mir noch geblieben ist. Obwohl mir aus meinem Haar Wasser in die Augen tropft, wische ich es nicht weg, weil ich nicht möchte, dass irgendjemand glaubt, ich würde weinen.

»Was zum Teufel hast du dir dabei gedacht?«, will Justin von seinem Bruder wissen, aber Noah ruft im gleichen Moment meinen Namen und übertönt Jasons Antwort.

»Warte.« Noah holt mich am Ende des Stegs ein und bietet mir sein T-Shirt an. »Da. Es ist trocken.« Er dreht sich um, ohne dass ich ihn darum bitten muss – eine Geste, die so liebenswürdig ist, dass es mir einen Stich versetzt –, und wartet, während ich das Wasser aus meinem Haar wringe und in sein von der Sonne gewärmtes T-Shirt schlüpfe.

»Danke«, sage ich, sobald ich mich wieder halbwegs im Griff habe, und er wendet sich zu mir um. Ich stelle mich auf die Zehenspitzen und lege eine Hand um seinen Nacken. Seine Haut ist kühl vom Flusswasser und ich kann seinen Puls spüren, der – so wild wie meiner – unter meinem Daumen pocht, als ich mit meinen Lippen seine berühre. Ich küsse ihn ein Mal. Sein Mund ist so sanft, dass mein Hirn zerfließt.

Zwei Mal. Mit den Händen umfasst er mein Gesicht und seine Zunge streift meine.

Beim dritten Kuss werden Sterne geboren und andere verlöschen, und als ich die Augen wieder aufschlage, bin ich überrascht, wie wenig Zeit vergangen ist.

»Ich würde ihm am liebsten eins aufs Maul geben«, flüstert er. Unsere Lippen sind sich so nah, dass sie einander streifen, als er es sagt. Zwischen Küssen. Denn jetzt, da wir richtig losgelegt haben, ist es ein zu schönes Gefühl, um damit aufzuhören. In den zwei Jahren mit Justin bin ich noch nie so geküsst worden.

»Verstehe ich«, sage ich. »Aber ich fechte meine Kämpfe lieber selbst aus. Ich muss nicht gerettet werden, aber danke für das T-Shirt.«

Lindsey kommt angerannt, ihr dunkelblondes Haar und ihr grün gestreifter Bikini sind triefend nass vom Fluss. Sie bietet mir Jeansshorts an. »Ich habe eine zum Wechseln mitgebracht«, erklärt sie. »Wenn du, ähm ... wenn du sie dir ausleihen willst.«

Ich greife zu, weil wir beide ungefähr die gleiche Größe haben, aber vor allem ist ihre Jeans trocken und meine Unterhose nicht. Und ich kann es nicht ausstehen, in nasser Unterwäsche rumzulaufen. »Danke, Lindsey.«

»Jason ist so ein ...« Sie beugt sich vor und ihr kleines Stimmchen wird so leise, dass ich sie kaum verstehe. »... Arschloch.«

Ich reiße erstaunt die Augen auf. Lindseys Brüder haben das Fluchen praktisch erfunden, doch sie habe ich noch nie ein Schimpfwort benutzen hören. Nicht mal so harmlose Umschreibungen wie »Scheibenkleister« oder »Mist«. Dass sie Jason Kendrick als Arschloch bezeichnet, ist daher der absolute Hammer. Doch aus ihrem Mund klingt das Wort so lustig, dass ich mir auf die Lippe beißen muss, um nicht loszulachen. Noch bevor ich ihr zustimmen kann, eilt sie zurück über den Steg, wobei sie eine zweite Spur nasser Fußabdrücke hinterlässt, und springt ins Wasser.

Jason hat die ganze Sache schon wieder vergessen und organisiert mittlerweile einen Arschbombenwettbewerb, während Justin am Ende des Stegs steht und mich anstarrt, als wäre ich jemand, den er noch nie gesehen hat. Ich drehe mich weg und verkrieche mich in die tröstliche Weite von Noahs T-Shirt, um mich aus meiner nassen Unterhose zu winden und in Lindseys Jeans zu schlüpfen. Dabei habe ich das Gefühl, plötzlich wieder in der Grundschulumkleide zu stehen. So viel zum Thema schön und gefährlich.

Arcadia Wells. Patschnass und verlegen.

Aber als Noahs große Hand meine umschlingt, rauschen all die wilden Gefühle erneut auf mich ein, bis ich wieder gänzlich von ihnen erfüllt bin. »Also«, sagt er. »Was hältst du davon, wenn wir von hier verschwinden?«

»Es gibt nichts, was ich lieber täte.«

»... ich meine bloß, dass ich nicht sofort auf Torhüterin getippt hätte«, sagt Noah. Wir sitzen auf einem dicken Ast, der sich über den Fluss erstreckt, und lassen die Beine baumeln. Unter uns rauscht das Wasser über einen natürlichen Felsdamm und silbergraues Louisianamoos hängt um uns herum. Anderer Typ. Anderer Ast. Scheint mir nur fair.

Wir teilen uns die Kopfhörer seines iPods, so dass wir mit einem Ohr das Glissando einer Ska-Posaune hören und mit dem anderen das tänzelnde Lied des Flusses. Meine Stimme ist vom vielen Reden ganz heiser. Wir tauschen Lebensabschnitte aus. Seinen abwesenden Vater gegen die Chemotherapie meiner Mom. Seine Kindheit als Straßenkind gegen meine Fantasieweltreise. Seinen Magna-cum-laude-Abschluss in »Wildlife Management« gegen meinen wenig eindrucksvollen siebenundfünfzigsten Platz in einer Abschlussklasse mit dreihundertvierzehn Schülern. Noah erzählt mir, dass er den '69 Cougar von seiner kürzlich verstorbenen Großmutter aus Savannah geerbt hat. Und dass der Wagen tatsächlich noch den original 351-Motor besitzt. Ich erzähle ihm von meiner geheimen Garderobe und dass ich gerne die abgelegten Kirchenoutfits alter Damen umfunktioniere. Wie bei einer Partie Quartett sammeln wir die Geschichten des anderen und tauschen, bis wir ein passendes Blatt haben und unsere Hände voll sind. Bis die Sonne kurz davor ist, hinter dem Horizont zu verschwinden. Es ist ewig her, seit ich mich richtig mit jemandem unterhalten habe. Seit ich mich in meinem eigenen Leben so präsent gefühlt habe.

»Okay«, sage ich. »Warum sehe ich für dich nicht wie eine Torhüterin aus?«

»Du machst auf mich einfach den Eindruck, als würdest du einen Kampf eher aktiv angehen, als darauf warten, dass er auf dich zukommt«, erwidert er. »Deshalb ... ich weiß auch nicht ... dachte ich, du wärst Stürmerin.«

Ich lasse mir den Gedanken ein paarmal durch den Kopf gehen. Ja, die Antwort gefällt mir. Wir verstummen einen Moment lang und die unaufhörliche Klangkulisse der Nachtinsekten erfüllt die Luft um uns herum. Noah schlägt sich auf seinen nackten Unterarm und ich krame die Flasche Insektenschutzmittel aus meinem Rucksack. »Ich war Verteidiger«, sagt er. »Meistens im Mittelfeld, aber manchmal auch links außen.«

»Warst du gut?«

»Nicht gut genug, um in der Profi-Liga zu spielen, aber ganz okay. Was ist mit dir?«

Ich zucke mit den Schultern. »Ich hätte gerne die Chance gehabt, besser zu werden.«

»Vermisst du es?«, fragt er.

»Ständig.«

»Ich auch.« Noah steht auf, balanciert vorsichtig auf dem Ast und streckt eine Hand aus, um mir hochzuhelfen. »Bleibst du über Nacht? Ich habe einen Ball mitgebracht. Falls du bleiben willst, könnten wir morgen vielleicht ein bisschen kicken.«

Mittlerweile hat es sich Duane wahrscheinlich mit Jess vor dem Fernseher gemütlich gemacht und ich will ihn nicht stören. Ich könnte wohl eine andere Mitfahrgelegenheit zurück in die Stadt finden, aber es gibt eine Menge Gründe, warum ich heute Abend nicht nach Hause gehen will. Einer davon steht direkt vor mir. »Ich bleibe.«

Noah greift nach meiner anderen Hand und legt beide um seinen Hals. »Gut«, sagt er und seine Lippen streifen meine. Er fährt mit den Händen über meine Arme, meine Hüfte, dann wieder hinauf zu meiner Taille und hinterlässt dabei eine Gänsehautspur. Während wir auf dem Ast balancieren, küssen wir uns, bis es zu dunkel ist, um noch irgendetwas zu sehen – und gehen noch ein wenig weiter, jetzt da sich unsere Münder gegenseitig auswendig gelernt haben.

Als wir uns wieder auf den Weg zurück zum Magnolia-Campingplatz machen, krame ich die Taschenlampe aus den Tiefen meiner Tasche hervor. Ich lasse ihren Lichtstrahl über den Pfad schweifen und halte nach Wurzeln Ausschau, um nicht darüber zu stolpern. Noah tritt hinter mich, wenn struppige Palmenzweige uns zwingen im Gänsemarsch zu laufen. Er lässt dann meine Hand los, nimmt sie aber gleich wieder, sobald der Pfad breiter wird und wir nebeneinandergehen können.

Das gefällt mir, denn ich mag das Gefühl seiner Handfläche an meiner.

Als wir den Stellplatz der Kendricks erreichen, ist es bereits dunkel und die Party ist noch größer geworden. Die Musik ist so laut, dass es nicht mehr lange dauern wird, bis die Park Ranger auf uns aufmerksam werden. Jason und ein paar andere – einschließlich Matt und Lindsey – stehen um den Biertrog herum und kippen Jell-O-Shots. Matt winkt uns zu, doch mein Blick wandert weiter auf der Suche nach Justin. Er röstet mit Gabrielle Marshmallows über dem Lagerfeuer.

»Bier?«, fragt Noah, während er seinem Cousin mit zwei Fingern zurückwinkt.

Ich schüttele den Kopf. »Nein, danke.«

»Hast du Hunger?«

Ich hätte total Lust, mit Noah zusammen Marshmallow-Schoko-Sandwiches zu machen, aber das wäre irgendwie komisch. Als würde ich mir zu viel Mühe geben, Justin zu zeigen, dass ich ohne ihn klarkomme, dabei tue ich es wirklich. Es nervt mich, dass meine Gegenwart und meine Vergangenheit aufeinanderprallen. »Ich hätte gern einen Hotdog, wenn's noch welche gibt.«

»Irgendwelche Beilagen?«

»Überrasch mich.«

Ich setze mich ans Fußende einer Strandliege und versuche nicht hinzusehen, als Justin Gabrielle mit einem weichen Marshmallow füttert, und mich nicht daran zu erinnern, dass ich einmal sie war. Oder wie wir uns danach immer geküsst haben, damit er meinen süßen Mund schmecken konnte.

Unmöglich.

Stattdessen lehne ich mich zurück und halte nach Sternschnuppen Ausschau – vielleicht gibt es ja eine, die mich geradewegs aus dieser Stadt trägt –, bis mein Exfreund, seine Freundin und die ganze Party zu einem bloßen Hintergrundgeräusch werden. Bis Noahs Gesicht mit einem Lächeln über meinem auftaucht, das besser ist als jede Sternschnuppe und mich daran erinnert, warum ich geblieben bin.

»Hoch mit dir.« Er macht es sich hinter mir auf dem Stuhl bequem und ich sitze zwischen seinen Beinen und lehne an seiner Brust, während wir Hotdogs mit Ketchup verschlingen, als hätten wir seit Tagen nichts gegessen. Wir teilen uns eine Dose Cola und ein verschwörerisches Lächeln wegen unseres Heißhungers, und nachdem ich mir sorgfältig die Finger geleckt habe, küsst mich Noah. Bei diesem Kuss möchte ich einfach nur noch unter ihn rollen. Sein Gewicht auf mir spüren. Das macht mir Angst. Denn auch wenn wir am Fluss über alles Mögliche geredet haben, ist er dennoch ein Fremder. Doch dieses Verlangen verzehrt mich und ich weiß nicht, was ich tun soll.

»Wir könnten zu meinem Zelt gehen.« Seine Stimme ist ein leises Zittern an meinem Ohr und Gänsehaut zieht sich über die Rückseiten meiner Oberschenkel.

Ich werfe einen Blick auf die andere Seite des Feuers zu Justin und Gabrielle, aber sie sind weg. An ihrer Stelle sitzen jetzt Matt und Lindsey, die von Jell-O-Shots und schamlosem Flirten zu wildem Rumgeknutsche übergegangen sind. Und da wird mir schlagartig klar, dass meine Anwesenheit auf dieser Party Justin kein bisschen juckt. Es ist ihm egal, was ich esse oder wen ich küsse. Und meinen Hintern abzuchecken ist nicht dasselbe wie mich zurückzuwollen. Ich habe mich in meinem eigenen dämlichen und fantasierten Melodrama verheddert. Ich sehe Noah an. »Gehen wir.«

»Hey, Sparkles!«, ruft Jason mir lallend zu, als wir gehen. »Warte.«

Vielleicht will er sich ja entschuldigen, aber ich antworte nicht und schaue nicht zurück. Noah nimmt mich bei der Hand und wir rennen praktisch zum Stellplatz der Cousins, wo mein Kleid – das er vor unserem Spaziergang dorthin gebracht hat – an einer dünnen, zwischen zwei hohen Eichen gespannten Wäscheleine sanft im Wind weht. Ich bin eh schon halb verrückt nach ihm, aber als ich sehe, wie sorgfältig er das Kleid aufgehängt hat, ist es völlig um mich geschehen.

»Das ist meins.« Noah lässt meine Hand los, um den Reißverschluss an einem von zwei Kuppelzelten zu öffnen, und wir schlüpfen hinein. Er schaltet eine kleine batteriebetriebene Laterne ein und zieht mich auf die Doppel-Luftmatratze, auf der ein grüner Schlafsack und eine alte Omasteppdecke liegen. Wir küssen uns ebenso heißhungrig, wie wir die Hotdogs verschlungen haben. Gierig. Hastig. Er schiebt eine Hand unter mein T-Shirt, während meine Hände über seinen breiten, warmen Rücken gleiten. Seine Hüftknochen drücken gegen meine, und als seine Hand auf meiner Brust landet, schiebe ich sie nicht weg.

Keine zärtlichen Worte erfüllen die Dunkelheit. Überhaupt keine Worte. Nur Lippen und Hände und abgestreifte Kleider, bis uns nichts anderes als der Duft des Flusses umhüllt, der an unserer Haut klebt. Mir wird erst in diesem Moment bewusst, dass ich kurz davor bin, mit einem völlig Fremden zu schlafen, und dass wir über Verhütung reden müssen. Oder gar darüber, dass ich mir nicht sicher bin, ob ich das überhaupt will. »Noah, warte. Hör auf.«

»Alles klar«, haucht er gegen meinen Hals. »Kondome. Wir brauchen Kondome.« Er setzt sich auf und blickt sich um, als wüsste er nicht so recht, wo er ist. Ich kann das nachvollziehen, da ich völlig durcheinander bin, seit ich ihn getroffen habe. »Ich habe Kondome.«

»Nein, ich meine ...« Ich setze mich auf und ziehe die Knie an meine Brust. »Ich kann das nicht.«

»Oh.«

»Ich mag dich. Wirklich sehr, aber ich kenne dich kaum. Matt und du, ihr habt vielleicht auf jedem Campingplatz was mit irgendwelchen Mädels und das ist in Ordnung. Das geht mich überhaupt nichts an.« Obwohl ich weiß, dass ich unzusammenhängendes Zeug plappere, kann ich nicht aufhören. »Aber in deiner Nähe habe ich überhaupt keine Kontrolle mehr über mich und das macht mir Angst. Und ich weiß nicht, ob ich die Art Mädchen bin, die das einfach tun kann.«

Mit einem frustrierten Schnauben schnappt er sich seine Boxershorts vom Zeltboden. »Ich versteh nur nicht ...« Er atmet einmal heftig aus, macht den Reißverschluss des Zelts auf und geht nach draußen. »Ich brauch frische Luft.«

KAPITEL 5

Ich ziehe mich an, warte ein paar Minuten und frage mich, ob Noah zurückkommt – und ob ich dann hier sein will. Als ich Justin das letzte Mal Sex verweigerte, wurde er sauer und warf mir vor, ich würde ihn nur anspitzen. Auch wenn er behauptete, es wäre bloß ein Witz gewesen, fühlte ich mich unnötig schuldig und es endete im Streit. Ich könnte Noah seine Vergangenheit wohl verzeihen, aber wenn er nicht respektiert, dass ich auch Nein sagen kann, ist die Sache für mich gelaufen.

Und dann lasse ich mich von einem Buch ablenken. John Steinbecks *Die Reise mit Charley* liegt aufgeschlagen und mit der Schrift nach unten neben der Luftmatratze. Es ist schon so oft gelesen worden, dass der verblasste Buchrücken mit weißen Knickfalten durchzogen ist. Ich habe zu viele Lieblingsbücher, um eine engere Auswahl zu treffen, doch wenn ich es täte, wäre dieser Titel dabei. Nachdem ich in Amerikanischer Literatur *Die Früchte des Zorns* lesen musste, hatte ich eigentlich keine Lust mehr auf Steinbeck, bis Mr Dean mit mir um fünf Dollar wettete, dass mich *Die Reise mit Charley* umstimmen würde.

Ich nehme Noahs Exemplar, um zu sehen, auf welcher Seite er ist. Unter dem Buch liegt eine braune Lederbrieftasche, die um einiges verlockender ist als Steinbeck. Darin sind etwas Bargeld, eine Kreditkarte, ein Führerschein und ein Studierendenausweis der Universität von Maine. Für eine Wort-Fanatikerin wie mich ist jedoch noch faszinierender, dass Noah Thomas MacNeal, 22, zwei Bibliotheksauweise besitzt – einen aus Oakland und einen für eine Bibliothek namens Jesup in Bar Harbor, Maine. Ich weiß nicht, warum, aber ich muss lächeln.

Ich lege die Brieftasche zurück an ihr Versteck und gehe nach draußen, um mein Kleid von der Wäscheleine zu holen. Der vom Wind getrocknete Stoff ist ganz steif und riecht nicht viel besser als ich, doch ich ziehe es trotzdem über Lindseys kurze Jeans. Ich falte gerade Noahs T-Shirt zusammen, als er zurück ins Zelt kommt – nur in Boxershorts und mit ungeschnürten Stiefeln. Er hat einen Australischen Treibhund mit gefleckter Schnauze dabei.

»Hi«, sage ich und suche in seinem Gesicht nach einem vertrauten Ausdruck.

»Hey.«

»Hast du dir eine neue Gespielin gesucht?« Ich lasse es wie einen Scherz klingen – auch wenn ich mir nicht sicher bin, dass es das ist – und ein Lächeln schleicht sich auf Noahs ernstes Gesicht. Er setzt sich neben mich auf die Luftmatratze. »Ich muss mich wieder bei dir entschuldigen«, sagt er. »Ich dachte, du wolltest es auch, deshalb war ich irgendwie vor den Kopf gestoßen, als du die Notbremse gezogen hast und ... ich hätte nicht wie ein Arschloch davonstürmen sollen.«

Die Hündin legt ihren Kopf auf mein Knie – ich weiß, dass sie ein Weibchen ist, weil auf der knochenförmigen Marke an ihrem Halsband der Name Molly steht – und ich streichele das sanfte Fell zwischen ihren spitzen Ohren. »Entschuldigung angenommen«, sage ich. »Und nur damit du's weißt, ich wollte es wirklich auch, bis ... na ja, bis ich es eben nicht mehr wollte. Du hast nichts falsch gemacht. Ich hab einfach nur kalte Füße bekommen und ich schätze es sehr, dass du sofort aufgehört hast, als ich dich darum gebeten habe.«

»Warum hätte ich das nicht tun sollen? Ich bin kein Neandertaler.«

»Nicht mal annähernd.«

»Na, da wäre ich mir nicht so sicher«, erwidert er. »Aber falls es dich beruhigt – ich habe nicht die Angewohnheit, fremde Mädchen auf Campingplätzen aufzugabeln. Ich hab dich in dem Kleid die Straße entlanglaufen sehen, als würde dir die Welt gehören, und wollte dich einfach kennenlernen. Das will ich immer noch, aber das geht wohl nur angezogen, du machst mich nämlich völlig verrückt.«

Ich beuge mich vor, küsse ihn auf die Wange und ziehe die Steppdecke an mich. »Und wo hast du dieses süße Mädchen die ganze Zeit versteckt?«

»Sie hat in Matts Zelt gepennt«, sagt er und krault Mollys Wange und ich könnte schwören, dass sie ihn anlächelt. »Sie heißt Molly und ich hab sie letztes Jahr auf einer Farm oben in Maine gekauft. Da gab es diesen Stand mit Blaubeeren und Welpen. Eigentlich wollte ich Blaubeeren haben, aber stattdessen bin ich mit dem besten Hund der Welt nach Hause gegangen.«

»So ein schöner Hund.« Ich nehme die Steppdecke mit nach draußen, um sie neben der Feuerstelle auszulegen. Molly geht mir nach.

»Vor allem ist sie sehr schlau«, fügt Noah hinzu und mir gefällt, dass er Verstand der Schönheit vorzieht, auch wenn er über seinen Hund spricht. Kurz darauf tritt er aus dem Zelt, diesmal komplett angezogen. »Morgen früh zeige ich dir, was sie alles kann.«

Er stapelt Holz in die Feuerstelle. Als die Flammen prasseln, legen wir uns auf den Rücken und betrachten den Himmel. Molly macht es sich an meiner Seite bequem und hält mich warm. Gelächter aus der Ferne verrät mir, dass die Party immer noch in vollem Gang ist, aber das hier ist so viel besser.

»Heißt du wirklich Arcadia?«, fragt Noah.

»Jep.«

»Warum?«

»Keine Ahnung.« Ich erzähle ihm von Moms Babynamenbuch und von meiner Theorie, dass sie sich ein abenteuerliches Leben für mich gewünscht hatte. »Aber in neueren Büchern steht, dass der Name ›unberührtes Paradies‹ bedeutet, von daher ist wohl nicht viel dran an meiner Theorie.«

»Vielleicht hat deine Mom einfach etwas Unberührtes und Vollkommenes in dir gesehen.«

Es klingt wie eine geschmeidige Anmache, doch plötzlich überkommt mich eine große Traurigkeit, die Sterne verwandeln sich in einen Van-Gogh-Himmel und meine Augen füllen sich mit Tränen. Ich blinzele sie weg. »So habe ich das nie betrachtet.«

Noah rutscht näher an mich ran und bewegt den Arm, damit ich meinen Kopf auf seine Brust legen kann. Er riecht nicht nach Zitronen oder einem Nadelwald oder all den Dingen, nach denen Jungs in Büchern immer riechen. Ich nehme nur leichten Schweißgeruch wahr und eine stärkere Note nach verbranntem Holz, die in mir den Wunsch weckt, mich in ihm zu verkriechen. Er riecht wie jemand Wirkliches und sein Herz bahnt sich einen Weg durch Blut und Knochen, Haut und Baumwolle, um gegen meine Wange zu schlagen. »Vielleicht solltest du das«, sagt er.

Ich habe Angst, dass ich gleich weine, wenn wir über meine

Mutter reden, denn das passiert immer noch von Zeit zu Zeit. Deshalb frage ich ihn, ob die Tätowierungen wehgetan haben, und er antwortet Nein. Dann frage ich, ob er diese Frage satthat. »Ja, und auch, wenn Leute wissen wollen, was sie alle bedeuten.«

»Bedeuten sie denn irgendwas?«

»Nicht wirklich«, sagt er. »Ich war schon immer ein Fan von solchen ›Sailor Jerry‹-Old-School-Tattoos, aber ich hab mir das hier« – er zeigt auf einen Schoner, der auf einem Wellenberg reitet – »nur machen lassen, um ein beschissenes Tattoo zu überdecken, das ich mir selbst gestochen hatte. Und dann habe ich mir einfach immer neue ausgesucht.«

Ich fahre mit den Fingerspitzen an seinem Arm entlang, aber die mit Tinte bedeckten Stellen fühlen sich nicht anders an. Nicht dass ich das erwartet hätte. Als meine Finger Noahs Handgelenk erreichen, berühre ich das Armband aus Holzkugeln. »Was ist das?«

»Das ist ein Mala«, sagt er. »Eine buddhistische Gebetskette.«

»Bist du Buddhist?«

Fast alle hier in der Gegend gehören irgendeiner christlichen Kirche an, überwiegend sind es Südliche Baptisten. Mom war Methodistin, und wir darum auch, doch mittlerweile sind wir eigentlich gar nichts mehr. Manchmal habe ich ein schlechtes Gewissen, weil Daniel Boone die Sonntagsschule nicht kennt und die Schönheit der Kirche am Ostermontag, wenn sie erfüllt ist von Erlösung und weißen Lilien. Und ich weiß, dass Mom wollen würde, dass ich ihm das alles zeige. Aber in die Kirche zu gehen ist ohne sie einfach zu schwer.

Ich kenne keinen einzigen Nicht-Christen.

»Ich bin eigentlich nichts. Aber die hat mir zu Hause ein

buddhistischer Punkrock-Mönch geschenkt. Er glaubte, Meditation würde mir helfen mein Leben wieder auf die Reihe zu kriegen«, erklärt Noah. »Meditieren ist nicht gerade meine Stärke. Sobald es um mich rum ruhig wird, gräbt mein Hirn irgendwelche Songtexte aus und den ganzen Scheiß, den ich angestellt habe. Ich behalte das Mala nur, weil es mich daran erinnert, dass nichts von Dauer ist. Wut vergeht. Dummheit ist meistens vorübergehend. Und sogar die besten Dinge im Leben haben ein Verfallsdatum.«

»Funktioniert es?«, frage ich und überlege, ob man mit so etwas leichter von einem Tag zum nächsten kommt.

Er lacht leise und ich spüre seine Lippen an meiner Schläfe, als er antwortet. »Meistens ist es einfach ein Armband.«

Noah verschränkt seine Finger in meine und wir liegen schweigend da. In der Stille weht ein paarmal der Partylärm herüber. Das Unterholz um uns herum knistert. Ich verwechsle ein weit entferntes Flugzeug mit einer Sternschnuppe. Meine Augen werden schwer und ich bin kurz davor einzuschlafen, als Molly beim Klang eines scharfen, merkwürdigen Vogelrufs den Kopf hebt und die Ohren aufstellt wie kleine Radarschüsseln. Es ist kein Vogel, den ich je hier in der Gegend gehört habe. Noah pfeift einen ähnlichen Ruf zurück.

»Matt«, sagt er, als sein Cousin und Lindsey aus der Dunkelheit in den Schein des Feuers treten. Noah hebt den Kopf. »Hi.«

»Ihr zwei habt's euch schön gemütlich gemacht«, bemerkt Matt.

»Ja, schön gemütlich«, antwortet Noah und macht keine Anstalten, sich aufzusetzen.

Matt legt ein Holzscheit aufs Feuer und orangefarbene Funken sprühen auf, während Lindsey sich auf die Ecke der Steppdecke neben meine Füße setzt. Obwohl ich lieber weiter so mit dem Kopf auf Noahs Schulter daliegen würde, richte ich mich auf, um ihr mehr Platz zu machen.

In der Grundschule verbrachten Lindsey und ich ganze Pausen damit, kunstvolle Stadtgebilde mit Kreide auf den Asphalt zu zeichnen, aber als wir in die Mittelstufe kamen, begann ich Fußball zu spielen und sie hing mit den smarten Leuten ab. Wir sind immer noch gut genug befreundet, dass es mir nicht komisch vorkommt, ihre Shorts zu tragen, doch wir haben nicht mehr viel gemeinsam.

»Wie war die Party?«, frage ich.

Sie zuckt mit den Schultern. »Die Park Ranger werden bestimmt bald auftauchen, weil sich ein paar alte Leute in einem Wohnmobil beschwert haben, die Musik wäre zu laut – und dann ist Schluss.«

»Typisch.«

Als Matt damit fertig ist, das Feuer anzufachen, wird es auf der Decke noch voller. Im Schein der Flammen glänzt seine Haut golden, und obwohl er im Fluss schwimmen war, wirkt sein Haar sauber und weich. Er bemerkt, dass ich ihn mustere, und grinst, als ich wegsehe.

»Cadie, das ist mein Cousin Matt«, sagt Noah. »Matt, das ist –«

»Die berühmt-berüchtigte Arcadia Wells«, unterbricht Matt ihn. »Ich weiß. Wir sind uns schon über den Weg gelaufen. Bei der Rangerstation, wenn du es genau wissen willst.«

»Moment mal. Ist sie ...« Ich kann beinahe sehen, wie Noah ein Licht aufgeht, als ihm klar wird, dass nicht Lindsey Matt zur Lagerfeuerparty eingeladen hat. »Oh, Scheiße. Tut mir leid, Alter. Ich hatte nicht vor zu wildern.«

»Wildern?« Ich ziehe die Augenbrauen praktisch bis zum Haaransatz hoch. »Im Ernst? Ich bin ein Mensch, kein vom Aussterben bedrohtes weißes Nashorn. Und ich bin durchaus in der Lage, selbst eine Wahl zu treffen, und hab's nicht nötig, rumzusitzen und darauf zu warten, dass ihr entscheidet, wer mich bekommt. Aber das ist bestimmt nicht, was du mit Wildern gemeint hast, oder?«

Betretenes Schweigen breitet sich aus und ich frage mich, ob ich überreagiere. Meine Mutter hat mich immer ermutigt eine klare Meinung zu haben und sie mit Überzeugung zu vertreten, und manchmal glaube ich, dass ich andere damit wegstoße. Aber warum sollte ich ändern, wer ich bin, damit mich jemand mag? Warum sollte das irgendjemand tun müssen? Und warum sollte ich es Jungs nicht unter die Nase reiben, wenn sie Bockmist reden?

Noahs kleiner Finger streicht auf der Decke über meinen. »'tschuldige, Cadie.«

Als ich ihn meinen Namen so gefühlvoll sagen höre, möchte ich ihm auf der Stelle vergeben. Heute Abend will ich nicht wütend sein. Ich bin weit weg von zu Hause, frei von jeglicher Verantwortung, und sitze neben einem Typen, den ich schon bald wieder küssen will. Ich greife in die Kühltasche und hole ein paar eiskalte Dosen heraus. »Wer will ein Bier?«

Nachdem ich allen eins gegeben habe, scheint die Stimmung wieder wie vorher zu sein und wir unterhalten uns über den Plan der Jungs, ihren Campingtrip in Flamingo zu beenden. Matt erklärt, dass die Bewohner nach Hurrikan Wilma umgesiedelt wurden und die Stadt jetzt Teil des Everglades-Nationalparks ist.

»Dort gibt es ganze Straßenzüge ohne Häuser«, erklärt er.

»Nur die Betonfundamente, auf denen die Häuser standen, sind noch da.«

Ich lächele. »Klingt wunderbar unheimlich.«

»Genau«, sagt er und lächelt zurück, als wäre das ein Insiderwitz, den nur wir beide verstehen. »Aber wir sollten auch Disney World besuchen.«

Noah wirft ihm einen ungläubigen Blick zu. »*Du* wolltest doch nur campen und das ganze Tourizeug weglassen.«

»Ja, aber das wird bestimmt lustig«, gibt Matt zurück. Er legt den Arm um Lindseys Schulter. »Vor allem wenn wir ein paar hübsche Mädels überzeugen könnten uns zu begleiten.«

Lindsey kichert und ihre Augen strahlen vor Vorfreude. Ich bin mir nicht sicher, was sie aufregender findet: mehr Zeit mit Matt zu verbringen oder das *Magic Kingdom* zu besuchen.

Ich war sechs, als mich meine Eltern zum ersten Mal nach Disney World mitnahmen. Meine Erinnerungen daran sind recht vage, aber ich weiß noch, dass mein Vater zusätzlich Geld für das Epcot-Center ausgab, weil man nur dort Mulan begegnete – die einzige Disney-Figur, die ich unbedingt sehen wollte. Ich erinnere mich auch, dass ich mich übergeben musste, nachdem ich mit dem Teetassen-Karussell gefahren war. In der Siebten machten wir dann einen Klassenausflug dorthin, aber jetzt, wo ich darüber nachdenke, wird mir klar, dass Lindsey damals nicht dabei war.

»Alter«, sagt Noah leise. »Ich dachte, das hätten wir abgehakt.«

Da schwingt etwas in seinem Ton mit und ich frage mich, ob sie immer noch über Disney World reden. Unausgesprochenes liegt in der Luft, aber Matt tut es lachend ab. »Vielleicht will Cadie ja eine Runde mit den Teetassen fahren.«

»Eher nicht«, sage ich. »Als ich das letzte Mal damit gefahren bin, habe ich Orangenlimonade über die Beine meiner Mom gereihert.«

»Ich glaube ...«, Noah steht auf und reicht mir eine Hand, um mir hochzuhelfen, »... wir sollten das lieber morgen früh besprechen.«

Ich sage Matt und Lindsey leicht verwirrt Gute Nacht, während Noah auf sein Zelt zustapft. Molly und ich folgen ihm. »Was war denn da gerade los?«, frage ich, nachdem wir den Reißverschluss von innen zugezogen haben.

»Seit ich in Maine lebe, machen Matt und ich jeden Sommer zusammen Urlaub«, erklärt er. »Einmal sind wir den Teil des Appalachian Trails entlanggewandert, der durch Maine führt, über vierhundertfünfzig Kilometer. Ein anderes Mal sind wir die Küste entlang von Kittery nach Calais gepaddelt. Das ist wahrscheinlich unser letzter gemeinsamer Sommer, deshalb hatten wir uns darauf geeinigt, dass es bei uns beiden bleibt, verstehst du?«

Ich nicke. »Guter Plan.«

»War es«, sagt Noah. »Bis ich dich getroffen habe und dachte, wie cool es wäre, wenn du uns begleiten würdest. Aber ich wollte dich wegen meiner Vereinbarung mit Matt nicht fragen. Nur, jetzt hat er Lindsey eingeladen mit uns nach Disney World zu gehen.«

»Vielleicht mag er sie ja wirklich.«

»Er mag *dich.*«

»Ach, red keinen Quatsch«, gebe ich zurück. »Matt kennt mich doch gar nicht. Außerdem, wenn ich überhaupt mit einem Fremden nach Disney World abhauen würde, dann wärst du das.«

Er lächelt und streckt die Hände nach mir aus und ich spüre die Wärme seiner Finger durch den dünnen Stoff meines Kleids. Er küsst mich, bis mir schwindlig wird, und flüstert mir ins Ohr. »Willst du mit mir abhauen?«

Das ist eine völlig verrückte Idee, aber ein Teil von mir will Ja sagen. Der Teil, der sich vorstellen kann seine freie Hand zu halten, während er fährt. Ihn in Kleinstädten an roten Ampeln zu küssen. Mit einem Australischen Treibhund namens Molly auf einer Luftmatratze zu schlafen. Der Teil von mir, der mein ganzes Leben lang auf ein Abenteuer gewartet hat.

»Frag mich morgen noch mal.« Ich lege mich auf die Matratze und Noah schmiegt sich an meinen Rücken und sein Hund an meinen Bauch. Ich lächele. Es ist viel wahrscheinlicher, dass ich morgen nach Hause gehe und den Tag mit Daniel Boone und einem Korb dreckiger Wäsche verbringe. Aber heute Nacht ... diese unvollkommene, vollkommene Nacht wird in meiner Erinnerung erhalten bleiben wie die Blumen, die Mom zwischen den Seiten des verstaubten alten Wörterbuchs presste.

»Ich sollte nicht«, murmelt er mit schläfriger Stimme. »Aber ich werd's tun.«

Ich wache auf, weil ich aufs Klo muss. Und ich fühle mich verlegen, weil ich noch nie nach einer ganzen gemeinsamen Nacht neben einem Typen aufgewacht bin. Justin ist manchmal auf meinem Bett eingeschlafen, aber er hat nie die Nacht bei mir verbracht. Ich habe keine Ahnung, wie spät es ist, als ich mich aus Noahs Arm löse und mit den Füßen in meine Stiefel schlüpfe. Molly folgt mir zur Zeltklappe, doch als ich ihr zuflüstere, dass ich gleich wieder da bin, springt sie zurück auf die Matratze neben Noah.

Der Himmel an diesem Morgen ist das, was Daniel Boone »schafig« nennt – eine hellblaue Weide gefüllt mit bauschigen pink- und lilafarbenen Wolken, die aussehen wie eine dicht zusammengedrängte Schafherde. Matt steht vor seinem Zelt. Er trägt immer noch die Klamotten von gestern Abend und sein Haar ist zerzaust und ziemlich sexy. Mein eigenes Haar ist jenseits von Gut und Böse. Nachdem ich drauf geschlafen und gestern im Flusswasser geschwommen bin, will ich es mir erst gar nicht ansehen.

»Du bist früh auf«, bemerkt er.

»Berufskrankheit«, sage ich. »Ich habe einen kleinen Bruder, der sechs Uhr morgens für eine vernünftige Tageszeit hält. Ich muss aufs Klo. Und du?«

»Ich auch. Ich gehe mit. Wie alt ist dein Bruder?«

»Fast vier.«

»Meine kleine Schwester Lily ist gerade fünf geworden«, erzählt er mir. »Sie war, ähm ... nicht geplant.«

Ich nicke. »Danny war auch ein Unfall. Aber ich kann mir nicht mal vorstellen, wie ein Leben ohne ihn aussehen würde.«

»Lily ist supersüß«, sagt Matt. »Sie hatte mal so eine sternenförmige Sonnenbrille und erzählte allen, sie wäre ein Filmstar. Nur hat sie immer Bilmstar gesagt – und ich musste jedes Mal lachen.«

Mein Bruder ist vermutlich schon wach und ich frage mich, ob Dad mit der Morgenroutine klarkommt. Es ist nicht so, als wären sie nie zusammen allein, aber in der Regel nicht über Nacht, und ich traue Dad nicht zu, dass er die Eier richtig hinbekommt. Ich kann mich an keinen einzigen Morgen erinnern, an dem ich nicht da war. Mein Handy liegt in meinem Rucksack in Noahs Zelt und ich kann nicht anrufen, um zu checken, ob alles okay ist.

»Was macht ihr zwei heute?«, frage ich.

»Wir wollten auf dem Santa Fe River paddeln und noch eine Nacht hierbleiben«, sagt er. »Aber wir müssen zuerst in die Stadt, um Lebensmittel zu besorgen.«

»Perfekt. Ich muss nämlich zurück in die Stadt und mein Dad hat einen Lebensmittelladen«, erwidere ich. »Wenn ihr mich mitnehmt, gebe ich euch den Familienrabatt.«

»Du bleibst nicht?«, fragt Matt, als wir den Stellplatz der Kendrick-Brüder erreichen. »Ich hab das mit Disney World ernst gemeint. Ich weiß, Noah findet die Idee scheiße, aber Lindsey scheint total begeistert.«

Leute pennen in Schlafsäcken und auf den Ladeflächen von Pick-ups, und im hinteren Teil des Platzes ist der Zeltanhänger von Justins Eltern zu sehen. Ich trete gegen eine Bierdose und erwische damit die kleinen Plastik-Shotgläser, die überall rumliegen.

»Ja, ich glaube, sie ist noch nie ...« Meine Worte hängen in der Luft, als ich Jason erblicke, der nackt an eine große Eiche gelehnt dasitzt. Es ist nicht ganz abwegig, dass er sich betrinken und komplett ausziehen würde, aber auf den zweiten Blick sieht es so aus, als wäre er an den Stamm gefesselt. »Was zum Teufel?«

Silbernes Isolierband klebt quer über seinem Mund. Eine Wäscheleine ist mehrmals um ihn und den Baum gewickelt und hält ihn an Ort und Stelle. Als ich mich neben ihn auf die Erde knie, um ihn loszubinden, bemerke ich, dass sein Körper mit Insektenstichen übersät ist. Große, geschwollene Einstiche von Moskitos. Winzige rote Punkte von Stechmücken. Und die fiesen Blasen, die rote Ameisen hinterlassen. In dem haarigen Urwald auf seinen Armen verbergen sich sogar ein paar Zecken. Ich will gar nicht an die anderen Stellen denken, an denen er zerstochen sein könnte.

Matt klappt ein Campingmesser auf und tritt hinter den Baum, um das Seil zu zerschneiden, während ich Jasons Kopf anhebe. »Meine Güte, Kendrick, du dämlicher Klotz«, sage ich und versuche nicht zu weinen. »Was hast du angestellt?«

Ich ziehe vorsichtig an einer Ecke des Isolierbands und Jasons Augenlider öffnen sich so schlagartig, dass ich vor Schreck zusammenfahre. Mein Herz rast, als er gedämpfte Laute von sich gibt, die Augen verzweifelt und wild. »Lass mich nur ...«

Matt langt nach unten, zieht das Klebeband mit einem Ruck ab und reißt dabei ein Stück Haut von Jasons Unterlippe. Ein blutiger Fleck bleibt zurück. Jason jault auf und hält sich die dreckigen Hände vor den Mund.

»Verdammt, Matt, warum hast du das gemacht?« Es ist zu früh, um zu schrcien, aber ich kann nicht anders.

»Auf deine Art hätte es noch mehr wehgetan«, erklärt er, während er eine Decke unter Sammy Presley hervorzieht und sie über Jason wirft. »Was ist passiert?«

»Ich weiß nicht.« Tränen laufen über Jasons Gesicht und bahnen sich einen Weg durch den Schmutz. Er weint wie Daniel Boone, wenn er den Punkt erreicht hat, an dem er nicht mehr aufhören kann. Abgehackt. Würgend. Meine Wangen sind feuerrot, weil es mir für Jason peinlich ist, vor allem als die Leute um uns herum aufwachen und einen völlig anderen Mensch erleben als den Kerl, den wir alle kennen. Matt geht weg, um die Notfallzentrale anzurufen.

»Ich kann mich nicht mehr erinnern. Ich ... die Ameisen haben mich die ganze Zeit gebissen.« Jason röchelt und die Tränen hören gar nicht mehr auf. Es bricht mir fast das Herz, ihn so zu sehen. »Ich hab versucht um Hilfe zu rufen, aber keiner konnte mich hören.«

»Ein Krankenwagen ist unterwegs.« Matt drückt sanft meine Schulter, während ich durch die Decke Jasons Rücken reibe und ihm wieder und wieder versichere, dass alles gut werden wird. Alle sind jetzt wach und Justin kommt rüber und geht neben seinem Bruder in die Hocke.

»Wer war das?«, fragt er, aber Jason schüttelt den Kopf.

»Ich weiß es nicht. Ich hatte ein paar Shots und dann ... Ich kann mich an nichts erinnern.« Er verstummt einen Moment lang, schaut dann zu mir auf und schenkt mir ein kleines Lächeln, halb traurig, halb der alte Jason. Er wischt sich das Gesicht mit einer übergroßen LEGO-Hand und schmiert noch mehr Dreck über seine Stirn. »Bitte, Sparkles, sag mir, dass wir Sex hatten.«

»Du dämlicher Idiot«, antworte ich, doch insgeheim bin ich erleichtert, dass er wieder auf die Beine kommen wird.

KAPITEL 6

Obwohl der Krankenwagen ohne Blaulicht und Sirene eintrifft, sammeln sich eine Menge Schaulustiger, hauptsächlich Camper aus der unmittelbaren Umgebung. Jasons Ego hat für einen Tag schon genug gelitten und das Letzte, was er jetzt braucht, ist ein Publikum, doch er ist in ziemlich schlechter Verfassung. Die Rettungssanitäter kommen zu dem Schluss, dass sich ein Arzt seine Stiche und Bisse ansehen sollte, aber sie legen Jason nicht auf eine Trage oder so. Er steht einfach nur von dem Picknicktisch auf, an dem wir zusammen gewartet haben.

»Hey, ähm, Cadie«, sagt er und wickelt die pinkfarbene Blumendecke enger um sich, während er vom Boden aufblickt und mich ansieht. Seine Augen sind blutunterlaufen und die Wunde an seiner Lippe ist schwarz geworden, blutet aber nicht mehr. »Tut mir leid wegen deinem Kleid.«

»Ich weiß gar nicht, wovon du sprichst«, erwidere ich und ein Lächeln bricht durch den Schmutz auf seinem Gesicht, als er hinten in den Krankenwagen steigt.

»Bis bald, Sparkles.« Die Türen schließen sich und eine Minute später fährt der Wagen los. Wir anderen bleiben zurück und fragen uns, was eigentlich genau passiert ist. Spekulieren, wer Jason an einen Baum gefesselt haben könnte und warum. Nur hat niemand irgendetwas gesehen und jetzt, da er weg ist, fangen Sammy und Chris Gannon – zwei Typen von der Sorte große Muskeln, wenig Hirn – an wie Kindergartenkinder hinter vorgehaltener Hand zu lachen.

»Wart ihr das?« Ich zeige auf die Eiche, wo sich die Wäscheleine auf dem Boden kringelt und der Abdruck von Jasons Hintern im Dreck zu sehen ist. »Denn das Ganze ist kein bisschen lustig.«

»Nein, Mann«, protestiert Chris. »Ich hab bewusstlos hinten auf Kendricks Pick-up gelegen, aber komm schon, Cadie, das geschieht ihm echt recht. Du musst zugeben, dass es einfach saukomisch ist.«

Aber das ist es nicht. Denn als Matt das Klebeband abgerissen hat, roch Jasons Atem nach Erbrochenem. In der Nacht muss er solche Panik gekriegt haben, dass es ihm hochgekommen ist, und er konnte nichts anderes tun, als das Erbrochene wieder runterzuschlucken. Meine Augen brennen und ich zähle bis zehn, um nichts Fieses zu erwidern. Aber ich sage auch nichts besonders Nettes. »Ihr zwei seid solche Ärsche.«

Die Park Ranger sprechen mit den Leuten, die auf dem Kendrick-Stellplatz übernachtet haben, und stellen Fragen darüber, was geschehen ist. Auch wenn sie hier aus der Gegend sind – der Grund, warum sie unsere Lagerfeuerpartys normalerweise nur beenden und uns nicht aufs Revier schleppen –, müssen sie trotzdem ihren Job erledigen. Doch alle Partygänger sind total zugeknöpft, weil sie nicht wegen illegalen Alkoholkonsums Ärger bekommen wollen. Jeder hier, ich eingeschlossen, streitet ab, Jason Kendrick an den Baum gefesselt zu haben. Die meisten lügen nicht, wenn sie behaupten, dass sie nichts wissen, aber eine Person schon.

Meine Blase ist kurz vorm Platzen, als die Ranger mich gehen lassen. Auf halbem Weg zur Toilette holt mich Justin ein.

»Hey, Cadie«, sagt er. »Danke, dass du dich um meinen Bruder gekümmert hast. Du bist, ähm ... Du fehlst mir.«

Nachdem er mit mir Schluss gemacht hatte, hätte ich noch eine ganze Weile lang alles dafür gegeben, diese Worte aus seinem Mund zu hören und ihn mit einem so sanften und liebevollen Blick vor mir stehen zu sehen. Jetzt nicht mehr.

»Stimmt das wirklich? Oder sagst du das nur, weil du gesehen hast, wie ich einen anderen Typen küsse?«, gebe ich zurück. »Denn jetzt ist nicht der richtige Zeitpunkt, um darüber zu reden. Du hättest mich vor zwei Monaten anrufen können oder vielleicht ... vielleicht hättest du auch nicht mit mir Schluss machen brauchen. Was ich für Jason getan habe, sollte jeder anständige Mensch tun. Es hatte nichts mit dir zu tun. Und ... ich muss jetzt wirklich aufs Klo. Geh also zurück zu deiner Freundin und tu so, als hätten wir dieses Gespräch nie geführt.«

Ich warte nicht auf Justins Antwort.

Matt tritt gerade aus dem Toilettengebäude, als ich ankomme, und wartet, während ich im Waschbecken eine Katzenwäsche mit Papierhandtüchern und pinkfarbener Handseife mache. Gesicht. Brust. Unterarme. Intimstellen. Es bringt nicht viel, weil mein Kleid mit Jasons Rotz und seinen Tränen verschmiert ist, und ich kann es nicht ausstehen, Jeansshorts ohne Unterwäsche zu tragen, aber jetzt bin ich wenigstens nicht mehr ganz so schmuddelig.

»Also das war ein merkwürdiger Start in den Tag«, sagt Matt, als wir zurück zu ihren Zelten gehen. »Ist mit dir alles in Ordnung?«

»Ich glaub schon, ja«, antworte ich. »Ich meine ... wer tut so was Schreckliches?«

Hier in der Gegend wissen alle, dass Jason Kendricks dämliche Streiche harmlos sind. Er ist ein unbedarfter Trottel. Ein Clown. Und, mal ehrlich, wenn sich letzte Nacht irgendjemand an ihm hätte rächen wollen, wäre ich das gewesen. Nur würde ich so was nicht tun, weil ich Jason mag wie einen nervigen kleinen Bruder. Auch wenn er mich in den Wahnsinn treibt, würde ich nie so weit gehen mich an ihm zu rächen.

»Vielleicht war es ein Streich, der außer Kontrolle geraten ist«, meint Matt. »Oder Vergeltung für irgendwas. Du kannst mir nicht erzählen, dass unter den ganzen Leuten, die gestern auf der Party waren, nicht ein paar sind, die ihn gern an einen Baum fesseln würden.«

Ich will Jason verteidigen, aber es gibt wahrscheinlich eine ellenlange Warteliste von Freiwilligen. »Da hast du wohl Recht. Gestern wäre ich eine von ihnen gewesen.«

»Und sein Bruder auch.«

»Auf keinen Fall.« Das ist so abwegig, dass ich den Kopf schüttele. »Jason ist gestern praktisch gefoltert worden. Justin würde so was nie tun.«

Matt zuckt mit den Schultern. »Jeder hat irgendwann mal genug. Vielleicht wollte er Jason eine Lektion erteilen, weil er dich in Verlegenheit gebracht hat.«

»Nein. Das glaube ich nicht.«

Da er nichts mehr hinzufügt, wechsele ich das Thema. »Obwohl ich mich gewaschen habe, fühle ich mich immer noch ziemlich eklig. Ich kann's nicht erwarten, nach Hause zu gehen und zu duschen.«

»Heißt das, dass du nicht mit uns nach Disney World fährst?«

»Ich hab mich noch nicht entschieden«, gebe ich zurück. »Aber wenn ich heute mit euch abhänge, muss ich mich erst mal umziehen.«

Matt lächelt und die frechen Schmetterlinge, die in meinem Bauch ihr Unwesen treiben, seit ich die beiden Jungs aus Maine kennengelernt habe, laufen völlig Amok. Ich denke an gestern Abend zurück, als Noah meinte, Matt würde mich mögen. Mir prickelt kein elektrischer Schauer über die Haut wie bei Noah, aber hätte ich auf der Party mehr Zeit mit Matt verbracht … wer weiß. Vielleicht.

»Danke, dass du mir heute Morgen geholfen hast«, sage ich.

»Das war das Mindeste, was ich tun konnte.« Matts Lächeln dreht noch ein paar Watt auf und die Schmetterlinge legen einen weiteren verrückten Tanz hin. »Vielleicht weißt du das schon«, fährt er fort. »Aber Bar Harbor, wo wir in Maine wohnen, befindet sich in einem Nationalpark namens Acadia.«

»Ich hab davon gehört.«

»Aber was du wahrscheinlich nicht weißt, ist, dass es im sechzehnten Jahrhundert ein viel größeres Gebiet war, das Teile von Kanada umfasste, und Arcadia hieß, weil es als unverdorbene Wildnis galt, eine Art Utopia. Später ließen die Franzosen das R weg und es wurde zu Acadia.«

»Das wusste ich tatsächlich nicht.« Der Geografie-Freak in mir liebt dieses banale Detail, vor allem weil es mit meinem Namen zu tun hat, und ich kann nicht abstreiten, dass ich ein wenig bezaubert bin. »Acadia, hm?«

»Jep«, bestätigt er. »Die Sonnenuntergänge dort gehören zu den schönsten der Welt, besonders wenn sich der Himmel über Cadillac Mountain rot färbt. Du solltest es dir ansehen.«

»Ich füge es gerade meiner mentalen Liste von Reisezielen hinzu.«

»Setz Disney World auch auf die Liste«, sagt Matt, als wir die Zelte erreichen. »Denn ich hoffe sehr, dass du uns begleitest.«

Noah sitzt neben dem Feuer auf einem Stamm, trinkt Kaffee aus einer blau gepunkteten Campingtasse und stochert mit einem Stock in der Glut herum. Lindsey sitzt mit zerzausten Haaren am anderen Ende des Baumstamms und ist über ihre eigene dampfende Tasse gebeugt. Sie sieht müde aus und mir fällt ein, dass es immer noch sehr früh ist. Gerade mal sieben.

»Hey.« Noah reicht mir seine Tasse, als ich mich neben ihn setze. Ich trinke einen Schluck und gebe sie ihm zurück. Unsere Schultern und Oberarme schmiegen sich wie ein Klettverschluss aneinander und ich möchte sein verschlafenes Gesicht küssen. »Wo wart ihr?«

Ich erzähle ihm, was mit Jason passiert ist.

»Mann, das ist echt abgefuckt«, sagt Noah. »Hast du eine Idee, wer das gewesen sein könnte?«

»Niemand sagt ein Wort.«

»Wenn du mich fragst, war es der Bruder.« Matt gießt sich Kaffee ein. »Er hat nicht sehr erfreut geguckt, als ihr zwei die Party verlassen habt.« Er gestikuliert mit seinem Becher in meine und Noahs Richtung. »Und er war gestern am Fluss stinksauer.«

»Noah auch.« Lindseys Gesicht läuft rot an, als wir sie alle drei ansehen. »Ich wollte nicht ... o Gott, es tut mir leid. Ich habe nicht gemeint, dass du so was tun würdest. Ich wollte damit nur sagen, dass Noah oder Justin Jason nicht schaden würden.«

»Das würde ich nicht.« Noah reagiert heftig. »Und das habe ich auch nicht.«

Dennoch muss ich daran denken, wie er gestern auf dem Steg immer wieder die Faust geballt hat. Als wollte er Jason unbedingt schlagen.

»Cadie.« Noah spricht meinen Namen so ruhig aus, dass ich

mich zu ihm drehe. Er sieht mich an und wiederholt noch einmal: »Ich habe das nicht getan.«

Er war die ganze Nacht mit mir im Zelt, und als ich aufwachte, hatte er seinen tätowierten Arm um mich geschlungen, genau wie beim Einschlafen. Auf meiner Haut waren heute Morgen Abdrücke von den hölzernen Mala-Kugeln um sein Handgelenk. Molly wäre bestimmt aufgeschreckt und hätte versucht ihm zu folgen. Wenn er gegangen wäre, hätte ich doch sicher die Bewegung der Luftmatratze gespürt, oder?

»Ist es möglich, dass er sich aus Versehen selbst in der Wäscheleine verheddert hat?«, fragt Noah – auch mein erster Gedanke, als ich Jason entdeckte.

»Das ist *total* möglich.« Lindsey kichert, weil sie weiß, dass es absolut im Rahmen von Jasons bescheuerten Ideen liegt, sich an einen Baum zu binden.

Nur war das Seil zu fest und zu ordentlich um ihn herumgewickelt – er hätte das nie alleine hinbekommen. Außerdem war es auf der Rückseite des Baums verknotet, da hätte er gar nicht hinlangen können. Es war kein Unfall.

»Na ja, von uns kann es jedenfalls keiner gewesen sein, weil wir alle hier zusammen waren«, sagt Matt. »Und da die Sanitäter gesagt haben, dass euer Freund wieder auf die Beine kommt, könnten wir doch jetzt in die Stadt fahren, irgendwo frühstücken und dann was unternehmen. Lindsey, bist du dabei?«

»Klar doch.« Ihr Gesicht strahlt vor Hingebung und ich frage mich, was die beiden gestern Abend genau getrieben haben, während Noah und ich geschlafen haben. Nicht dass es mich irgendetwas angeht, ich bin bloß neugierig.

»Cadie?« Matt richtet dieselbe Frage an mich und ich kehre schlagartig in die Realität zurück.

Dad erwartet mich bestimmt schon zu Hause – auch wenn heute Rhea Chung den Laden öffnet und er erst um zwei dort sein muss –, doch ich bin noch nicht bereit nach Hause zu gehen. »Ich bin dabei.«

»Da ist es.« Ich lehne mich zwischen den zwei Vordersitzen hindurch zu Noah und Matt und zeige auf unser Haus. Noah parkt den Cougar in der Einfahrt – die merkwürdigerweise leer ist, trotz der frühen Morgenstunde – und sie folgen mir alle zur Haustür, einschließlich Molly, die vorher noch kurz in den Garten pinkelt. Ihr Hinterteil verschwindet dabei praktisch in dem peinlich hohen Gras. Durch die Augen von zwei wohlhabenden Unbekannten betrachtet erscheint die gestrige allgemeine Schäbigkeit noch schäbiger. Mir fällt der Schmutzrand am Türknauf auf, den wir jeden Tag berühren, und dass von einem der hölzernen Firstpfosten ein Stück weggebrochen ist. Zwischen den wuchernden Hibiskussträuchern sticht mir einer von Onkel Eddies zerdrückten Zigarettenstummeln ins Auge wie Neonreklame. Ich weiß nicht einmal, ob Matt und Noah all diese Dinge auch auffallen, aber ich kann sie nicht ignorieren und frage mich, ob mich die Jungs für einen Assi halten.

Drinnen ist es besser. Ich habe vor ein paar Tagen gesaugt, im Spülbecken stapelt sich kein dreckiges Geschirr und die Tür zur Waschküche ist zu, so dass sie den Klamottenberg auf dem Trockner nicht sehen können. An der Kühlschranktür finde ich eine Nachricht von Dad, dass er mit Daniel Boone – ich muss lächeln, weil er wirklich Daniel Boone statt Danny geschrieben hat – zum Pfannkuchenessen nach Lake City gefahren ist und dass ich meinen freien Tag genießen soll. Ich bin mir nicht sicher, was passiert ist, damit Dad so eine Hundertachtzig-Grad-Wende hinlegt, aber ich beschwere mich nicht.

Matt und Lindsey bleiben im Wohnzimmer und sehen sich die Bilder an, die über dem Sofa hängen. Mom hat gerne fotografiert, deshalb gibt es ein paar Schwarz-Weiß-Aufnahmen von mir und Dad und sogar eine von meinem Bruder, als er zu krabbeln anfing und sie eigentlich schon zu krank war, um noch Fotos zu machen. An der Wand hängt auch mein erstes Gemälde – drei Tulpen in Rot und Gelb – und ein krakeliges Buntstift-Bild, das Danny gemalt hat, noch bevor er sprechen konnte. Außerdem ein gerahmter Charley-Harper-Druck – eigentlich nur eine Seite aus einem alten Kalender – mit einem Opossumweibchen, das ihre Babys auf dem Rücken trägt. Für mich sind Opossums satanische, mit Fell überzogene Skelette, aber Mom fand sie wahnsinnig süß.

Noah folgt mir in mein Zimmer.

»Hier werden also Träume wahr, was?« Der sonst normal große Raum wirkt durch ihn plötzlich klein. Er setzt sich auf den Rand meines Betts, das zerwühlte Chaos aus Laken und Decken scheint ihn nicht zu stören. Ich kann mich nicht einmal daran erinnern, wann ich es das letzte Mal gemacht habe. Und seit Justin war kein Typ mehr in meinem Zimmer.

»Wenn du mit Träumen Nähen meinst und das Sammeln von Orten, die ich besuchen möchte, bevor ich sterbe ...« Ich öffne meinen Schrank und durchforste ihn nach meinen Lieblingsjeansshorts und einem gehäkelten Baumwolltanktop, das einmal meiner Mom gehört hat. Obwohl ich ein bisschen Angst habe, es könnte kaputtgehen, wenn ich es trage, will ich, dass Noah es sieht. »... dann ja, hier werden Träume wahr.«

Er zieht auf der Karte mit meinen Traumzielen eine rote

Stecknadel aus New York heraus. »Es ist nichts falsch daran, einen Traum zu haben, Cadie.«

»Ja? Was ist dein Traum?«

»Weiß ich noch nicht«, antwortet er. »Ich meine, ich wollte aufs College gehen, und das habe ich erreicht. Jetzt muss ich mir überlegen, was als Nächstes kommen soll. Keine Ahnung. Park Ranger könnte ich mir ganz gut vorstellen.«

»College hat mich nie wirklich interessiert. Aber ich werde auch nicht meinen Highschool-Freund heiraten, Kinder kriegen, bevor ich alt genug bin, Alkohol zu trinken, und auf ewig in High Springs festhängen.«

»Es muss nicht das eine oder das andere sein«, sagt er und steckt die Nadel fast am anderen Ende der Karte in einen Ort irgendwo in Montana. Ich wüsste gern, ob diese Wahl eine Bedeutung hat, doch bevor ich nachhaken kann, fährt Noah fort. »Du wirst etwas dazwischen finden.«

Molly kommt in mein Zimmer spaziert und lässt sich mit einem Seufzer neben Noahs Füßen auf den Boden sinken. Es ist komisch, wieder ein Tier im Haus zu sehen. Wir hatten eine getigerte Katze namens Tangerine, die meistens draußen unterwegs war und ein paar Tage nach Moms Beerdigung verschwand. Dad vermutete, dass die Katze überfahren worden war, aber vielleicht hat sie Mom zu sehr vermisst, um bei uns zu bleiben. Vielleicht gilt das auch für mich.

Molly sieht völlig hingebungsvoll zu Noah auf und ich kann dieses Gefühl gut nachvollziehen. Er erhascht meinen Blick, hakt seinen kleinen Finger um meinen und zieht mich an sich, bis ich zwischen seinen Knien stehe. Er riecht gut. Nach Seife und Kaffee, und während ich mit dem Finger an seinem T-Shirt-Ausschnitt entlangfahre, finde ich, dass ich im Moment einfach zu eklig bin für das hier. Noah ist das offenbar egal, denn er schlingt die Arme um meine Mitte, lässt sich nach hinten aufs Bett fallen und zieht mich mit runter. Auf sich. Lachend. Ich küsse ihn und er küsst mich, bis wir ein Durcheinander aus Lippen und Zungen sind und seine bebenden Finger durch mein Haar fahren. Ich habe nie Angst davor gehabt, Jungs zu küssen oder Nein zu sagen, aber Noah weckt in mir das Verlangen, mich all diesen Trieben hinzugeben, die wie Bienen unter meiner Haut schwärmen.

»Noah ...«

»Ich weiß.« Er atmet lange und langsam aus und sein Körper erschlafft unter mir. »Wir sollten sowieso los.«

»Ich muss erst noch duschen.« Ich löse mich von ihm und schnappe mir ein Handtuch vom Bürostuhl. »Aber das gerade war ziemlich traumhaft.«

Noahs Gesicht wird ein bisschen rot, als er sich mit einer Hand über den Kopf fährt, und seine Verlegenheit ist unglaublich süß. »Ja, das war's.«

Zehn Minuten später bin ich sauber, vernünftig angezogen für einen Tag in O'Leno und mein Haar riecht nach ewigem Sonnenschein. Jedenfalls steht das so auf der Shampoo-Flasche. Diesmal ist mein Rucksack mit Kleidung zum Wechseln, Sonnencreme, einem Badeanzug und einem Handtuch sowie zusätzlicher Unterwäsche gepackt. Ich klebe eine Nachricht auf den Kühlschrank – mit besonders vielen Küssen und Umarmungen für Daniel Boone –, in der ich Dad mitteile, dass ich morgen pünktlich zur Arbeit zurück sein werde. Falls wir auch noch den Ausflug nach Disney World machen, wird das zwar nicht so ganz hinhauen, aber das ignoriere ich einfach.

Wir fahren weiter zu Lindseys Haus und ich bin froh, dass

es dort noch assiger aussieht als bei uns: Im Garten neben dem Haus parkt ein Anhänger mit dem tarnfarbenen Alligatoren-Jagdboot ihres Dads, dahinter sieht man einen algengrünen Swimmingpool, der wahrscheinlich voller Kaulquappen ist. Dann bekomme ich ein schlechtes Gewissen, weil uns Mrs Buck nach Moms Tod tonnenweise Aufläufe zum Einfrieren vorbeibrachte. Als Lindsey aus dem Kabrio springt und sagt, dass sie gleich zurück ist, als wäre es ihr auch peinlich, habe ich erst recht ein schlechtes Gewissen.

»Wie sieht's aus, Cadie, kann man hier irgendwo Alligator essen?«, fragt Matt. »Das wollte ich schon immer mal probieren.«

»Ich hab gehört, dass es nach Hühnchen schmeckt«, fügt Noah hinzu.

»Zumindest ähnlich«, sage ich. »Und Lindseys Dad und ihre Brüder sind Alligatoren-Jagdführer. Sie haben bestimmt was in ihrer Kühltruhe.« Ohne abzuwarten, bis Noah die Tür öffnet, klettere ich über die Seite aus dem Auto. »Ich frag mal nach.«

Da die Bucks den Vordereingang kaum benutzen, laufe ich hinters Haus. Aber ich bleibe stehen, als Mrs Bucks Stimme durch die Fliegengittertür dringt. »Mir gefällt die Vorstellung nicht, dass du mit zwei Jungs, die du gerade erst kennengelernt hast, nach Orlando fährst.«

»Sie sind echt nett.« Ich kann Lindsey kaum verstehen. Es ist mir ein Rätsel, wie sie in einem Haus voller lauter Jungs je Gehör findet. Sie hat vier Brüder – drei ältere und einen jüngeren – und sie sind alle die totalen Wildsäue. Ray, der nur ein bisschen älter ist als wir, war in der sechsten Klasse mein erster Freund. Ich war zu nervös, um ihm auch nur zu küssen, deshalb suchte er sich ein Mädchen, das es nicht war.

»Ich weiß nicht so recht, Linds.«

»Cadie Wells geht auch mit. Es wird schon alles gut gehen, Mama. Wir bleiben zusammen.«

Ich klopfe, um mich anzukündigen, und trete ein. Sie stehen in der Küche und Mrs Buck umarmt mich so fest, wie ich schon lange nicht mehr umarmt worden bin. Ihr blau- und orangefarbenes Uni-Florida-Sweatshirt riecht nach Mehl und Vanille, als würde sie gerade backen. »Cadie, Schatz, wie geht's dir?«

»Sehr gut, danke«, sage ich. »Hab wie immer viel zu tun.«

»Dein Daddy ist bestimmt schrecklich stolz auf dich.« Sie macht sich an meinen Haaren zu schaffen und streicht mir eine Strähne hinters Ohr, so wie meine Mom es immer getan hat. Auch wenn es einfach nur eine mütterliche Geste ist, spüre ich einen kleinen Stich in der Brust. »Bitte sag mir, dass du auf mein Mädchen aufpasst.«

»Das werde ich.« Und die Sache ist die: Mrs Buck vertraut mir. Ich bin ein gutes Mädchen. Ein verantwortungsbewusstes Mädchen. Sie wird nicht mal bei meinem Vater nachfragen, ob er auch einverstanden ist – was er bestimmt nicht ist. Er lässt sich nicht so einfach hinters Licht führen wie sie. »Ich versprech's.«

Mit einem glücklichen Kreischer rennt Lindsey los, um sich fertig zu machen, und ich frage ihre Mutter, ob sie etwas Alligatorenfleisch für uns übrig hat. Darüber muss Mrs Buck lachen, als hätte ich den lustigsten Witz der Welt gerissen. »Ach, Schatz, wann haben wir jemals *kein* Alligatorenfleisch übrig? Wie hättest du's denn gern? Frisch, gefroren oder gepökelt?«

Mit einer großen Plastikbox voller gewürfelter Fleischstücke, die laut Mrs Buck in einer geheimen Marinade schwimmen – dabei besteht sie eigentlich bloß aus Sojasoße und Orangensaft mit ein bisschen geriebenem Ingwer –, gehe ich zurück zum Auto. Ein paar Minuten später kommt Lindsey aus dem Haus gestürmt – mit einer vollgestopften Reisetasche, die aussieht, als hätte sie für eine ganze Woche gepackt, und mit dem strahlendsten Lächeln, das ich je auf ihrem Gesicht gesehen habe.

KAPITEL 7

Rhea Chung kümmert sich um den Laden, als wir auftauchen, um Proviant einzukaufen: Holzspieße, Sojasoße, grüne Paprika, süße Zwiebeln und Kirschtomaten für die Alligatorenspieße, sowie Eier, Speck und Bohnen fürs Frühstück. Mehrere Beutel Eiswürfel. Bier. Es ist irgendwie komisch, als Noah einfach seine Brieftasche aufmacht und Rhea seinen echten Ausweis zeigt, weil ich mittlerweile daran gewöhnt bin, sie zu überreden bei meinen Freunden ein Auge zuzudrücken. Stattdessen frage ich sie, ob Dad reinschauen wird.

»Heute nicht.« Ihr dunkler Pferdeschwanz schwingt hin und her, als sie den Kopf schüttelt. Eigentlich heißt sie Youngmi, aber an ihrem ersten Arbeitstag erzählte sie mir, dass ihre koreanischen Eltern bei der Einwanderung in die USA den Namen Rhea auswählten, weil sie sich einen richtig amerikanischen Namen für sie wünschten. Ich sagte ihr damals nicht, dass es nicht gerade der typischste US-Name aller Zeiten ist ... wenn man Arcadia heißt, sollte man den Mund eh nicht so weit aufreißen. Und in der griechischen Mythologie war Rhea die Frau des Titanen Kronos und die Göttermutter. Es ist also ein echt cooler Name. »Er babysittet heute, darum mache ich Überstunden.«

Wut flackert in mir auf, weil es nicht Babysitten ist, wenn man sich um sein eigenes Kind kümmert, und ich jetzt ein schlechtes Gewissen habe, dass mein freier Tag eine Doppelschicht für Rhea bedeutet. Dabei ist es nicht wirklich meine Schuld. »Das tut mir so leid. Wenn du willst, kann ich –«

»Nein, nein, nein.« Ihr Pferdeschwanz schwingt noch schneller hin und her. »Du arbeitest zu viel, Cadie, und ich kann das Geld gut gebrauchen. Genieß deinen freien Tag und mach dir nicht so viele Sorgen.«

Mit Rheas Segen, der mein Gewissen beruhigt, folge ich Noah nach draußen in die Sonne. Er packt die verderblichen Lebensmittel und das Alligatorenfleisch in eine Kühlbox im Kofferraum und wir fahren in nördliche Richtung los, um von der Kanustation an der Highway-441-Brücke aus loszupaddeln.

Noah setzt sich hinten in unser Kanu und Molly legt sich in die Mitte, den Kopf auf eine gelbe Schwimmweste gebettet. Entlang des Ufers liegen Schmuckschildkröten aufgereiht wie überlappende Pfannkuchen und sonnen sich auf verrotteten Baumstämmen und schmalen Sandstränden, während in den Eichen auf beiden Seiten des Flusses Buschhäher schreien. Wir paddeln an den Ruinen einer Bockbrücke vorbei, über die früher die alte Straße nach Lake City führte, und keine fünfhundert Meter von der Kanustation entfernt erreichen wir Columbia Spring. Verfaulende Blätter geben dem Fluss eine teebraune Farbe, aber die Quelle sprudelt in einem so klaren Blaugrün auf, dass man den Eindruck hat, man könnte einfach die Hand in das knapp acht Meter tiefe Wasser tauchen und den Grund berühren.

Wir sprechen nicht viel, während wir uns den Fluss entlangbewegen, außer um uns gegenseitig auf ein paar Wildtruthühner, eine Handvoll Graureiher und einen fast zwei Meter langen Alligator aufmerksam zu machen, der im Wasser in der Nähe des Ufers liegt. Es ist auch einfach zu schön, um zu reden. Wir passieren die Quelle bei der Bootsrampe, deren Wasser fast zu brodeln scheint, und zur Mittagszeit hin wird die Sonne immer wärmer. Als wir Poe Spring erreichen, haben wir schon mehrere Wasserflaschen und Coladosen geleert.

Justin und ich waren gerade mal einen Monat zusammen, als wir mit dem Kajak nach Poe paddelten, um auf dem Dock zu picknicken. Da er noch nicht Auto fahren durfte, brachte uns seine Mom zur Kanustation und lieh die Boote für uns aus. Und die Sandwiches, die sie in eine kleine Styropor-Kühlbox packte, waren Wurstsalat auf weißem Brot. Ich kann Wurstsalat nicht ausstehen. Trotzdem aß ich eins, weil wir noch nicht lange miteinander gingen und ich zu höflich war, um Justins Mom die Wahrheit zu sagen.

Ich blicke über die Schulter zu Noah, dessen Augen hinter einer dunklen Sonnenbrille versteckt sind. »Ich kann Wurstsalat-Sandwiches nicht ausstehen.«

»Wo kommt das denn auf einmal her?« Er lacht ein bisschen. »Aber, okay ... Ich kann Muschelsuppe nicht ausstehen.«

»Im Ernst?« Ich drehe mich ganz zu ihm herum und lasse ihn alleine paddeln. Und ich gebe zu, dass ich gerne dabei zusehe, wie seine Schultern sich bewegen, während die Paddel sauber das Wasser durchschneiden. »Und sie haben dich noch nicht aus Maine rausgeschmissen? Du müsstest deswegen eigentlich zurück nach Kalifornien deportiert werden, oder?«

Er legt einen Finger auf die Lippen und zeigt auf die Bäume. »Der Wald hat Ohren.«

»Na ja, wenn du dich dann besser fühlst, ich kann Okraschoten nicht ausstehen.« Ich strecke die Hand aus und kraule Molly unterm Kinn. Sie ist eine perfekte Kanupassagierin und sitzt einfach nur lächelnd in der Sonne. »Sie sind schleimig und eklig, und auch wenn man mir dafür meine Südstaatenzugehörigkeit entziehen könnte, finde ich sie widerlich.«

»Dein Geheimnis ist bei mir sicher aufgehoben«, sagt Noah. »Ich kann Erdnussbutter mit Marmelade nicht ausstehen.«

»Jetzt mach mal 'nen Punkt. Wer bitte mag keine Erdnussbutter mit Marmelade?«

»Ich. Und Thunfisch.«

»O mein Gott, bist du überhaupt ein Mensch? Hör jetzt lieber auf. Gleich erzählst du mir noch, dass du Leber oder Rote Bete magst.«

»Beides«, sagt er. »Aber nicht so gern wie Wurstsalat.«

»Ich will die Kanus wechseln. Matt kann unmöglich so merkwürdig sein wie du.« Ein Wasserstrahl von seinem Paddel trifft mich eiskalt und raubt mir den Atem. Ich packe mein eigenes Paddel und spritze zurück. Dann macht Matt mit. Und Lindsey. Kurz darauf liefern wir uns alle vier eine wilde Wasserschlacht – während Molly sich bellend im Kreis bewegt –, bis wir alle tropfnass sind und unsere Schreie durch die Bäume hallen.

Als wir uns schließlich wieder beruhigt haben und ich mich mit meinem Paddel nach vorne drehe, sagt Noah ganz sanft meinen Namen und beim Klang seiner Stimme läuft mir ein süßer Schauer das Rückgrat hoch. Ich wende mich ihm wieder zu.

Er schenkt mir ein schiefes Grinsen, bei dem meine Knie zu Butter werden. »Ich kann Wurstsalat auch nicht ausstehen.«

Etwa fünfzehn Minuten später biegen wir vom Hauptstrom auf den engen Flusslauf ab, der zur Lily Spring führt. An den Bäumen hängen handbemalte Schilder mit Sprüchen wie »Wenn der Mensch nur halb so schlau wäre, wie er glaubt, wäre er doppelt so schlau, wie er wirklich ist« und »Ich wurde mit dem bequemsten und billigsten Badeanzug geboren, den ich finden konnte«. Andere geben den freundlichen Hinweis: »Unbeaufsichtigte Kinder werden als Alligatorenköder verwendet. Willkommen in Lily Spring«. Und zuletzt ein rautenförmiges gelbes Warnschild: »Naked Ed voraus«.

»Wahnsinn«, ruft Matt vom anderen Kanu herüber. »Das ist wirklich wahr.«

Als wir um die Flussbiegung kommen, erblicken wir als Erstes eine Palmhütte mit Schilfdach, die eher auf eine verlassene tropische Insel gehört als in die Wälder Floridas. Neben der Quelle befindet sich eine Anlegestelle mit verschiedenen Ebenen und auf der höchsten steht Naked Ed. Er trägt nichts als einen Lendenschurz, der einem braunen Pelz-Stringbikini ähnelt, und so eine Art Stammeskette um den Hals. Sogar sein Kopf ist nackt, doch er hat einen grauen Vollbart, der zu seinem Brusthaar und dem Kugelbauch passt.

Als meine Freunde und ich noch klein waren, dachten wir, Naked Ed wäre so etwas wie ein uralter Eremit. Damals jagten wir uns gegenseitig Angst ein mit irgendwelchen Geschichten, zum Beispiel, dass Ed einen schnappte, wenn man auch nur den kleinen Zeh in die Lily-Spring-Quelle steckte, und dass man seine Familie dann niemals wiedersehen würde. Jetzt, da ich ihn mit seiner Opa-Brille und seinem lächelnden Gesicht sehe, stelle ich fest, dass er gar nicht so alt ist. Sechzig und ein paar Zerquetschte vielleicht.

»Hallo.« Naked Ed winkt, als wir die Kanus auf den Strand setzen und Noah Molly anleint. »Falls es den Damen lieber ist, kann ich den Lendenschurz anbehalten.«

Auch wenn ich natürlich schon nackte Männer gesehen habe – zuletzt heute Morgen –, bin ich nicht wirklich darauf versessen, die Kronjuwelen des alten Eds vorgeführt zu bekommen. »Das wäre super, danke«, sage ich.

Er lädt uns ein in der Quelle zu baden – nackt, wenn wir möchten –, aber nach dem gestrigen Fiasko bin ich auf Nacktbaden genauso wenig erpicht. Während Noah und Lindsey sich aus den Kleidern schälen und in ihren Badesachen in die Quelle waten, klettert Matt auf die Anlegestelle und ich folge ihm. Ed zeigt auf zwei weiße Plastikstühle und bietet uns wortlos an Platz zu nehmen.

»Deine Haare gefallen mir«, sagt er und hält meine Hand ein bisschen länger als nötig, als wir uns begrüßen. Seine Finger sind warm und überhaupt nicht spröde und trocken wie die Finger alter Leute. »Mit diesen blauen Augen siehst du wie ein umgekehrter Sonnenaufgang aus.«

»Wäre das nicht ein Sonnenuntergang?«, fragt Matt über meine Schulter.

»Nö.« Naked Ed führt das nicht weiter aus und zwinkert mir zu, als er meine Hand loslässt, um Matt zu begrüßen. »Aber auf jeden Fall sind sie hübsch.« Ed hat einen starken Südstaatenakzent und ich fühle mich sofort zu Hause. Für einen Fremden wie Matt ist er vielleicht ein Novum, doch ich fühle mich ihm irgendwie verwandt und verspüre einen Beschützerinstinkt, mit dem ich nicht gerechnet hätte.

»Darf ich fragen … wie es Sie hierherverschlagen hat?« Ich horche auf Anflüge von Sarkasmus und Gehässigkeit in Matts Stimme, aber er ist einfach nur freundlich. Ich mache es mir auf meinem Stuhl bequem und Matt setzt sich auf den anderen.

»Na ja, wie das Schild schon sagt …« Ed zeigt auf eine große Tafel, die in der Nähe an einem Baum hängt. In krakeliger Handschrift informiert sie über die Quelle und über seine Person. »Ich leide an der Glasknochenkrankheit, und nachdem ich mir mehrere Knochen gebrochen hatte, war Weiterarbeiten für mich zu gefährlich. 1985 habe ich beim Paddeln auf dem Fluss diese Quelle entdeckt. Und da ich Wasser und Nacktbaden mag, dachte ich, ich biete an mich um den Ort zu kümmern, wenn ich dafür darin baden darf. Die da oben stimmten zu und hier bin ich.«

Ich ziehe die Knie unter mein Kinn und stelle die Füße auf den Rand des Stuhls. »Wissen Sie, als ich klein war, habe ich oft bei meiner Freundin übernachtet, und wenn wir spätnachts immer noch nicht schlafen wollten, warnte uns ihre Mama, dass Naked Ed uns holen würde, wenn wir nicht bald Ruhe geben.«

Er bricht in schallendes Gelächter aus und lächelt dann. »Du bist aus der Gegend, oder?«

Ich erzähle ihm, dass meinem Dad der Laden in High Springs gehört, und er gesteht, dass er für gewöhnlich die Preise im örtlichen Supermarkt vorzieht.

»Ich beziehe Berufsunfähigkeitsrente«, sagt er zur Erklärung und ich kann das verstehen. Zwar eine Rente, aber nur ein kleiner Betrag. »Trotzdem unterstütze ich gerne einheimische Betriebe, deshalb kaufe ich auch in eurem Laden ein. Wenn ich das nächste Mal in die Stadt komme, werde ich nach deinem feurigen Haar Ausschau halten.«

»Ich kann nicht garantieren, dass ich Sie angezogen wiedererkennen werde«, gebe ich zurück, worüber er wieder schallend lacht.

»Dieses Mädchen ist eine Wucht«, sagt Naked Ed zu Matt. »Die solltest du behalten.«

»Oh, wir sind nicht –«, setze ich an.

»Das ist der Plan«, unterbricht mich Matt. Unsere Blicke

treffen sich und ich hoffe, dass ich nicht rot werde, denn mein Gesicht fühlt sich heiß an – und das nicht nur von der Sonne Floridas. Ich senke den Blick auf seine gebräunten Hände und starken Handgelenke und habe ein schlechtes Gewissen, weil ich mich von ihm angezogen fühle. Als wäre ich irgendeine notgeile Tussi, die nicht genug kriegen kann – dabei bin ich nur ein Mädchen, dem es an Zuneigung fehlt, und diese plötzliche Welle der Aufmerksamkeit fühlt sich wie eine Sturzflut an.

Ich blicke zum Wasser, zu Noah, der mich mit einem verschlagenen Lächeln und einem Finger herüberwinkt. Und genau da liegt der Unterschied. Matt ist wie Schmetterlinge im Bauch. Ein harmloser Flirt. Doch Noah besitzt eine magnetische Anziehungskraft, die mich von meinem Stuhl zur Anlegestelle und dann in die Quelle hüpfen lässt. Als ich wieder auftauche, ist er da.

»Deinem Charme verfällt jeder, oder?« Seine Stimme ist so leise, dass nur ich ihn hören kann. Ich bin mir nicht sicher, ob er mich bloß aufzieht, glaube es aber nicht.

»Redest du von Ed?« Ich schiebe mein nasses Haar aus dem Gesicht. »Das war nur Spaß.«

»Ich rede nicht von Ed.«

Er zieht mich nicht auf.

Ich schaue zu Lindsey hinüber – ich hatte sie fast vergessen –, doch sie schwimmt lächelnd und mit geschlossenen Augen auf dem Rücken. Und hört nicht zu, wie wir etwas verkomplizieren, das nicht kompliziert sein muss. Vor allem weil Noah und Matt, sobald wir vom Disney-World-Ausflug zurück sind, mit dem Cougar Richtung Flamingo weiterfahren werden. Und ich verwandle mich dann wieder in das Mädchen, dem es an Zuneigung mangelt.

»Sei nicht so.« Ich verschränke die Finger in seine, als wir uns im seichten Wasser tiefer sinken lassen und unsere Knie sich berühren. Meine Worte rufen ein merkwürdiges Déjà-vu-Gefühl in mir hervor, das an eine Nacht erinnert, als ich acht oder neun war. Der Babysitter hatte mich bereits ins Bett gebracht, aber ich war noch wach, als meine Eltern, die ausgegangen waren, spät nach Hause kamen. Durch meine Zimmertür hörte ich, wie meine Mutter genau diese Worte sagte: »Komm schon, Danny, sei nicht so.«

Vor mir nannte sie ihn nie Danny. Nur Dan. Deshalb schlich ich durch den Raum, drückte mich an die Tür und lauschte, als Dad antwortete. »Bei schönen Frauen ist es einfacher, da weiß man von vorneherein, dass man ihnen nicht das Wasser reichen kann.« Seine Worte waren genuschelt, jedoch zärtlich. »Bei Frauen wie dir, Marie ... meistens bist du ganz gewöhnlich und ich kann nachvollziehen, warum du mich liebst, aber manchmal strahlst du so hell, dass es wehtut, und ich habe Angst, dass ich dich nicht werde halten können.«

»Für mich gibt es nur dich«, erwiderte Mom an diesem Abend. »Wenn es sein muss, werde ich dir das bis zu meinem Lebensende noch eine Million Mal sagen. Für mich gibt es nur dich.«

Ihre Worte waren wie eine geheime Sprache, die ich bis zu diesem Moment nicht verstand. Der Typ neben mir liebt mich nicht, wie mein Dad meine Mom geliebt hat. Liebe, die so groß ist, dass man ohne sie gelähmt ist. Liebe hat mit dem, was hier passiert, nichts zu tun, weil wir uns kaum kennen, und doch ist Noah auf dieselbe Art und Weise eifersüchtig. »Jetzt ist morgen«, sage ich. »Könntest du mich noch mal fragen, ob ich abhauen will?«

»Das hängt davon ab, ob du mit mir oder meinem Cousin abhaust.«

»Sei nicht so.« Diesmal flüstere ich es. »Frag mich.«

»Tust du's?«

Ich nicke. »Unbedingt.«

Er strahlt übers ganze Gesicht und greift nach mir. Ich vermute, dass er mich küssen will, aber stattdessen hebt er mich hoch und wirft mich in den tiefen Teil der Quelle. Ich komme lachend wieder hoch, während Lindsey untertaucht und versucht ihn an den Fußgelenken zu packen. Doch Noah ist groß. Massig. Und als er nicht untergeht, springt Matt von der Anlegestelle aus mit voller Wucht in die Quelle und spritzt Noahs Gesicht voll. Wir schaffen es nur zu dritt, ihn unter Wasser zu ziehen – und selbst dann glaube ich, dass er uns lässt. Anschließend versuchen wir eine ganze Weile lang uns gegenseitig zu tunken. Bis Matt Reiterkämpfe vorschlägt.

Für die erste Runde sitze ich auf Noahs Schultern, aber da Matt kleiner und Lindsey nicht so stark ist wie ich, schlagen wir sie mühelos. Dann tauschen wir und ich werde total nervös, weil ich das Gefühl habe, dass die Art, wie Matt die Hände um meine Waden schlingt, etwas bedeutet – oder dass es Noah stört –, und ich verliere meinen Vorteil. Lindsey schubst mich mit einer Leichtigkeit, die peinlich ist, von Matts Schultern, bis ich mich endlich zusammenreiße.

Wir essen auf dem sandigen Ufer zu Mittag, und bevor wir weiter über den Fluss paddeln, posieren wir für Fotos mit Naked Ed. Er umarmt mich und fordert Lindsey und mich auf mal wieder vorbeizuschauen.

»Und falls es mit den beiden Jungs nichts wird«, ruft er, als wir wegpaddeln. »Ihr wisst, wo ihr mich finden könnt.«

KAPITEL 8

Lange bevor Mom herausfand, dass sie Krebs hatte, gingen Dad und ich jeden Sommer ein paarmal in O'Leno campen. Wir fuhren nach dem Abendessen los, wenn es noch hell war, und sobald wir im Park waren, stellte er das alte muffige Zelt auf, das den Rest des Jahres in der Garage verstaut war. Dann hallte der Klang von Metall auf Metall – von Hammer auf Hering – durch die Bäume. Es war ein erwartungsvoller Klang.

Nachdem er mit dem Zelt fertig war, machte er ein Feuer und erzählte mir Geschichten. Gespenstergeschichten, bei denen ich das Gesicht in der Sicherheit seines Arms vergraben musste. Märchen von bösen Meerjungfrauen mit scharfen Zähnen, die in den Sinkhöhlen des Santa Fe Rivers lebten und Alligatoren als Haustiere hielten. Und als ich älter wurde, Geschichten aus dem wahren Leben über seine Schwester Suzanne, die aus High Springs abhaute und erst für Moms Beerdigung zurückkam. Bei dem Gedanken an Suzanne frage ich mich, ob es in der Wells-Familie ein Fernweh-Gen gibt, das völlig an Dad vorbeigegangen ist. Morgens briet er über dem glühenden Holzfeuer Eier und Speck in einer gusseisernen Pfanne und ich war felsenfest davon überzeugt, dass er alles konnte.

Heutzutage ist es ein Ereignis, wenn wir beide zum Abendessen gleichzeitig am Tisch sitzen. Und ich wünschte, wir könnten die Zeit zurückdrehen. In einer perfekten Welt würden wir auch Mom zurückbekommen, aber es wäre schon okay, wenn Dad und ich uns einfach wieder nah sein könnten. Ich denke darüber nach, während Matt die Alligatorenspieße auf einem Rost über der Feuerstelle wendet, und die tropfende, zischende Marinade bringt mich zurück zum Zeltplatz.

»Das riecht fantastisch«, sagt er. »Dafür, dass du meine Alligatorenträume hast wahr werden lassen, Linds, darfst du dir aussuchen, was wir in Disney World als Erstes machen.«

»Ich will die Space-Mountain-Bahn fahren. Oder, nein ... warte. Vielleicht könnten wir zuerst zum Harry-Potter-Park gehen. Aber eigentlich wollte ich schon immer ins Epcot Center, weil ich es wohl nie ins echte Paris schaffen werde. Wäre es sehr komisch, wenn ich mich mit Ariel fotografieren lasse?« Die wenigen Sätze, die sie gesagt hat, seit wir Matt und Noah getroffen haben, würden auf ein Post-it passen, aber jetzt sprudeln die Worte nur so aus ihr heraus. »Ich meine, ich weiß, ich bin zu alt für Disney-Prinzessinnen, aber –«

»Immer mit der Ruhe«, zieht Matt sie auf. »Du hast noch genug Zeit, um dir das alles zu überlegen.«

»Sie hat aber irgendwie Recht«, wende ich ein. »Es gibt drei oder vier Themenparks, und wenn wir nur einen Tag lang bleiben, brauchen wir so was wie einen Plan.«

»Ich hab eine App gefunden.« Lindsey tippt auf ihr Handy-Display, und während sie sich vom Sog der Technologie mitreißen lässt, blickt Noah nachdenklich ins Feuer. Ich habe ein schlechtes Gewissen, dass wir über Disney World reden, wenn er eindeutig keine Lust hat, dorthin zu fahren.

»Lindsey und ich sollten nicht mitkommen.« Ich spreche so leise, dass nur er mich hören kann, meine Wange an seinen Oberarm geschmiegt. Das ist ein schwieriges Eingeständnis, weil ich wirklich mitgehen will. Disney World ist kein großes Abenteuer, aber zumindest ein Schritt weg von hier. »Wir haben eure Tour in Beschlag genommen und das ist nicht fair.«

»Nein. Ich will auf jeden Fall, dass ihr mitkommt.« Er legt den Arm um mich und ich möchte mein Gesicht in seiner Seite vergraben wie früher bei meinem Dad, aber aus einem ganz anderen Grund. »Das Ganze wird nur langsam kompliziert, dabei wollte ich eigentlich nur campen gehen.«

»Vielleicht können wir sie davon überzeugen, etwas anderes zu unternehmen.«

Doch Lindseys Gesicht strahlt im Schein ihres Handys, während sie Prinzessinnen per GPS aufspürt oder was auch immer sie da treibt, und ich bringe es nicht übers Herz, ihr die Sache auszureden.

»Ja.« Noah lacht leise, als würde er meine Gedanken lesen. »Dann mal viel Glück.«

Matt bereitet die Alligatorenspieße fertig zu und wir verschlingen sie so gierig, dass wir uns fast den Mund verbrennen. Das Paddeln hat uns hungrig und müde gemacht und wir haben alle einen leichten Sonnenbrand, daher fangen wir schon kurz nach dem Essen an zu gähnen.

»Und was jetzt?«, fragt Matt. »Kino? Eiscreme? Bingo? Joints?«

»Hier gibt es keine Eisdiele und der Film, der heute Abend läuft, ist öde«, sagt Lindsey, während sie die dreckigen Pappteller aufeinanderstapelt.

»Euer Kino zeigt nur einen Film?«

»Leider ja.« Ich nicke. »Hier in der Gegend klappen wir die Gehsteige schon früh hoch und der Typ, der Gras verkauft, ist seit heute Morgen im Krankenhaus. Wenn ihr also nicht bis nach Gainesville fahren wollt, um etwas zu unternehmen, werden wir ein bisschen kreativ sein müssen.«

»Ich fahre nicht«, verkündet Noah und gibt Molly einen Happen des übrig gebliebenen Alligators. »Mir reicht es völlig, hierzubleiben und nichts zu tun.«

»Das ist jetzt der Augenblick, in dem einer von euch seine Gitarre herausholen sollte, damit wir um das Lagerfeuer herum singen können«, sage ich. »Beeindruckt uns mit einfallsreichen Liedtexten und Songs, die für High Springs viel zu cool sind.«

Noah gibt ein tiefes, rollendes Lachen von sich. »Ich besitze keine Gitarre und die Posaune habe ich zu Hause gelassen.«

Jetzt muss ich lachen. »Posaune?«

»In der fünften Klasse mussten wir zwischen Musikunterricht und Schulorchester wählen«, erklärt er. »Und weil ich ein aufsässiger kleiner Ska-Fan war, der in einer Band spielen wollte, entschied ich mich gegen den Musikunterricht und lernte Posaune. Ich hab aber nach einem Jahr aufgegeben, weil man sich nur noch erschießen will, nachdem man ›Red River Valley‹ zum hundertsten Mal gespielt hat.«

»Und hast du mal in einer Band gespielt?«, fragt Lindsey.

»In der neunten Klasse.« Noah lässt Molly Pfötchen geben, bevor er sie mit einem weiteren Stück Alligator belohnt. »Unsere Band hieß die Trojan All-Stars.«

»Das erklärt das T-Shirt«, sage ich.

»Jep«, bestätigt er. »Wir haben im Keller eines Kumpels eine Ska-EP mit drei Liedern aufgenommen, die total scheiße war, und sie den örtlichen Plattenläden und Clubs angeboten. Alle haben uns abblitzen lassen, außer dem Cousin meines Freundes, der für diesen einen Club die Shows buchte. Unser einziger bezahlter Gig war als erste Vorband für The Slackers, aber wir sind so früh aufgetreten, dass kein Publikum da war, und sieben Jahre später haben wir noch fast alle Band-T-Shirts.«

»Ich hab's dir schon tausendmal gesagt«, wirft Matt ein. »Ihr solltet sie online als seltene Vintage-T-Shirts anbieten – es gibt 'ne Menge Idioten, die gutes Geld dafür bezahlen würden.«

»Ich will die Songs hören«, sage ich.

Noah schüttelt mit einem schiefen Grinsen den Kopf. »Willst du nicht, glaub mir.«

»Doch, ehrlich.«

»Ich hab sie nicht.«

»Lügner«, flüstere ich ihm ins Ohr und sein kleines instinktives Schulterzucken verrät mir, dass ich ins Schwarze getroffen habe. »Ich wette mit dir um eine Million, dass sie auf deinem Telefon sind.«

Er küsst mich mit Lippen, die nach Soja und Ingwer schmecken, und nimmt sein Handy aus der Hosentasche. »Du hast gewonnen.«

Er hat Recht. Die Songs klingen, als wären sie in einem Schrank aufgenommen worden. Die Texte sind praktisch unverständlich und das Beste daran ist Noahs Posaune, die den Sänger übertönt. Die Songs sind schrecklich.

»O Mann, das war ... grauenhaft«, sagt Lindsey.

»Live waren wir besser«, meint Noah und schiebt eine Sekunde später hinterher, »aber nicht viel.«

Unser Gelächter verstummt allmählich, bis völlige Stille herrscht. Ich bin mir ziemlich sicher, dass wir alle krampfhaft überlegen, was wir noch unternehmen könnten – obwohl wir eigentlich nur noch ins Bett wollen. Aber vielleicht geht es nur mir so.

»Ich bin ja ungern die Spielverderberin, wo wir es gerade so richtig krachen lassen«, sage ich. »Aber ich bin hundemüde. Ich glaube, ich geh nur noch kurz aufs Klo und hau mich dann aufs Ohr.«

Lindsey steht auf. »Ich komm mit.«

Der Campingplatz ist ziemlich still, als wir die Schotterstraße entlanglaufen. Ein bisschen Musik. Leute, die um Lagerfeuer herumsitzen. Lindsey und ich waren schon seit Jahren nicht mehr allein zusammen und ich weiß nicht, worüber ich mit ihr reden soll. Ich erinnere mich an etwas, das der Ansager bei der Abschlussfeier erwähnt hat, als sie auf die Bühne kam, um ihr Zeugnis entgegenzunehmen. »Ich wusste gar nicht, dass du Krankenschwester werden willst.«

Allerdings ist es auch eine ganze Weile her, dass Lindsey und ich uns darüber unterhalten haben, was wir werden wollen, wenn wir mal groß sind. Das war noch zu Zeiten, als sie eine berühmte Balletttänzerin werden wollte und ich das Mädchen in *MythBuster – Die Wissensjäger.* Hauptsächlich wegen ihrer Haare. Sogar damals hatte ich eindeutig nicht die geringste Ahnung, wie mein Leben einmal aussehen sollte.

»Ich denke seit dem Tod deiner Mom darüber nach«, antwortet Lindsey.

»Echt?«

»Nicht dass ich sie hätte retten können, wenn ich Krankenschwester wäre«, erklärt sie. »Aber mir hat der Gedanke gefallen, für Leute da zu sein, verstehst du? Zu tun, was man kann, auch wenn man sie nicht heilen wird.«

Lindsey hatte schon immer ein gutes Herz. Ist immer für einen da. Drückt einen, wenn man Trost braucht. In der Schule brachte sie an den Geburtstagen ihrer Freunde Kekse mit. Als Krankenschwester zu arbeiten entspricht ihr total.

»Meiner Mom würde das gefallen«, sage ich.

»Ich vermisse sie«, antwortet Lindsey. »Als ich das erste Mal bei euch war, dachte ich, sie wäre eine Fee wegen ihrer Haare und weil sie nicht nur sonntags Kleider trug.«

»Und ich bin immer gern zu euch gegangen, weil deine Mom nach Brot duftet und niemand einen so toll umarmt wie sie.«

Lindsey lacht. »Ja, das stimmt.«

»Warum haben wir aufgehört zusammen abzuhängen?«

»Keine Ahnung.«

»Wahrscheinlich haben wir uns einfach auseinandergelebt und keine von uns hat etwas dagegen unternommen«, meine ich. »Aber wenn mich jemand fragen würde, ob ich mit Lindsey Buck befreundet bin, würde ich Ja sagen.«

»Ich auch.«

Das Gespräch endet, als wir die Toiletten erreichen, und ich will mich nicht weiter unterhalten, während wir auf dem Klo sitzen, weil das total merkwürdig wäre. Aber es gibt, glaube ich, sowieso nichts mehr zu sagen. Vielleicht reicht es zu wissen, dass wir noch Freundinnen sind.

Als wir zu den Zelten zurückkehren, sind alle Spuren des Abendessens verschwunden. Matt leert das geschmolzene Wasser aus der Kühlbox und Noah hat Molly angeleint.

»Wir machen einen Spaziergang«, sagt er zu mir. »Kommst du mit?«

»Macht es dir was aus, wenn ich passe?«

»Nö«, erwidert er. »Ich werde nicht lange weg sein.«

»Ich komme mit.« Lindsey hängt einen Waschlappen an die Wäscheleine und sie ziehen zu dritt los. Der Schein von Noahs Taschenlampe durchschneidet die Dunkelheit.

»Freust du dich auf morgen?« Matt setzt sich neben mich auf

den großen Baumstamm. Nicht zu nah, aber nahe genug, dass ich seine Wärme spüren kann.

»Wenn Lindsey nicht wäre, müsste ich gar nicht nach Disney World fahren«, antworte ich. »Aber es wird bestimmt lustig werden.«

»Was würdest du lieber machen?«

»Weiß nicht«, sage ich. »Ich fand den Tag heute ... richtig toll.«

Matt nickt. »Naked Ed hat dich offensichtlich gemocht.«

»Nur weil ich aus der Gegend komme.«

»Nein, das war's nicht«, widerspricht er. »Du bist einfach richtig –«

»Wenn ihr uns morgen wieder zurückgebracht habt«, unterbreche ich ihn, weil ich nicht hören will, was ich richtig bin, »solltet ihr euch den Devil's Chair in Cassadaga ansehen, falls ihr so abgefahrene Sachen mögt. Die Leute behaupten, dass der Teufel jedem erscheint, der mutig genug ist sich um Mitternacht auf den Stuhl zu setzen. Und wenn man eine ungeöffnete Dose Bier auf dem Stuhl zurücklässt, dann ist das Bier in der Dose am nächsten Morgen verschwunden. Angeblich ohne dass die Dose geöffnet wurde, aber –«

Matt rückt näher und drückt seine Lippen auf meine. Ich weiche zurück, allerdings nicht schnell genug – und nicht bevor mein Hirn »sanft, warm, angenehm« registriert.

»Wir sollten, ähm ...« Ich stehe auf. »Wir sollten morgen möglichst früh losfahren. Ich gehe jetzt besser schlafen.«

»Cadie. Warte.«

Ich warte nicht, denn wer ist dieses Mädchen, das sich am selben Tag von zwei Typen küssen lässt? Also meiner Meinung nach kann ein Mädchen so viele Typen küssen, wie sie will, und braucht deswegen kein schlechtes Gewissen zu haben. Sie kann sogar weiter gehen, wenn sie will. Ich bin mir nur nicht sicher, ob ich mutig genug bin dieses Mädchen zu sein. Denn im Moment ist mein Magen die reinste Schlangengrube und ich kann Matt nicht mal in die Augen sehen. »Gute Nacht.«

»Cadie«, ruft er mir hinterher, als ich auf Noahs Zelt zueile. »Ich wollte das nicht tun. Entschuldige.«

Sobald ich im Innern des Zelts in Sicherheit bin und den Reißverschluss zugemacht habe, ziehe ich mein altes weißes Unterhemd und die Sportshorts an, in denen ich meistens schlafe. Eigentlich möchte ich auf Noah warten und schaffe es eine Weile auch, wach zu bleiben, weil ich in Gedanken immer wieder Matts Kuss abspule. Ich zerbreche mir den Kopf, ob ich es herausgefordert habe oder nicht. Ob ich es wollte oder nicht. Aber meine Schultern schmerzen vom Paddeln und schließlich döse ich ein.

Ich habe keine Ahnung, wie spät es ist, als die Luftmatratze unter Noahs Gewicht nachgibt und er wie letzte Nacht den Arm um mich legt. Wir schlafen ein und ich wache erst auf, als die Morgensonne das Innere des Zelts zum Leuchten bringt – und mein Handy mit einer aufblinkenden Nachricht vibriert.

Ich musste nach Hause. Tut mir leid. L

Zuerst kann mein schlaftrunkenes Hirn die Nachricht nicht entschlüsseln, weil mir niemand einfällt, dessen Name mit L anfängt. Dann begreife ich, dass es Lindsey ist, aber das ergibt auch keinen Sinn, weil wir nach Disney World fahren, und das würde sie sich nie im Leben entgehen lassen. Mein Handy warnt mich, dass der Akku fast leer ist, als ich ihr eine Nachricht zurückschicke.

Alles in Ordnung?

Eine Minute vergeht. Dann zwei. Noah regt sich und Molly schüttelt sich. Ihr Halsband klirrt, bevor sie aufsteht und ihre Schnauze in meine Hand stupst. Doch keine Antwort von Lindsey.

»Noah«, sage ich sanft, um ihn nicht aufzuschrecken, aber er schlägt sofort die Augen auf und hat einen leicht wilden Ausdruck im Gesicht. »Entschuldige. Es ist nur ... Lindsey ist gegangen.«

»Was?«

Ich zeige ihm die Nachricht auf meinem Handy.

»Komisch.« Er setzt sich auf, gähnt und reibt sich über den Kopf, was die Sonnenstrahlen hinter ihm zum Flackern bringt. »Sie war total versessen drauf, nach Disney World zu fahren. Sie hat über nichts anderes geredet, als wir mit dem Hund unterwegs waren.«

»Ich hoffe, es war kein Notfall.«

»Glaub ich nicht«, sagt Noah. »Sie hätte uns doch bestimmt geweckt, wenn es ein Notfall gewesen wäre, oder? Sich abholen zu lassen hätte doch viel länger gedauert, als mich zu bitten sie irgendwohin zu fahren. Vielleicht hat sie ihre Meinung geändert und es war ihr zu peinlich, es zuzugeben.«

Ich ziehe den Reißverschluss des Zelts auf und trete barfuß nach draußen. Der Boden ist warm und Matt schlägt Eier in eine gusseiserne Pfanne, genau wie mein Dad früher. Er röstet sogar das Brot über dem Feuer, was mir das Gefühl gibt, er hätte in meinen Erinnerungen gestöbert. Er lächelt mich an, als wäre gestern nie passiert. »Guten Morgen. Kaffee steht auf dem Tisch und das Frühstück ist auch gleich fertig.«

»Lindsey ist gegangen.«

»Was? Im Ernst?« Er zieht verwirrt die Augenbrauen hoch,

während er das Brot wendet. »Ich dachte einfach, sie wäre schon auf und würde sich duschen oder so. Warum ist sie gegangen?«

»Keine Ahnung.« Ich erzähle Matt von ihrer Nachricht und von Noahs Theorie.

»Ja, vielleicht.« Matt schaufelt die Eier und den Toast auf einen Teller und trägt ihn zum Picknicktisch. »Vielleicht hat sie sich Sorgen gemacht, dass sie nicht genug Geld hat.«

Ehrlich gesagt bin ich deswegen auch ein bisschen besorgt, daher ist das auf jeden Fall möglich.

Noah kommt mit Molly im Schlepptau aus dem Zelt und ihre Leine schleift hinter ihr über den Boden. Im Park gibt es Vorschriften, was Hunde und Leinen betrifft, aber Molly weicht selten von Noahs Seite. Ich meine, wer kann ihr das verübeln? Ich kenne ihn gerade mal vierundzwanzig Stunden und will ihm überallhin folgen.

»Was wirst du jetzt machen, wo Lindsey ausgestiegen ist?«, fragt er. »Willst du immer noch mit uns losziehen?«

Wenn ich meinem Dad sage, dass ich heute nicht nach Hause komme, wird er stinksauer werden. Und ich mache mir um Danny Sorgen, denn auch wenn ich nicht seine Mutter bin, ist er doch mein kleiner Junge. Obwohl ich mir wie eine Egoistin vorkomme, nicke ich. »Ich muss nur ein paar Anrufe machen.«

Mein fast leerer Akku meldet sich wieder zu Wort und ich schicke Dad eine Nachricht, dass ich mir noch einen Tag freinehme. Das ist die Option für Feiglinge – und noch ein nachvollziehbarer Grund, warum Lindsey gegangen ist, ohne uns persönlich Bescheid zu geben –, aber ich will mich nicht mit meinem Dad streiten. Momentan kann ich gut damit leben, ein Feigling zu sein.

Dann schicke ich Duane eine Nachricht, ob er und Jess sich

heute vielleicht um meinen Bruder kümmern könnten. Da es noch sehr früh ist, bin ich überrascht, als Duane sofort zurückruft. »Wohin gehst du, Cadie?«

»Devil's Chair.« Ich werfe unsere Pläne um, weil Noah keine Lust auf Disney World hat. »Das ist in –«

»Cassadaga, ich weiß. Ich war letztes Jahr mit den Kendricks und ein paar anderen Leute dort«, sagt er und es trifft mich wie ein Schlag ins Gesicht, dass ich bei diesem Ausflug nicht eingeladen war. Ich hatte erwartet von meinem Exfreund außen vor gelassen zu werden, aber nicht von meinem besten Freund. »Mit wem gehst du da hin?«

»Mit zwei Jungs aus Maine, die ich bei der Lagerfeuerparty kennengelernt habe. Die mit dem '69 Cougar.«

»Ist dir klar, wie verrückt das klingt?«, fragt er. »Die Cadie, die ich kenne, unternimmt keine Roadtrips mit irgendwelchen Typen, über die sie nichts weiß.«

»Die Cadie, die du kennst, unternimmt mehr oder weniger überhaupt nichts«, gebe ich zurück. »Bitte, Duane? Ich weiß nicht, wie lange ich noch so weitermachen kann, bevor ich völlig durchdrehe. Ich meine – wann habe ich schon jemals so was gemacht?«

Er schweigt ein paar Sekunden lang. »Nie.«

»Dann hab ein wenig Vertrauen, okay?«

»Wie lange wirst du weg sein?«

»Bis spät heute Abend vielleicht oder bis morgen Vormittag?« Meine Worte sind eine Frage, weil ich dabei Noah ansehe, und er nickt.

»Jess hat heute frei, sie kann den kleinen Hosenscheißer abholen.« Duane seufzt und in diesem Seufzer schwingt alles mit, was er nicht sagt.

»Ich weiß, das ist viel verlangt –«, sage ich.

»Sei einfach vorsichtig, Cadie. Und wenn du irgendwelche Probleme hast – egal was –, rufst du mich sofort an. Verstanden?«

»Jep.«

»Viel Spaß, du verrückte Nudel.«

»Danke, Duane. Hab dich lieb.«

Er sagt, dass ich die Klappe halten soll, und dann ist er weg. Jetzt bin ich mit Noah und Matt allein und sie sehen mich beide an.

»Wir fahren nicht nach Disney World«, sage ich.

Darauf antworten mir beide mit einem breiten Grinsen, während ich mir eine Gabel Ei mit Toast in den Mund schiebe. Matt meldet sich als Erster zu Wort. »Also, was dann? Devil's Chair?«

Ich nicke. »Hören wir uns an, was der Teufel zu sagen hat.«

KAPITEL 9

Mom besaß eine kleine Schachtel mit Karten, auf denen Fragen und Zitate standen. Gesprächseinsteiger nannte sie sie und sie holte sie immer dann beim Abendessen hervor, wenn ich einen einsilbigen Tag hatte oder Dad gar nicht mehr aufhörte sich über Probleme bei der Arbeit zu beklagen. Es ging gar nicht darum, uns als Familie näher zusammenzubringen. Vielmehr war es ihre Art, uns zu zwingen mit ihr zu reden, nachdem sie den ganzen Tag allein verbracht hatte. Meistens störte es mich nicht, auch wenn ich manchmal die Augen verdrehte. Aber während ihrer Schwangerschaft und als der Krebs sie verzehrte, war manchmal sie diejenige, die nicht reden wollte. Dad und ich holten die Schachtel nie für sie heraus, und nachdem sie weg war … na ja, ich weiß nicht mal, wo die Karten sind. Dad und ich sprechen nicht mehr wirklich miteinander. Die meiste Zeit gehen unsere Gespräche völlig aneinander vorbei.

Hast du deine Hausaufgaben gemacht?

Ja.

Im Ofen ist ein Teller für dich.

Danke.

Das Gras ist sehr hoch.

Ich mähe es nach der Schule.

Mir ist klar, dass das Leben meines Dads auch manchmal scheiße ist. Es gibt Abende, an denen ich vor seiner Tür an der

Wand lehne und anklopfen möchte. Den Bleistiftstrich am Türrahmen berühre, mit dem er zum letzten Mal meine Größe markiert hat. Möchte, dass er mich hereinbittet. Und mein Ohr gegen das Holz presse, als könnte ich seine Gedanken hören. An dem bisschen, was noch von Mom in diesem Raum übrig ist, teilhaben möchte. Doch ich habe Angst, ihn noch mehr zu zerbrechen, als er es bereits ist.

Als ich schließlich von Dad höre, bin ich daher kein bisschen überrascht, dass seine Antwort eine SMS ist, in der er mir mitteilt, dass ich meinen Spaß hatte, es jetzt aber an der Zeit wäre, nach Hause zu kommen, und das möglichst früh genug, um noch Abendessen zu kochen. Er hält die Konfrontation so kurz und unpersönlich wie möglich. Wie der Vater, so die Tochter. Nur sind wir bereits auf halbem Weg nach Cassadaga und ich werde Noah nicht bitten umzudrehen.

Ich tippe gerade eine Antwort, als mich eine eingehende Nachricht von Lindsey unterbricht.

Alles okay. Nur eine Familiensache, die ich vergessen hatte.

Bevor ich herausfinden kann, was für sie wichtiger war als Disney World, schaltet sich das Handy aus. Tot.

Klasse.

Ich lehne mich zwischen den Sitzen nach vorne, um Noah und Matt von Lindseys Antwort zu erzählen.

»Schade«, erwidert Matt und klingt nicht sonderlich betroffen. Noah schweigt und ich frage mich, ob Lindsey sie überhaupt interessiert. Ob ich sie interessiere. Vielleicht bin ich nur eine weitere Florida-Touristenattraktion. Andererseits, wie könnte ich mehr als das sein?

»Mein Akku ist leer«, sage ich. »Hat einer von euch ein Ladegerät?«

Doch ihre teuren Smartphones, die mit ihnen reden und stundenlang Musik abspielen, sind nicht kompatibel mit meinem alten Modell, mit dem ich nur telefonieren und SMS verschicken kann. Ich beschwere mich nicht deswegen. Ärgere mich nur ein bisschen darüber, dass mein Ladegerät leider keins der vielen Dinge war, die ich eingepackt habe.

»Musst du jemanden anrufen?« Noah bietet mir sein Handy an, aber ich beschließe zu warten, bis wir Cassadaga erreichen. Ein paar Kilometer mehr werden auch nichts daran ändern, wie stinksauer mein Dad darüber sein wird, dass ich nicht nach Hause komme.

Der Rücksitz des Cougar ist bequem, doch eins habe ich gelernt, seit wir High Springs verlassen haben: Bei Tempo hundert sind Kabrios lange nicht so romantisch, wie man glaubt. Ich habe dieselbe Haarsträhne etwa sechshundertzweiundvierzigmal aus meinem Mund gezogen, die Musik aus den Lautsprechern ist nur undeutlicher Lärm und man kann sich praktisch nur unterhalten, indem man sich anschreit. Natürlich sind das im Großen und Ganzen keine wirklich weltbewegenden Probleme – und außerdem geht es eindeutig bergauf mit dem Ausflug, nachdem wir außerhalb von Ocala anhalten, um zu tanken und dem Hund Auslauf zu geben. Noah wirft Matt die Schlüssel zu und springt über die Seite auf den Rücksitz zu mir und Molly.

»Hey!«, protestiert Matt. »Bin ich jetzt der Chauffeur?«

»Du wolltest doch Miss Kitty fahren.« Noah streckt den Arm entlang des Sitzes aus und hält sein Gesicht nach oben, um Sonne zu tanken. Ich spüre, wie er mit den Fingerspitzen auf meiner Schulter einen Rhythmus trommelt, und könnte schwören, dass mein Herz anfängt im Takt zu schlagen. »Und ich will hier hinten mit Cadie sitzen. Wir haben also alle was davon.«

Matt streckt seine Hand mit erhobenem Mittelfinger zwischen den Sitzen nach hinten, lacht gleichzeitig in den Rückspiegel und steuert den Cougar zurück auf den Highway.

»Miss Kitty?« Ich rutsche näher an Noah ran, damit der Wind meine Worte nicht wegbläst. »Heißt dein Auto wirklich so?«

»Jep«, sagt er. »Es hat unserem Großvater gehört, aber seit seinem Tod war es nur noch in der Garage. Grandma McNeal würde sich wahrscheinlich im Grab umdrehen, wenn sie wüsste, dass wir damit rumfahren.«

»Hast du ihr nahegestanden?«

»Kein bisschen.« Er lächelt vor sich hin und schüttelt den Kopf. »Als ich sie das erste Mal getroffen habe, hatte ich einen dreißig Zentimeter hohen knallroten Irokesen. Sie musterte mich von Kopf bis Fuß, rümpfte die Nase, als würde sie was Übles riechen, und meinte, dass ich genau wie mein Vater aussehen würde. Also habe ich dasselbe gemacht. Hab sie von Kopf bis Fuß gemustert, hab die Nase gerümpft und gesagt: ›Der Hurensohn ist verdammt attraktiv, was?‹«

Ich halte mir die Hand vor den Mund, um nicht zu lachen, und tue es dennoch. »Und sie hat dir trotzdem Miss Kitty vermacht?«

»Vielleicht war sie am Ende doch stolz auf mich, weil ich noch so die Kurve gekriegt habe und aufs College gegangen bin«, meint er. »Vielleicht hatte sie ein schlechtes Gewissen, weil Matts Familie alles andere geerbt hat, was nicht verwunderlich ist. Man kann meinem Vater einfach kein Geld oder sonst irgendwas anvertrauen. Oder vielleicht hat ihr imponiert, dass ich mir nichts von ihr habe gefallen lassen. Ich weiß es nicht, aber ich weiß, dass ich dieses Auto liebe.«

»Es ist echt cool.«

Noah lehnt sich so nah zu mir, dass seine Lippen mein Ohrläppchen streifen, und ich habe das Gefühl, dass jemand in meinem Innern einen Feuerwerkskörper gezündet hat. »Ich habe noch mit niemandem auf dem Rücksitz geknutscht. Willst du ihn einweihen?«

Ich muss einfach lächeln. »Könnte Spaß machen.«

»Garantiert.« Noah legt eine Hand sanft um meinen Nacken und drückt seinen Mund auf meinen. Mich hat noch niemand so geküsst wie er. Intensiv, aber nicht hart. Liebevoll, aber nicht sanft. Wenn er seine Lippen jetzt wegnehmen würde, könnte sich ein Teil meiner Seele einfach mit ihnen davonmachen. Was völlig durchgeknallt klingt für jemanden, der dafür bekannt ist, vernünftig zu sein, doch ich kann nicht anders, als genau das zu denken. Und mehr zu wollen, auch wenn ich bloß eine Touristenattraktion bin.

»Ich sitze auch noch im Auto, Leute! Ich kann euch sehen!«, ruft Matt, seine Worte schieben sich zwischen mich und Noah und treiben uns auseinander. »Habt Mitleid mit dem Typen, der von seinem Date sitzengelassen worden ist, okay?«

Obwohl Noah die Augen verdreht, grinsen sich die beiden im Rückspiegel an.

Ich drehe mich zur Seite und lege mich auf den Rücken, die Füße auf den Türrahmen und den Kopf auf Noahs Oberschenkel. »Stört dich das?«

»Dein Kopf auf meinem Oberschenkel?«

»Nein, meine Füße auf der Tür«, sage ich. »Wenn das ein Problem ist ...«

»Es war mir schon scheißegal, was Grandma denkt, als sie noch am Leben war, von daher ...«, Noah lehnt sich runter und küsst mich noch einmal schnell, als würden wir es heimlich tun, »kannst du deine Füße hinlegen, wo du willst.«

Bei dem Ausflug, den ich mir vorgestellt hatte, haben wir Händchen gehalten und uns an Ampeln geküsst, aber in Wirklichkeit schlafen Molly und ich neben Noah ein und ich wache erst auf, als sich seine Stimme in mein Bewusstsein bohrt. »Cadie, wir sind da.«

Als ich die Augen aufschlage, ist sein Gesicht über meinem und ich lächele, weil ich mir ziemlich sicher bin, dass ich mich daran gewöhnen könnte, dieses Gesicht zu betrachten. »Hallo, du.«

»Hey«, sagt er, als ich mich aufsetze und mir mit den Fingern durch mein vom Wind zerzaustes Haar kämme. Mein Gesicht ist warm von der Sonne und meine Nase juckt ein bisschen, wahrscheinlich ein Sonnenbrand.

»Und was machen wir bis Mitternacht?«, fragt Matt, als wir die Willkommenstafel für das »Southern Cassadaga Spiritualist Camp« passieren. Es wurde 1874 von einem Mann – einem Medium – ins Leben gerufen, der von drei Geistern in die Gegend geführt worden war, nachdem er während einer Séance erfahren hatte, dass er seine eigene spiritualistische Gemeinde gründen würde. Die ganze Geschichte kommt mir völlig behämmert vor, aber die Straße ist mit New-Age-Läden gesäumt, die *Purple Rose* und *Sechster Sinn* und ähnlich heißen und die Schmucksteine, spiritistische Bücher und spiritistische Sitzungen anbieten. Hier gibt es offensichtlich eine Menge Leute, die daran glauben.

Tarot. Handlesen. Kristalle. Astrologie. Manche Medien behaupten sogar, sie könnten Angehörige auf der anderen Seite kontaktieren. Tiefe Trauer zerschneidet mein Herz bei dem Gedanken, wieder mit meiner Mom reden zu können.

»Wir könnten eine Geistertour machen oder zu einer Wahrsagerin gehen.« Ich glaube nicht ernsthaft daran, dass ich mit Hilfe eines Mediums mit meiner Mutter kommunizieren könnte, aber sich aus der Hand lesen oder Karten legen zu lassen könnte lustig werden. Ich habe so was in der Art nur einmal gemacht, als Hallie Kernaghan im Trainingslager ein altes Ouija-Brett herausholte und ein paar von uns versuchten etwas damit zu bewirken. Wir verbrachten die halbe Nacht damit, uns gegenseitig zu beschuldigen den Zeiger absichtlich zu bewegen, und gaben schließlich auf. »Vielleicht könnte uns ein Medium verraten, wer Jason an den Baum gefesselt hat«, sage ich. »Oder vielleicht kann es mit dem Geist deiner Grandma Kontakt aufnehmen und wir können sie fragen, wie sie es findet, dass du mit dem Auto herumfährst.«

»Oh, das wird sie uns bestimmt heute Nacht beim Devil's Chair mitteilen«, meint Matt. »Stellt euch das mal vor. Um Punkt Mitternacht, wenn der Schleier zwischen den Welten dünn genug ist, dass der Teufel eine Nachricht zu schicken vermag. Auf dem Friedhof ist es stockfinster und totenstill, bis eine körperlose Stimme aus den tiefsten Tiefen der Hölle kreischt: ›Das Auto war in tadellosem Zustand!‹«

Noah lacht so heftig, dass ihm Tränen übers Gesicht laufen, und jedes Mal, wenn er zu sprechen versucht, gehen seine Worte in einem neuen Lachkrampf unter. Am Ende einigen wir uns darauf, erst etwas zu essen, danach die Zelte in einem hiesigen Park aufzustellen und anschließend zurückzukommen, um einer Séance beizuwohnen – und vielleicht sogar eine Geistertour zu machen –, bevor wir den Devil's Chair ausprobieren. Aber als Allererstes muss ich zu Hause anrufen und ich übertreibe nicht, wenn ich sage, dass ich lieber mit dem Teufel höchstpersönlich reden würde, als Dad mitzuteilen, dass ich noch nicht nach Hause komme. Ich borge mir Noahs Handy.

»Wo zum Henker bist du?« Mein Dad ist so stinkwütend, dass sein Gebrüll auf dem Weg zu meinem Ohr mit Sicherheit die Satelliten zum Rattern gebracht hat. Das letzte Mal, als er so sauer auf mich war, hatte ich das Lieblingsparfum meiner Mom stibitzt, um es für ein Date mit Justin zu benutzen. Als sie noch am Leben war, durfte ich es mir immer ausleihen, aber danach hortete Dad die Flasche in dem Elsternnest voller Erinnerungen, das hinter seiner Tür auf ihn wartet.

Er erwischte mich auf frischer Tat und schrie mich an, dass ich nichts in seinem Zimmer verloren hätte. Dass ich kein Recht hätte, Moms Sachen anzufassen – als hätte sie nur ihm gehört. Ich versuchte ihm zu erklären, dass sie mir erlaubt hätte ihr Parfum zu benutzen, wenn sie noch am Leben wäre, doch er wollte davon einfach nichts wissen. Schließlich schleuderte ich die Flasche gegen die Wohnzimmerwand, wo sie zerbrach, und Glasscherben regneten auf den Teppichboden. Moms Duft breitete sich im ganzen Haus aus und hing tagelang wie ein Gespenst in der Luft. Wir redeten nicht miteinander, bis er gänzlich verschwunden war, und selbst dann entschuldigte sich keiner von uns.

»Cassadaga«, teile ich ihm jetzt mit. »Ich komme bald nach Hau–«

»Sofort. Du kommst sofort nach Hause.«

»Nein.« Das Wort schießt aus meinem Mund. Voller Schlagkraft. Rasend schnell. Und andere Wörter – schreckliche Wörter – steigen danach in mir auf, aber ich schlucke sie in Noahs und Matts Gegenwart hinunter. »Noch nicht.«

»Das hast nicht du zu entscheiden, Arcadia«, sagt Dad.

»Doch, habe ich.«

»Wie bitte?«

»Ich bin achtzehn.« Ich zucke zusammen, als ich das sage, weil es mir kein bisschen das Gefühl gibt, erwachsen zu sein, wenn ich so auf meine Volljährigkeit poche. Vielmehr komme ich mir wie eine Rotzgöre vor, doch ich sage es trotzdem. »Daher *habe* ich es zu entscheiden.«

»Mein Haus, meine Regeln.«

»Dad –«

»Cadie, du bist immer noch meine Tochter und –«

»Eben«, unterbreche ich ihn. »Ich bin deine Tochter. Danny ist dein Sohn. Du solltest dich um uns kümmern, aber in den letzten drei Jahren habe ich mich um dich gekümmert. Ich will nur diese eine Sache. Einfach –«

»Sei zum Abendessen zurück«, sagt er, sanfter jetzt, aber immer noch streng. Eine Welle der Enttäuschung spült über mich hinweg. Ich dachte – hoffte –, dass er einlenken würde. »Und bring Lindsey Buck mit.«

»Warte, was? Dad?«

Er legt auf, bevor ich ihm sagen kann, dass Lindsey bereits nach Hause gegangen ist, und ich höre nur noch das Freizeichen. Warum hat er das gesagt? Warum weiß er nicht, dass sie nicht mitgekommen ist? Wenn sie nicht zu Hause ist ... wo ist sie dann?

»Das ist merkwürdig.« Ich gebe Noah sein Handy zurück. »Er glaubt offenbar, dass Lindsey bei uns ist.«

»Wo könnte sie sonst noch hin sein?«, fragt er.

»Keine Ahnung.«

»Willst du sie anrufen?« Er hält mir wieder das Handy hin und ich nehme es, aber Lindsey hat mir versichert, dass alles in Ordnung ist. Und ihre Angelegenheiten sind schon lange nicht mehr meine Angelegenheiten. Doch ich habe ihrer Mom versprochen auf sie aufzupassen. Ich rufe die Tastatur auf und jetzt, nachdem ich so ewig mit meinem Gewissen gerungen habe, geht mir auf, dass ich nicht mal Lindseys Handynummer auswendig kenne. Ich probiere es auf dem Festnetz, obwohl ich ziemlich sicher bin, dass die Bucks es durch einen Mobilfunk-Familientarif ersetzt haben, und erhalte die Bestätigung, dass ich Lindsey nicht erreichen kann. Ich könnte Dad noch einmal anrufen, aber ... nein danke.

Matt klimpert mit den Cougar-Schlüsseln. »Sollen wir dich nach Hause fahren?«

»Nein.« Je mehr mein Dad darauf besteht, dass ich nach Hause komme, umso weniger habe ich dazu Lust. Er will nicht seine Tochter zurück, sondern die Köchin, die Haushälterin und die Babysitterin.

»Bist du sicher?«, fragt Noah.

Molly schiebt ihre Nase sanft in meine Hand und ich tätschele sie. »Versuchst du mich loszuwerden?«

Er schüttelt den Kopf mit einem »Ich fass es nicht, dass du mich das wirklich fragst«-Ausdruck im Gesicht. »Nö.«

»Na ja ...« Ich vermisse meinen kleinen Bruder total. Ich glaube nicht, dass wir schon mal so lange voneinander getrennt waren, aber ist das nicht Teil des Problems? Obwohl ich mein Verhalten rechtfertigen kann, habe ich trotzdem ein schlechtes Gewissen. Ich kann es mittlerweile nur besser unterdrücken. Als ich Noah anlächele, meine ich es auch. Ich will nicht gehen. »Dann bleibe ich wohl.«

Die Dame, die mir am Tisch gegenübersitzt, sieht nicht wie ein Medium aus. Zugegeben, mein einziger Bezugsrahmen ist Esmeralda, die alte Wahrsagerin aus dem Automaten, der in dem Antiquitätengeschäft neben unserm Lebensmittelladen steht. Die Maschine funktioniert nicht mehr, aber mein Dad hat mir die bedruckte Karte geschenkt, die sie für ihn ausspuckte, als er ein kleiner Junge war. Darauf ist ein vierblättriges Kleeblatt abgedruckt; eine Art Joker für Momente im Leben, wenn man ein bisschen zusätzliches Glück braucht. Ich hebe sie in meinem Geldbeutel auf. Allerdings bin ich nicht hundertprozentig davon überzeugt, dass Glück auf diese Weise übertragen werden kann.

Wie auch immer, die Dame, die mir gegenübersitzt, sieht wie eine Mom aus, und die Schulfotos von mondgesichtigen Kindern, die an der Wohnzimmerwand hängen, lassen vermuten, dass sie es auch ist. Das Ganze steht im krassen Gegensatz zur lilafarbenen Neonhand, die im Fenster ihres Wohnzimmers leuchtet und für zwanzig Dollar Handlesen, Kartenlegen, Aura- und astrologische Analyse anbietet.

Sie stellt sich mit Joan vor, ein ziemlich unexotischer Name, aber wie gesagt: die Referenz ist Esmeralda. Na ja, ohne die entsprechenden finanziellen Mittel kann man nicht wählerisch sein und die Glückskarte in meinem Geldbeutel hat nicht viel Gesellschaft – nur den Fünfzig-Dollar-Schein, den Onkel Eddie mir zum Schulabschluss geschenkt hat, die zehn Dollar, die mir Justins Mom nach der Zeremonie zugesteckt hat, und einen Fünfzehn-Dollar-Geschenkgutschein von Rhea Chung. Ich sollte das Geld wohl für etwas Wichtiges aufsparen, aber wenn man schon mal in Cassadaga ist ... Und hier sind wir jetzt.

Joan legt ihre Tarotkarten in einer Sechserreihe auf den Tisch und dreht die erste Karte um. Darauf ist eine Frau in einem weißen Kleid, mit einem Apfel in einer Hand und einer Art Ast in der anderen. Sie ist wunderschön illustriert und ich nehme mir vor, Joan im Anschluss zu fragen, wie der Künstler heißt, der das Kartenset gestaltet hat.

»Diese Karte stellt dar, wie du momentan über dich selbst denkst.« Joan berührt sie mit einer manikürten Hand. So hübsch im Gegensatz zu meinen abgekauten Fingernägeln. »Die Hohepriesterin bedeutet, dass du auf der Suche nach Orientierung, nach Antworten bist. Dein Leben ist aus dem Gleichgewicht geraten und du suchst nach Anleitung, die musst du aber in dir selbst finden. Du musst auf deine Intuition vertrauen.«

Allgemein gehalten, aber nett, und der Teil, dass mein Leben aus dem Gleichgewicht ist, trifft ja durchaus zu.

Die zweite Karte ist der Narr.

»Das bedeutet nicht, dass du ein Narr bist«, versichert mir Joan. »Für gewöhnlich bedeutet es einfach, dass du glücklich sein willst und auf der Suche bist nach dem, was dich glücklich machen wird. Du bist dir nicht sicher, was du in deinem Leben willst, und bist bereit für neue Erfahrungen, persönliches Wachstum und vielleicht sogar Abenteuer. Deshalb ist es wichtig, sich an die Hohepriesterin zu erinnern, die dir rät, auf deine Instinkte zu vertrauen.«

Bei dem Wort Abenteuer horcht mein Hirn auf wie ein Hund, der die Ohren spitzt, aber ich sage nichts. Wieder liegt sie nicht falsch, doch die Bedeutung der Karte ist vage genug, dass sie zu jedem Leben passen könnte. Ich nicke.

»Ich spüre bei dir große musikalische Fähigkeiten«, sagt sie. »Singst du?«

»Unter der Dusche«, antworte ich. »Und das nicht besonders gut.«

»Vielleicht Klavier oder ... nein, Gitarre.« In der Ecke meines Schranks verstaubt eine alte Gitarre, die einmal meinem Dad gehört hat. Er schenkte sie mir, weil ich mit dreizehn – nach meiner *MythBuster*-Phase – Rockstar werden wollte. Wie sich rausstellte, war ich eine sensationell schlechte Gitarrenspielerin. Ich schüttele den Kopf. »Na ja, es ist ein bisschen verschwommen und es könnte auch eher etwas Künstlerisches als speziell Musik sein. Aber entwickele es. Hege es. Denn irgendwann wird es sich für dich richtig auszahlen.«

Alles klar.

»Der Narr könnte auch bedeuten, dass du jemandem gegenüber gemischte Gefühle hast und nicht weißt, ob du eine Beziehung mit ihm willst«, sagt sie.

Darauf reagiere ich auch nicht, weil auf ihrer Veranda Matt und Noah sitzen. Durch das Fenster kann sie ihre Hinterköpfe sehen, darum bin ich nicht überzeugt, dass sie bei dieser Karte nicht einfach nur gut geraten hat.

»Hier ist die Zukunft ein bisschen klarer«, fährt sie fort. »Sein Name fängt mit einem N an. Vielleicht Nathan, Noah, Nicholas. Ich bin mir nicht sicher, aber entweder kennst du ihn oder du hast ihn in einem vergangenen Leben gekannt.«

Habe ich Noahs Namen erwähnt, als ich darauf gewartet habe, an die Reihe zu kommen? Könnte sie mich gehört haben, als ich mich mit ihm unterhalte habe, während ich ihr Gästebuch voller positiver Bewertungen von zufriedenen Kunden durchgeblättert habe? Ich glaube nicht, trotzdem kaufe ich ihr das nicht so recht ab. Vor allem weil sich Joan absichert, indem sie das mit meinem vergangenen Leben einwirft. Vielleicht ist das der Grund, warum ihre Prophezeiungen so billig sind.

Sie äußert sich nicht weiter über mein Liebesleben und

dreht stattdessen die nächste Karte um. Darauf ist ein Kaiser abgebildet, der die Welt und offenbar ein Pfeilbündel in der Hand hält. Ein goldener Vogel – ein Habicht oder ein Falke – sitzt auf seiner Schulter.

»Der Kaiser«, sagt sie. »Diese Karte bedeutet, dass du das Gefühl hast, Erfolg wäre unerreichbar, und dass du nicht die Unterstützung bekommst, die du brauchst ... von deinem Vater, glaube ich. Vielleicht von einem Jungen ... nein, es ist auf jeden Fall dein Vater.«

Sie kann auf keinen Fall wissen, dass ich hin- und hergerissen bin zwischen dem Wunsch, High Springs zu verlassen, und meiner Furcht, Dad und Danny zurückzulassen. Dass ich Angst davor habe, meinem Dad zu gestehen, dass ich damit überfordert bin, Moms Rolle zu übernehmen.

Aber Joan weiß es.

Ich starre den Kaiser an, weil ich ihr nicht in die Augen sehen will, während sie auf seine goldene Krone tippt. »Vertraue deinem Dad, Cadie«, sagt sie. »Etwas blockiert euch beide. Etwas, das mit deiner Mutter zu tun hat, glaube ich. Du wirst also den ersten Schritt machen müssen. Frag ihn. Sprich mit ihm.«

Und plötzlich klingt das, was zunächst verworren erschien, nahezu glaubhaft und ich weiß nicht so recht, was ich davon halten soll. Sie dreht die vierte Karte um. Darauf ist ein Turm auf einer kleinen Felseninsel. Im Vordergrund steht Neptun (oder Poseidon) und bedroht ihn mit seinem Dreizack. Ein Bruchstück des Turms ist im Begriff, in die tosenden Fluten zu fallen.

»Der Turm ist ein Hinweis auf große Veränderungen, die dir bevorstehen«, erklärt Joan. »Sie werden schwierig und schmerzhaft sein, aber wenn du sie hinter dich gebracht hast, wirst du gestärkt und ein besserer Mensch sein.«

»Was bedeutet das?«

»Ich bin mir nicht sicher«, sagt sie. »Die Luft um dich herum ist schwer, genau wie vor einem großen Sturm, und ich kann nicht ausmachen, ob die Veränderung emotional oder physisch sein wird, aber ich habe das sehr starke Gefühl, dass es deine Grundfeste erschüttern wird. Du musst da durch. Du kannst nicht zurück. Du kannst nicht nach Hause.«

Ich ringe nach Luft und starre auf ihre Finger, die auf den Karten ruhen, und wir wissen beide, dass ich die Grenze ins Reich der Gläubigen überschritten habe. Es sind nur noch zwei Karten übrig und ich möchte wissen, was diese Reihe noch für mich bereithält.

Die nächste Karte zeigt einen Mann in einer weißen Tunika mit einer roten Toga. Ein Becher und ein Schwert liegen zu seinen Füßen sowie ein paar andere Dinge, die ich nicht zuordnen kann, aber im Moment bin ich mehr daran interessiert, was die Karte bedeutet.

»Normalerweise«, sagt Joan, »ist der Magier ein gutes Zeichen. Er bedeutet, dass du alles hast, was du brauchst, um zu bekommen, was du willst – natürlich nur, wenn du weißt, was du willst. Aber diese Position in der Reihe bereitet mir Sorgen.«

»Warum?«

»Hier stellt der Magier die Kräfte dar, die gegen dich arbeiten«, erklärt Joan. »Und ich habe das Gefühl, dass jemand – ein Mann, ein Junge, auf jeden Fall jemand Männliches – nicht ist, was er vorgibt zu sein. Er verkörpert Täuschung und Betrug, die er hinter Charme und Freundlichkeit verbirgt, und es ist gut möglich, dass ihm dein Wohlergehen nicht am Herzen liegt.« Sie legt ihre Hand wieder auf die Hohepriesterin. »Vertraue deinen Instinkten, was ihn betrifft.«

Ich muss sofort an Noah denken und schäme mich insgeheim dafür. Er hat mir von der Prügelei erzählt, für die man ihn nach Maine geschickt hat, und das, obwohl er nicht darüber sprechen wollte. Ich habe seinen Hund kennengelernt. Ich habe seine Bibliotheksausweise gesehen. Er ist nicht Täuschung und Betrug, er ist bloß ein normaler junger Mann mit einer schwierigen Vergangenheit. Deshalb packe ich meine Zweifel in dieselbe Schublade meines Misstrauens, in die ich ihre Aussagen über meine musikalischen Fähigkeiten verbannt habe. Ich vertraue meiner inneren Hohepriesterin. »Was kommt als Nächstes?«

Sie dreht die letzte Karte um: ein Mann, der mit einem Löwen ringt.

»Stärke«, sagt Joan. »Das ist die Abschlusskarte. Man muss Mut haben, man muss an sich glauben, um zu bekommen, was man will. Glaub an dich und geh in dich, wenn dich dein Mut verlässt, und es wird dir gelingen.«

Es kommt mir so vor, als wären wir wieder bei Gemeinplätzen angelangt, und jetzt bin ich mir nicht sicher, ob das, was ich gerade erlebt habe, real oder albern ist. Ich stehe auf. Sie steht auf. Ich will mich gerade bedanken, als Joan meine Hand nimmt, als wollte sie sie schütteln.

»Ich weiß, dass du skeptisch bist, aber –« Mitten im Satz atmet sie scharf ein und schließt eine Sekunde lang die Augen hinter ihrer Brille. Dann zwei. Als sie sie wieder aufschlägt, sind sie groß und blau und blicken erschreckt. Sie blinzelt mich an. »Oh.« Sie blinzelt noch einmal. »O mein Gott.« Joan zieht ihre Hand zurück und reibt den Daumen gegen die ersten beiden Finger, als hätte sie einen elektrischen Schlag bekommen.

»Was ist gerade passiert?« Meine Nackenhaare stehen zu

Berge, obwohl ich nichts weiter gespürt habe als ihre Finger auf meiner Hand.

»Ich bin mir nicht sicher.« Ihre Stimme ist kaum lauter als ein Flüstern und sie klingt ebenso verwirrt wie ich. In einem winzigen Winkel meines Herzens hoffe ich, dass irgendwie meine Mom hier bei uns ist. Und mir eine Botschaft schickt.

»Von Zeit zu Zeit blitzt ein Bild vor meinen Augen auf«, erklärt Joan. »Eine Vision. Ich bin mir nie sicher, ob es eine Erinnerung oder eine Vorahnung ist, aber als ich gerade deine Hand berührt habe, habe ich eine Tätowierung gesehen. Ein brennendes Herz Jesu. Ich habe auch eine Waffe gesehen, Cadie. Eine Pistole. Kennst du jemanden mit so einer Tätowierung? Sagt dir das irgendwas?«

Ich muss wieder an Noah denken, aber ich habe seine Tätowierungen gesehen. Er hat kein Herz-Jesu-Tattoo. Er hat überhaupt kein Herz.

Er hat überhaupt kein Herz?

Warum würde ich das denken und diese Worte benutzen? Ich bin plötzlich beunruhigt und nervös und mir gefällt nicht, dass ich so viel – zu viel – in diese Sache reinlese, wenn es doch eigentlich nur zum Jux war.

»Nein.« Ich schüttele den Kopf und weiche zur Tür zurück. »Aber danke. Ich sollte, ähm ... danke.«

»Es ist eine Botschaft, Cadie, eine Warnung«, sagt Joan, als ich die Hand nach der Türklinke ausstrecke, und ihre Worte ziehen mich zurück. Eine Botschaft? »Schenk ihm nicht dein Herz. Er wird dich zerbrechen.«

»Wer?« Ich drehe mich zu ihr um, aber Joan schüttelt den Kopf.

»Ich weiß es nicht.«

Diese Vision meiner Zukunft, diese Warnung, jagt mir Angst ein. Ich will das nicht. Ich will so lächerliche Prophezeiungen wie die, dass meine Gitarre, die ich seit Jahren nicht angefasst habe, mir Geld und Ruhm bringen wird. Ich möchte wieder zu meinem vorherigen Misstrauen zurückkehren, denn wenn das Realität ist, dann sollte ich Angst haben, weil er – wer auch immer er ist – mir nicht nur das Herz brechen, sondern *mich* zerbrechen will.

»Und, wie war's?« Matt rutscht zur Seite, um draußen auf der Bank Platz zwischen sich und Noah zu machen, doch ich setze mich nicht hin. Ich gehe auf und ab und versuche den Knoten in meinem Magen zu lösen. »Wirst du berühmt werden? Oder einen Mann namens Matt MacNeal heiraten? Bitte sag mir, dass sie dir die Lotto-Gewinnzahlen verraten hat.«

»Ist alles in Ordnung?« Noahs liebevolle, besorgte Nachfrage prallt gegen die Warnung der Hellseherin und ich kann ihn nicht ansehen, wenn ich nicht weiß, was ich ihm gegenüber empfinden soll. Sie hat gesagt, ich solle auf meine Instinkte vertrauen und dass jemand mich zerbrechen würde. Jemand mit einer Tätowierung und einer Pistole. »Cadie, du siehst total verängstigt aus. Was zum Teufel ist da drin passiert?«

»Sie hat meine Hand berührt und etwas gesehen ...« Ich komme mir albern vor, als ich es ausspreche, vor allem weil sich auf Noahs Stirn tiefe Sorgenfalten abzeichnen und Matts sonst so sonniges Lächeln verschwindet. Ich setze mich zwischen sie auf die Bank. »Wohl so was wie eine Vorahnung. Ich weiß auch nicht. Es ist bescheuert.«

»Was hat sie gesehen?«, fragt Matt.

Jetzt, da ich draußen im kühlen Schatten sitze und die Brise sanft über meine Haut streicht, erscheint mir die ganze Begegnung melodramatisch und unwirklich. Meine Angst löst sich allmählich auf, und je weiter ich mich von Joans Worten entferne, umso weniger Bedeutung haben sie. Es ihnen zu erzählen wäre einfach zu peinlich.

»Sie hat gesagt, ich würde Jason Kendrick heiraten, und bei der Aussicht würde jede durchdrehen.« Ich lache künstlich und Noah sieht mich an, als wüsste er, dass ich lüge, sagt aber nichts. Ich lege die Arme um die Schultern der beiden Jungs. »Also, was machen wir jetzt? Lasst ihr zwei euch eure Zukunft voraussagen?«

»Nö.« Noah schüttelt den Kopf. »Ich glaube nicht daran, dass man sich von den Linien in seiner Hand oder einem Kartenspiel vorgeben lassen sollte, wie man zu leben hat.«

»Genau meine Meinung«, stimmt Matt ihm zu. »Wir gestalten unsere Zukunft selbst. Und meine ... wird hervorragend sein.«

KAPITEL 10

Wir gondeln ziellos über die Nebenstraßen rund um Cassadaga, um die Zeit bis Mitternacht totzuschlagen, als wir auf das Our-Lady-of-the-Lakes-Sommerfest stoßen. Jahrmarktsmusik und das Kreischen der Leute, die mutig genug sind die Achterbahnen auszuprobieren, schallen herüber auf den Highway. Die bunten Lichter der skelettähnlichen Fahrgeschäfte leuchten im Tageslicht nur blass, aber sie sind für drei Leute, die eine Beschäftigung brauchen, wie Sirenengesang.

»Lasst uns hingehen.« Matt, der meine Gedanken liest, steckt den Kopf zwischen die Vordersitze. »Zuckerwatte. Schiffschaukel. Würstchen im Schlafrock. Alter, schau ...« Er tippt Noah auf die Schulter und zeigt in Richtung eines gigantischen Stahlrads. »... Super-Loop.«

Noah nickt heftig mit dem Kopf und ein Lächeln breitet sich auf seinem Gesicht aus. »Unbedingt.«

Geparkte Autos ergießen sich vom Kirchenparkplatz aus über einen Acker daneben. Das ist offensichtlich ein beliebtes Volksfest. Noah findet am Rand einen freien Platz im Schatten der Bäume. Perfekt für Molly, die hinten im Wagen auf dem Boden döst, nachdem sie auf unserem Zeltplatz im Park eine Stunde lang nonstop apportiert hat. Es ist mir ein Rätsel, dass Noah nach dem vielen Werfen der Arm nicht total wehtut. Wir lassen den Hund mit einer Schüssel Wasser zurück – Noah sagt, das wäre für sie okay – und zahlen den Eintritt für den Jahrmarkt.

»Habt ihr wirklich vor, mit einer dieser Bahnen zu fahren?«, frage ich, während ein Mann mir einen Stempel mit Nachtleuchtfarbe auf den Handrücken drückt. »Wie verrückt muss man sein einem Ding zu trauen, das sich zusammenklappen lässt, damit es in einen Lkw passt? Das sind tragbare Todesfallen.«

»Genau deshalb macht es ja so viel Spaß, damit zu fahren«, gibt Matt zurück. »Und wer noch nie Super-Loop gefahren ist, hat nicht wirklich gelebt.«

»Andererseits bin ich bisher auch nicht wirklich gestorben.«

Noah lacht. »Wir sind beide schon damit gefahren und haben's heil überstanden.«

»Jetzt bist du an der Reihe«, meint Matt.

Der Bereich mit den Fahrgeschäften ist am anderen Ende einer Gasse voller Imbissstände, die uns mit dem Duft von italienischer Wurst, Frittiertem und dem süßen Hauch von Puderzucker, der mich an Mom erinnert, in Versuchung führen.

Jedes Jahr im Frühling, meistens im April, finden in High Springs die Pioneer Days statt. Dort gibt es Stände mit hausgemachtem Essen und Kunsthandwerk, außerdem Ponyreiten, eine Wildwest-Show mit unechten Cowboys, eine Oldtimer-Traktor-Ausstellung und historische Artefakte der nordamerikanischen Ureinwohner. Es ist nichts Besonderes und man könnte es ein wenig kitschig finden, aber fast alle in High Springs gehen hin und es ist einfach kleinstadtnett.

Als ich etwa sechs war – und völlig besessen von den *Unsere-kleine-Farm*-Büchern von Laura Ingalls –, nähte mir Mom ein blaues Kleid und eine dazu passende Haube, die ich dann zu den

Pioneer Days trug. Als mich Jason Kendrick an dem Samstagnachmittag durch den Park jagte, fiel ich hin und riss ein Loch in mein Kleid. Nachdem Mom meine Tränen weggewischt und mich davon überzeugt hatte, dass ich mit einem Flicken am Kleid noch authentischer aussehen würde als die echte Laura Ingalls, durfte ich zum ersten Mal Schmalzgebäck probieren. Irgendwann wuchs ich aus dem Kleid heraus und ließ die *Kleine-Farm*-Bücher hinter mir, aber meine Mom und ich teilten uns jedes Jahr an den Pioneer Days eine Portion Schmalzgebäck.

»Würdest du es für Zuckerwatte tun? Oder für frittierte Essiggurken?«, fragt Noah.

»Ist das dein Ernst?« Ich verdrehe die Augen, muss jedoch lächeln. »Glaubst du wirklich, du kannst mich mit Essen bestechen?«

»Jep.«

»Schmalzgebäck«, sage ich. »Sonst könnt ihr's vergessen.«

»Dann also Schmalzgebäck.«

Wie ich lerne, besteht der Super-Loop aus einem riesigen Stahlrad, in dessen Innern ein Achterbahnzug auf einer Schiene befestigt ist. Indem sich die Schiene mit einem metallisch scheppernden Dröhnen dreht, jagt sie den Zug nach oben ins Rad – bis er kopfüber steht. Ich bin schon mit Achterbahnen gefahren, wo man mit dem Kopf nach unten hing, in Busch Gardens, einem Freizeitpark drüben in Tampa. Aber als wir uns anschnallen, bin ich doch ein wenig nervös. Wir konnten Leute schreien hören, während wir in der Schlange warteten – manche vor Entsetzen, andere vor Vergnügen –, und die obere Hälfte des Zugs wird von einem Stahlkäfig geschützt, was alles andere als beruhigend ist.

Die Fahrt beginnt damit, dass der Zug im Ring abwechselnd

vor- und zurückschwingt und dabei jedes Mal ein bisschen höher kommt, bis wir fast ganz oben sind und auf dem Kopf stehen. Ich sehe Leute, die zwischen den Buden herumlaufen. Höre Jahrmarktschreier, die Besucher auffordern ihr Glück am Schießstand oder beim Ringewerfen zu versuchen. Aber als der Zug noch einmal beschleunigt, verliere ich das alles aus dem Blick. Meine Haare wehen wie verrückt im Wind. Wir fahren einen Looping nach vorne. Fahren einen Looping nach hinten. Ich höre jemanden schreien – mich vermutlich – und mir gegenüber lachen sich Noah und Matt kaputt.

»Na?«, fragt Matt, als der Zug am Ende der Fahrt zum Halten kommt. »Wie hat es dir gefallen?«

»Es war zugleich furchterregend und fantastisch«, sage ich. »Ich glaube, ihr habt einen Achterbahn-Fan aus mir gemacht.«

»Ich wusste es.« Er und Noah schlagen sich ab, als hätten sie mit keiner anderen Antwort gerechnet. »Mehr?«

»Ja.«

Als Nächstes probieren wir The Zipper aus, eine abgefahrene Attraktion, die noch furchterregender ist als der Super-Loop. Dabei handelt es sich um ein lang gezogenes, sehr schnelles Riesenrad mit geschlossenen Gondeln, die zusätzlich zur normalen Runde Dreihundertsechzig-Grad-über-Kopf-Wenden machen. Bei jeder neuen Umdrehung habe ich das Gefühl, gleich herauszufallen, wobei ich gar nicht mehr sagen kann, wo oben und unten ist. Wir fahren mit der Walzerbahn, dem Himalaya und einem Haufen anderer wirbelnder Fahrgeschäfte. Noah löst sein Schmalzgebäck-Versprechen ein und wir essen auch noch Würstchen im Schlafrock und streiten uns, womit sie besser schmecken: Ketchup oder Senf (Ketchup). Wir fahren mit der Piratenschiffschaukel, die harmlos aussieht, jedoch fast dafür sorgt, dass mir die Wurst wieder hochkommt. Dann gehen wir rüber zu den Spielbuden.

Nachdem ich bei dem Versuch, Luftballons mit Darts zu treffen, einen Dollar verliere und einen weiteren beim Ringewerfen verschwende, halten wir beim Hasenschießstand. Die Rückwand der Bude ist mit Fächern voller Stofftiere gesäumt: von handgroßen Fröschen bis zu riesigen Clownfischen, die wie Nemo aussehen. Ein Schild vorne verspricht: JE MEHR TREFFER, UMSO GRÖSSER DER PREIS. Das Ziel ist eine Reihe von sieben Metallhasen. Wenn man vier Hasen abschießt, bekommt man einen unnatürlich grünen Frosch. Bei fünf gewinnt man einen Pinguin mit einem lila Schal. Der Preis für sechs Hasen ist eine braune Plüscheule mit geblümtem Bauch. Und wenn man sieben Hasen abschießt, gewinnt man den Fisch.

»O Mann, mein Bruder würde bei diesem Nemo völlig ausrasten.«

Ich gebe dem Betreiber einen Fünf-Dollar-Schein und nehme eines der Luftgewehre, die vorne an der Bude festgekettet sind. Ich habe schon mal mit einem Luftgewehr geschossen. Praktisch alle Jungs, die ich kenne, besitzen eins und in der Mittelstufe hielten wir im Garten der Kendricks Schießwettbewerbe ab, bei denen wir versuchten Limodosen vom Zaun zu schießen. Einmal fingen die Jungs an aufeinander zu zielen und eine Rundkugel endete in Duanes Hintern. Weil es ihm zu peinlich war, ins Krankenhaus zu gehen, entfernte Onkel Eddie die Kugel mit einem Gemüsemesser und einer Pinzette.

Ich bin keine besonders gute Schützin. Ich treffe vier von sieben Hasen und der Betreiber gibt mir einen der Frösche. Er hat ein pinkfarbenes Band um den Hals. Niedlich.

»Lass mich mal versuchen.« Noah reicht dem Mann seinerseits fünf Dollar und wählt eines der Luftgewehre am Ende der Theke aus.

Matt legt einen weiteren Fünfer dazu. »Ich versuch's auch.«

Sie nehmen die Sache sehr ernst, stellen sich an die Theke, visieren mit einem Auge über dem Gewehr ihre Ziele an und drücken das andere zu. Ihre ersten Schüsse geben sie sehr langsam und bewusst ab. *Pling. Pling.* Zwei Hasen erwischt. Hinter uns bildet sich eine kleine Menschenmenge, um diesen Schießwettbewerb zu beobachten.

Noch ein *Pling, Pling.* Zwei weitere Hasen tot.

Matt und Noah schießen hintereinander drei, vier, fünf, sechs ab. Es steht nur noch ein Hase. Noah gibt als Erster seinen letzten Schuss ab.

Er verfehlt.

Der Betreiber reicht ihm eine der mittelgroßen Eulen. Sie erinnert mich an die Eulen auf Moms alter Schürze und ich verliebe mich augenblicklich. Noah schenkt sie mir mit einem entschuldigenden Blick, als wäre es tatsächlich von Bedeutung, einen riesigen Fisch zu gewinnen.

»Ich kann's noch mal versuchen«, sagt er, aber im selben Augenblick, in dem die Worte aus seinem Mund kommen, trifft Matt seinen siebten Hasen mit einem letzten *Pling.* Hinter ihm jubeln ein paar Leute. Einige klatschen.

»Ich nehme den Fisch«, sagt Matt. Der Betreiber reicht ihm den Preis und Matt präsentiert ihn mir mit einer ausladenden Bewegung und einer Verbeugung. »Für Daniel Boone.«

Der Plüsch-Nemo ist nicht ganz so groß wie mein Bruder, aber ich sehe schon vor mir, wie dieses Ding die Hälfte seines Kinderbetts ausfüllt, denn er wird mit Sicherheit damit schlafen wollen.

»Er wird sich so darüber freuen«, sage ich. »Danke.«

Ich will Noah wissen lassen, dass ich die Eule auch toll finde. Dass ich sie für mich behalten werde als Erinnerung an den heutigen Tag. An ihn. Doch sein Blick ist nicht mehr entschuldigend, sondern genervt und vielleicht ein bisschen eifersüchtig, weil Matt den siegreichen Schuss hinbekommen hat. Ihm jetzt noch zu danken würde sich hinterhergeschoben anfühlen. Zu spät. Stattdessen nehme ich seine Hand in meine. »Komm, fahr mit mir Riesenrad.«

»Meinst du nicht mit dir, Matt und dem Monsterfisch?«

»Nein.« Meine Fingerspitzen berühren seinen Nacken und ich ziehe sein Gesicht an meins. Meine Lippen an seinen sind wie ein Flüstern. Eine Andeutung. Ein Versprechen. »Nur mit mir.«

Wir überlassen es Matt, auf den Monsterfisch aufzupassen, und schlendern zu den Fahrgeschäften, wo die bunten Lichter am Riesenrad im schwindenden Tageslicht gerade erst zum Leben erwachen. Die Sonne ist noch nicht untergegangen, und wenn wir Glück haben, erwischen wir sie an der Spitze.

Wir erreichen den höchsten Punkt, als die Sonne untergeht, verpassen das Ereignis aber komplett.

Das Brummen des Cougar-Motors wirkt in der Stille, die uns vom Zeltplatz bis zum Friedhof am Stadtrand begleitet, lebendig und wie das eines Raubtiers. Die heutige Nacht fühlt sich viel dunkler an als die gestern, und von den Bieren, die wir auf dem Parkplatz des Friedhofs getrunken haben, während wir auf Mitternacht warteten, hat die Welt etwas leicht Verschwommenes. Wir folgen dem Schein von Matts Taschenlampe zwischen den Grabsteinen.

Der Devil's Chair ist in eine niedrige Backsteinwand gemauert, die eine private Grabstätte mit zwei Gräbern umgibt. Einer der Grabsteine ist umgekippt, der andere fehlt ganz und der Stuhl befindet sich gegenüber den beiden Gräbern. Laut Matts Informationen aus dem Internet ist das Ganze eine Trauerbank, die ein Mann baute, damit er sich hinsetzen konnte, wenn er das Grab seiner Frau besuchte. Ein Symbol der Liebe, nicht des Bösen. Aber in der Dunkelheit und nur vom Schein des riesigen Sommermonds erleuchtet rechne ich doch fast damit, den Teufel dort auf uns warten zu sehen.

»Wie spät ist es?« Ich packe Noahs Hand, während Matt den Lichtstrahl auf seine Uhr hält. Normalerweise habe ich keine Angst vor Dingen, die bei Nacht ihr Unwesen treiben, doch Joans Warnung kommt aus dem Winkel meines Gehirns gekrochen, in den ich sie den ganzen Nachmittag verbannt hatte. Was ist, wenn da draußen im Wald jemand lauert, um Großstadtmythenjäger wie uns zu erschrecken? Bei dem Gedanken an die Waffe in Joans Vorahnung überläuft mich ein Schauer und Noah legt mir den Arm um die Schulter.

»Wir haben noch ein paar Minuten«, sagt Matt. Er stellt eine ungeöffnete Dose Bier auf die Armlehne des großen Backsteinstuhls, ein Opfer für den mythischen Teufel, der es angeblich trinkt, ohne die Dose zu öffnen – oder, was viel wahrscheinlicher ist, für die Person, die vorbeikommen wird, um sich das kostenlose Bier zu schnappen, nachdem wir gegangen sind. »Wer von uns setzt sich drauf?«

»Ich nicht«, sage ich.

»Ach, komm schon, Cadie.« Noah drückt mich an sich und zieht mich mit sich auf den Stuhl, so dass ich rittlings auf seinem Schoß sitze. Er schiebt verstohlen eine Hand hinten unter mein T-Shirt und sein Mund streift meinen Hals, was mich aus einem ganz anderen Grund erschauern lässt. »Ich werde nicht zulassen, dass dich der Teufel holt.«

»Hey, ihr zwei ...« Matt klingt genervt.

»Woher weiß ich, dass du nicht der Teufel bist?«, flüstere ich Noah zu und meine Lippen berühren seine. Sogar in der Dunkelheit kann ich sein Lächeln an meinem Mund spüren.

»Von zwei Teufeln wählt man besser den, den man schon kennt«, flüstert er zurück, während seine Fingerspitzen meinen Rücken hochwandern.

Matt zählt die Sekunden runter. »... drei ... zwei ... eins ... Mitternacht.«

In dem Moment küsst mich Noah und drückt mich so fest an sich, dass ich spüre, wie sehr er mich will. Die Bartstoppeln auf seinem Gesicht fühlen sich unter meinen Händen rau an und seine Zunge warm und lebendig in meinem Mund. Wenn ich mit ihm zusammen bin, versinke ich so schnell und verwandele mich in jemanden, der von Lust und Leidenschaft verzehrt wird, und das ist furchterregender, als es jeglicher Teufel sein könnte. Und erst als der Lärm eines hochgejagten Motors die Stille um uns herum durchbricht, begreife ich, dass wir allein sind. Mehrere Knöpfe an meinem Hemd sind offen und Matt ist weg.

»Scheiße.« Noah lacht und hält mich auf seinem Schoß, während er sein Handy aus der Hosentasche kramt. Es klingelt ewig, bevor sich die Mailbox einschaltet. »Alter. Matty, komm zurück«, sagt er. »Es tut uns leid, okay? Komm zurück und hol uns ab.« Er lässt die Schultern hängen, als er auflegt. »Das könnte eine lange Nacht werden.«

»Kommt er nicht zurück?«

»Ich würde nicht darauf zählen«, erwidert Noah. »Ich glaube, für seinen Geschmack haben wir den Devil's Chair nicht ernst genug genommen. Wahrscheinlich ist er abgezogen, um irgendwo zu schmollen.«

»Was machen wir jetzt?«

»Na ja, wir haben zwei Möglichkeiten. Wir können zum Zeltplatz zurücklaufen, was zu Fuß vermutlich ein paar Stunden dauert«, meint Noah. »Oder wir bleiben einfach bis morgen früh hier.«

»Die Vorstellung, auf einem Friedhof zu schlafen, macht mir ein wenig Angst.«

Seine großen warmen Hände bedecken meinen Rücken, während er mich küsst. »Wir müssen ja nicht schlafen.«

»Noah, ich bin nicht –«

»Ich weiß.« Er küsst mich auf die Nasenspitze. »Du bist nicht die Art Mädchen, die Sex auf einem Friedhof hat. Aber kann ich dich mal was fragen ... was für eine Art Mädchen bist du denn?«

»Was?«

»Schau, egal was ich jetzt sage, es wird so klingen, als würde ich nur versuchen dich rumzukriegen«, sagt er. »Und das stimmt auch, aber nicht, weil du irgendeine Campingplatz-Eroberung bist. Ich mag dich wirklich, Cadie.« Noahs Lippen finden meine in der Dunkelheit. »Aber wenn es hier und jetzt passiert, wird außer uns niemand je davon erfahren.« Er weiß bestimmt, wie überzeugend sein Mund sein kann – genau wie die Worte, die er ausspricht –, denn als er mich noch einmal küsst und seine Zungenspitze meine Oberlippe neckt, schmelze ich dahin. Vergesse zu atmen. »Du wirst danach nicht plötzlich jemand sein, der du nicht sein willst.«

Vielleicht ist es nur ein Spruch. Vielleicht ist es eine Lüge.

Aber mir gefällt die Antwort genug, um dort weiterzumachen, wo wir aufgehört haben, und es dauert nicht lange, bis sich Hitze wie ein Buschfeuer in mir ausbreitet und mich bis in die Haarwurzeln verzehrt. Ich lasse zu, dass Noah mir mein Hemd auszieht. »Bei diesem Stuhl ziehe ich die Grenze«, werfe ich zwischen Küssen ein, während ich ihm sein T-Shirt über den Kopf ziehe. »Das ist mir total unheimlich.«

Er sagt nichts, sondern nimmt einfach meine Hand und führt mich weg vom Devil's Chair in ein kleines Wäldchen, wo der Boden nicht so sandig ist und wir uns nicht direkt auf der letzten Ruhestätte von jemandem befinden. So habe ich mir mein erstes Mal eindeutig nicht vorgestellt – auf einem Friedhof zwei Stunden von zu Hause entfernt. In meinem Kopf war es immer mit Justin. Immer in meinem Zimmer. Und immer an irgendeinem hypothetischen Wochenende, wenn mein Dad und Danny weg wären.

Sogar in meiner Fantasie standen die Chancen schlecht, dass ich Sex haben würde.

Aber hier bin ich, mit Noahs abgelegter Jeans und seinem T-Shirt als unebener Unterlage zwischen dem rauen Gras und meinem Hintern, und ich will so unbedingt mit ihm schlafen.

»Du, ähm ... hast ein Kondom, oder?« Ich weiß nicht, warum ich flüstere, doch es laut auf einem Friedhof auszusprechen erscheint mir ... unanständig. Als wäre die Tatsache, dass ich völlig nackt bin, es irgendwie nicht.

Seine Lippen bewegen sich über meinen Hals und ein Schauer durchrieselt mich. »Mm-hmm.«

»Bei dir?«

Noahs leises Lachen vibriert an meiner Haut. »In meiner Jeans, unter deinem Hintern.«

Er hebt mich hoch, schiebt mich zur Seite und kramt in seinen Taschen, bis er die viereckige Verpackung findet. Es ist irgendwie seltsam, ihm dabei zuzusehen, wie er es überzieht, aber ich tue es trotzdem. Und es fasziniert mich, denn obwohl ich Justin – und sogar Noah – schon nackt gesehen habe, habe ich das hier noch nie beobachtet.

Als er fertig ist, blickt er mir fest in die Augen und ich spüre ihn an mir. Und dann in mir. Zuerst tut es ein wenig weh. Meine Knie zittern auf beiden Seiten von ihm und mein Herz schlägt heftig aus Angst, dass das Ganze ein Fehler war. Vor allem weil er verstummt – die Augen unergründlich dunkel und seine Miene ernst –, und ich frage mich, ob ich etwas falsch mache. Ob er merkt, dass es mein erstes Mal ist.

Doch dann bewegt er sich ganz sanft und ich vergesse augenblicklich, wie man richtig atmet. Die mir vertraute Methode des Ein- und Ausatmens funktioniert nicht mehr und die Sterne über seiner Schulter scheinen in der Dunkelheit zu explodieren – niemand sagt einem, dass das erste Mal sich so gut anfühlen kann. Doch das tut es. Und als mir ein Stöhnen entschlüpft, verpackt Noah es in einen unglaublich zärtlichen Kuss.

Irgendwann danach – an dem noch dunklen Himmel ist schon ein dünner Lichtstreifen zu sehen – ziehen wir uns schweigend an und ich habe keine Ahnung, wie spät es ist oder was ich denken soll. Oder was Noah von mir denkt. Und obwohl es dafür ein merkwürdiger Moment und Ort ist, kommt mir meine Mom in den Sinn. Ich überlege, ob ich ihr davon erzählt und was sie dazu gesagt hätte.

Wir hatten das Sex-Gespräch in der Zeit, als ich Ray Buck nicht küssen wollte. In unserer Kirchengemeinde legten Mädchen ein Gelübde ab, sich für die Ehe aufzusparen, und trugen

Keuschheitsringe. Mom konnte nicht mal die Gelöbnismesse ohne Kichern durchstehen. Deshalb entschuldigte sie sich und ging raus. Danach erklärte sie mir, dass meine Jungfräulichkeit kein Gut war, das ich verlieren oder gewinnen, verschenken oder erhalten könnte.

»Dein Wert liegt nicht zwischen deinen Beinen«, sagte sie und mein zwölfjähriges Ich wurde so feuerrot, dass ich dachte, mein Gesicht würde explodieren. »Und man ist nicht weniger wert, weil man Sex hat. Du wirst wissen, wenn du so weit bist, Cadie. Sei einfach so klug, wie du es immer bist, und alles wird gut. Und hab auf keinen Fall Sex mit Ray Buck. Er ist dumm wie Brot.«

Noah knöpft seine Jeans zu und lehnt sich vor, um mich zu küssen. Mit einer Hand umfasst er meine Wange. »Alles okay?«, fragt er und es gefällt mir, dass er das wissen will.

»Ich glaub schon.« Doch ehrlich gesagt bin ich mir nicht ganz sicher. Ich habe mich verändert. Meine Haut fühlt sich anders an. Neu. Und ich kann immer noch seine Hände überall auf meinem Körper spüren. Aber ich weiß jetzt Folgendes: Ich muss nicht in Noah verliebt sein. Und Sex macht mich nicht zu jemandem, der ich nicht sein will. Ich bin keine Schlampe und meine Mom hatte Recht. Ich bin immer noch Arcadia Wells und lächerlich normal. »Glaubst du, die Toten haben etwas dagegen? Ich meine, stören wir sie?«

Vielleicht bin ich doch nicht völlig normal.

Noah schlingt die Arme um meinen Kopf und rubbelt mit den Knöcheln über mein Haar. »Dass du dir über so was Sorgen machst«, sagt er. »Aber nein – ich denke mal, dass sie gar nicht wissen, dass wir hier sind. Ich glaube nicht an Tarotkarten oder den Devil's Chair oder an irgend so 'n Zeug, aber wenn ich es täte, würde ich sagen, dass sie vermutlich froh sind, dass Leute über ihnen miteinander schlafen, anstatt neben ihnen zur letzten Ruhe gebettet zu werden.«

Mit einem Lachen lasse ich meine Finger über dem Bund seiner Jeans an seiner Seite nach oben gleiten, so dass er zuckt – ein merkwürdiges neues Wissen, das ich von seiner Anatomie habe – und mich wieder auf den Boden runterzieht. Noah streckt sich aus, überkreuzt die Füße und hält mich an sich gedrückt. Küsst meinen Kopf. Ich schließe die Augen und spüre das Auf und Ab seiner Brust unter meiner Wange, bis unsere Atmung ganz aufeinander abgestimmt ist. Er erzählt mir von anderen Orten, an denen er geschlafen hat – verlassene Lagerhallen, heruntergekommene Häuser, Unterschlüpfe, in denen seine drogenabhängigen Freunde lebten.

»Das alles war besser als zu Hause«, sagt er, als ich ihn frage, warum. »Mein Dad hat viel getrunken und ich hab mich nicht gern grundlos grün und blau schlagen lassen.«

»Hat dich deine Mom deshalb nach Maine geschickt?«

»Zum Teil.« Die darauffolgende Stille ist angefüllt mit Dingen, die er noch sagen will, aber ich kann ein Gähnen nicht unterdrücken und spüre seine Lippen auf meiner Schläfe. »Schlaf, Cadie.«

»Noah?«

»Ja?«

»Vielleicht bin ich doch die Art Mädchen, die auf Friedhöfen Sex hat.«

Seine Brust bebt vor lautlosem Gelächter und er drückt mich sanft an sich. »Dann bist du wohl mein Typ Mädchen.«

KAPITEL 11

Als wir ein paar Stunden später aufwachen, lümmelt Matt auf dem Devil's Chair mit einem Bein über der Lehne, als würde der Stuhl ihm gehören. Sein Haar ist feucht und er trägt ein frisches Karo-Hemd – an denen scheint er einen unerschöpflichen Vorrat zu haben. Dieses hier ist hauptsächlich braun und bringt seine Augen so richtig zur Geltung. Sein Mund verzieht sich zu einem verschlagenen kleinen Grinsen, als wüsste er, was ich gerade denke.

»Das Bier ist immer noch da«, sagt er. »Man hat mich meiner Illusionen beraubt.«

»Hast du gut geschlafen?«, fragt Noah.

»Wie ein Baby. Und ihr?«

»Der Boden war ein bisschen hart«, erwidert Noah. »Ansonsten okay.«

Ich blicke zwischen den Cousins hin und her und frage mich, ob es gleich richtig krachen wird, aber beide grinsen, als würde es regelmäßig vorkommen, dass sie sich gegenseitig mitten in der Nacht auf Friedhöfen sitzenlassen. So völlig anders als die superheftigen Auseinandersetzungen, die Justin und Jason wegen Kleinigkeiten hatten, wie wer die letzte Scheibe Käse essen darf oder was sie im Fernsehen anschauen.

Matt steht auf und reicht Noah die Schlüssel für den Cougar. »Ich habe Molly spazieren geführt.«

»Danke, Mann.«

»Bitte.« Matt legt mir einen Arm um die Schulter, als wir zum Auto zurücklaufen. Er riecht auch nett. Sauber. »Cadie, wusstest du, dass es in Florida eine Stadt gibt, die Arcadia heißt? Wir sollten hinfahren.«

»Wenn ihr wollt. Da gibt's aber nicht wirklich viel zu sehen. Rinderfarmen, Orangenhaine und eine Hauptstraße genau wie in High Springs.« Er öffnet die Tür für mich und ich steige hinten ein, wo der Hund schon wartet. Nach einer Nacht auf hartem Boden ist es auf dem Rücksitz so gemütlich, dass ich die Beine zwischen den Vordersitzen ausstrecke und die Fersen auf die Mittelkonsole lege. »Der Peace River ist in der Nähe, aber ansonsten ...«

»Wir sind zum Campen hier.« Noah lässt sich in den Fahrersitz fallen und kitzelt meine schmutzige Fußsohle – er ist mit meinem Körper ebenso vertraut wie ich mit seinem – und ich werde rot. Er grinst mich im Rückspiegel an, als er den Motor anlässt. »Wir könnten von Arcadia flussabwärts bis zum Golf paddeln.«

»Das ist eine ziemlich lange Strecke und dann müssen wir irgendwie zurückkommen, um das Auto zu holen«, merkt Matt an. »Aber wir könnten so weit paddeln, wie wir es an einem Tag schaffen, über Nacht am Flussufer campen und dann am nächsten Tag zurückpaddeln.«

»Einverstanden«, sagt Noah. »Cadie, kommst du mit?«

»Wenn ich erst mal heiß duschen, mich umziehen und frühstücken kann«, erwidere ich, »folge ich euch überallhin.«

Auf unserem Weg durch Cassadaga fahren wir an Joans Haus mit der lilafarbenen Neonhand vorbei, die vorne im Fenster leuchtet. Sie kommt mit einem kleinen Jungen aus dem Haus.

Während sie die Eingangstür absperrt, macht er merkwürdige Kleinkindhopser – er versucht mit beiden Füßen vom Boden abzuheben, schafft es jedes Mal aber nur mit einem. Daniel Boone machte das genauso, als er hopsen lernte, und plötzlich empfinde ich eine so starke Sehnsucht, dass mir Tränen in die Augen treten. »Könnte ich eins eurer Telefone benutzen? Ich muss zu Hause anrufen.«

»Ja, klar.« Matt öffnet das Handschuhfach, und während er zwischen Zulassungspapieren und CD-Hüllen kramt, beschließe ich zuerst Duane anzurufen. Um herauszufinden, ob Dad immer noch genauso sauer auf mich ist wie gestern. Dann sehe ich etwas, das Joans Warnung mit voller Wucht zurückbringt, und alles andere ist einfach ... wie weggeblasen.

»Wem gehört die Waffe?«

Ich kenne viele Leute, die Waffen besitzen. Justins Dad besitzt ein ganzes Arsenal an Jagdgewehren, die in einer Art bizarrem Geschirrschrank für Waffensammler im Wohnzimmer ausgestellt sind. Duane hat eine Waffe in seinem Abschleppwagen – nur für den Fall. Sogar mein Vater hat eine ungeladene Waffe, die im Safe in seinem Kleiderschrank weggesperrt ist. Aber das Medium in Cassadaga hat mich nicht vor diesen Waffen gewarnt.

»Sie gehört mir.« Noah sagt das völlig neutral. In seinem Tonfall schwingt weder Stolz noch Scham, nur seine eigene Noah-haftigkeit.

Die Waffe ähnelt den Pistolen, die man aus alten Polizeiserien kennt, und obwohl Joan die Waffe aus ihrer Vision nicht beschrieben hat, kann ich nicht anders, als mir vorzustellen, dass es genau diese hier war.

»Cadie, ist alles in Ordnung?« Noah fährt auf den Seitenstreifen und bleibt stehen. »Du siehst völlig verängstigt aus.«

»Warum hast du eine Waffe?«

»In den Wäldern von Maine kann man auf alle möglichen gefährlichen Tiere stoßen – Bären, Luchse, stinksaure Elche ...« Er lächelt mich an und ich habe den Eindruck, dass das mein Stichwort ist mitzulachen, aber danach ist mir gerade kein bisschen zu Mute. »... und auch mal ein paar nicht so nette Leute. Ich habe sie noch nie gebraucht, aber ... ich kann sie in den Kofferraum räumen, wenn du dich dann besser fühlst.«

»Ja, bitte«, sage ich, auch wenn ich mir nicht sicher bin, dass er irgendwas tun kann, damit ich mich wegen dieser Waffe besser fühle. Aber gleich hier auf dem Seitenstreifen und unter meinem aufmerksamen Blick räumt Noah Sachen aus dem Kofferraum, bis er den Ersatzreifen freigelegt hat, und versteckt die Waffe in dessen grau karierter Hülle.

»Hey.« Nachdem er wieder alles eingeladen hat, berührt er mich am Kinn, damit ich ihn ansehe. Das fällt mir schwer, da ich nicht weiß, was ich von der ganzen Sache halten soll. »Ich war einmal auf dem Mount Katahdin wandern, als ich einer Schwarzbärin begegnet bin. Sie war fett und faul und bereit für ihren Winterschlaf, deshalb war sie kein bisschen an mir interessiert. Ich hatte Glück. Ein anderes Mal habe ich allein in der Nähe der Küste gecampt, als mich ein Landstreicher um etwas zu essen angehauen hat. Wie sich rausstellte, war er ein harmloser Kerl mit ein paar unglaublichen Geschichten in petto, aber diese beiden Erlebnisse haben mir gezeigt, dass ich vorbereitet sein muss. Ich will kein schweres, massiges Gewehr mit mir rumschleppen, deshalb ... Cadie, du musst keine Angst vor mir haben.«

»Es ist bloß ... die Vorahnung der Hellseherin gestern ... sie hat eine Tätowierung und eine Waffe gesehen.«

»Was für eine Tätowierung?«

»Keine von deinen«, sage ich. »Aber …«

»Also, ich weiß nicht so recht, wie ich das höflich ausdrücken soll, aber meinst du nicht, dass du ein bisschen überreagierst? Ich meine, du legst ganz schön viel Wert auf das Wort einer Frau, die ihr Geld damit verdient, Prophezeiungen zu erfinden, und das in einer Stadt, die von einem Mann gegründet wurde, der glaubte, ein Gespenst hätte ihn dorthin geführt.«

Ich lache, vor allem über mich selbst. »Wenn du es so sagst …«

»Ich schwöre dir, Cadie, dass ich dir nicht wehtun werde.« Noah versucht nicht mich zu küssen, was eine Riesenerleichterung ist, weil ich immer noch ein bisschen nervös bin. Er berührt nur sanft meinen Arm und geht dann zurück zur Fahrertür. Er blickt noch einmal zu mir, während er die knarzende Tür öffnet. »Bist du weiter dabei?«

Ich habe nie ein Problem damit gehabt, dass mein bester Freund zu seinem persönlichen Schutz eine Waffe bei sich hat, wenn er auf der Interstate 75 Bereitschaftsdienst hat. Warum sollten also zwei Typen, die in einem fremden Bundesstaat campen gehen, nicht dasselbe tun? Florida ist voller Spinner – größtenteils Einheimische. Ich fahre mir mit der Hand durchs Haar und sehe Noah an, der dasteht und mich ansieht. Er wartet auf eine Antwort und beim Anblick seines Gesichts werde ich wieder schwach.

Deshalb steige ich ins Auto.

KAPITEL 12

»Cadie, Süße, wo bist du?«

Duane klingt nicht sauer, als ich ihn unterwegs anrufe, aber auch nicht sonderlich erfreut. Ich drücke einen Finger auf mein freies Ohr, um das Rauschen des Windes auszublenden.

»In der Nähe von Arcadia«, sage ich. »Wir wollen ein bisschen auf dem Peace River paddeln.«

»Ist Lindsey Buck bei euch?«

»Sie ist gestern Morgen gegangen, noch bevor ich wach war«, antworte ich. »Sie hat mir eine Nachricht geschickt, dass sie irgendeine Familiensache hätte und nach Hause müsste.«

»Ihre Mom hat eine Nachricht bekommen, dass sie mit dir zusammen ist.«

»Das ist merkwürdig.«

»Sehr merkwürdig«, sagt er. »Im Okefenokee-Sumpf ist ein Camper verschwunden, Lindsey geht nicht an ihr Handy und du tingelst mit zwei Fremden, die du auf einer Party kennengelernt hast, durch Florida. Daher verstehst du vielleicht, warum dein Dad gerade ein bisschen ausflippt. Ehrlich gesagt bin ich auch etwas besorgt. Geht's dir gut?«

Mollys Kopf ruht auf meinem Oberschenkel und Noah sieht mich im Rückspiegel an, während er fährt. »Mir geht's super.«

»Du warst schon immer ziemlich stur«, meint Duane. »Aber was soll dieser kleine Aufstand? Das sieht dir gar nicht ähnlich.«

»Ich bin seit gerade mal zwei Tagen weg«, gebe ich zurück. »Dad sollte in der Lage sein, zwei lausige Tage lang allein klarzukommen. Ich bin müde, Duane, und ich hab's satt, dass mir alle das Gefühl geben, ich wäre eine selbstsüchtige Zicke, wenn ich einfach nur mal wieder eine normale Jugendliche sein möchte. Auch wenn es nur für ein paar Tage ist.«

»Wann kommst du nach Hause?«

»Morgen«, sage ich. »Wir paddeln so weit, wie wir es an einem Tag schaffen, flussabwärts, campen über Nacht und machen uns dann auf den Rückweg. Versprochen.«

»Wenn du willst, hole ich dich ab«, bietet Duane an. »Ich könnte Daniel Boone mitbringen.«

»Vielleicht.« Ich hätte das alles wohl meinem Dad sagen sollen, anstatt es bei meinem besten Freund abzuladen, aber es tut gut, es mir von der Seele zu reden. »Ich ruf dich an.«

»Pass auf dich auf«, sagt Duane. »Und wenn du von Lindsey hörst, sag Bescheid, okay?«

»Okay.«

Als wir endlich auf dem Wasser sind, ist es schon fast Mittag. Noah paddelt allein mit dem Hund und einer reduzierten Campingausrüstung, während Matt und ich uns das zweite Kanu teilen – er hinten, ich vorne und die rote Kühlbox in der Mitte.

»Wenn ihr mich fragt, werden wir nass werden«, meint Noah, während wir die Bootsrampe in Gardner, ein paar Kilometer nördlich von Arcadia, hinter uns lassen und nebeneinander den Peace River entlangpaddeln. Das Wasser ist genauso teebraun wie der Santa Fe River. Aber der Fluss hier ist ein bisschen schmaler. Nicht ganz so schattig, obwohl dieselben Baumarten das Flussufer säumen. Da der Strom zu dieser Jahreszeit langsam und träge ist, ist es nicht schwer, flussaufwärts zu paddeln. Aber am Himmel ballen sich Wolken zusammen und in das strahlende Blau von heute Morgen mischt sich immer mehr Grau. Noah hat wohl Recht.

»In Zolfo Springs gibt es eine Anlegestelle mit einem Campingplatz«, sagt Matt. »Bis dorthin sind es noch etwa zwanzig Kilometer, und solange es nicht blitzt, können wir im Regen paddeln.«

»Schaffst du das, Cadie?«, fragt Noah.

Meine Paddelerfahrung beschränkt sich auf mein Flusspicknick mit Justin, einen zweistündigen Ausflug als Kind mit meinem Dad (er machte die ganze Arbeit) und unseren Besuch bei Naked Ed vor zwei Tagen. Aber Noah sieht mich hoffnungsvoll an und ich will ihm beweisen – eigentlich beiden –, dass ich das schaffen kann. Dass ich mithalten kann. »Ich glaub schon.«

Noahs breites Grinsen gibt mir das Gefühl, ich hätte einen Wettbewerb gewonnen, und ich wünschte, wir wären zusammen in einem Kanu, doch Matt ist wie ein fünftes Rad am Wagen, seit Lindsey sich abgesetzt hat. Es erscheint mir nicht fair, ihn alles alleine machen zu lassen. Es ist nicht seine Schuld, dass sie weg ist.

»Hey, Cadie.« Beim Klang von Matts Stimme drehe ich mich um. Er nimmt seine Red-Sox-Baseballkappe ab und beugt sich im Kanu nach vorne, um sie mir aufzusetzen. »Damit bleibt dein Gesicht trocken, falls es regnen sollte, und ich habe noch eine zweite Regenjacke in meinem Rucksack.«

»Kommst du ohne sie klar?« Die Kappe ist warm und verschwitzt, aber die Blende spendet meinem Gesicht Schatten. Er knotet ein blaues Bandana um sein dunkles Haar. Mit Eintagesbart und den aus der Stirn geschobenen Haaren ist seine Ähnlichkeit mit Noah erstaunlich. Sie könnten Brüder sein.

»Ich komm ohne klar.« Matt zwinkert mir zu und ich wende mich schnell wieder nach vorne, während mir die Hitze ins Gesicht steigt. Er lacht leise, aber ich drehe mich nicht um.

Der Fluss ist still. Auf dem Wasser sind außer uns keine anderen Boote, daher gibt es nichts zu hören außer unseren eigenen Stimmen. Wir nutzen sie sparsam, kommentieren unser Vorankommen anhand der Landmarken, die wir passieren, oder fragen nach Wasser aus der Kühlbox. Wir essen Studentenfutter und machen uns gegenseitig auf Rehe, Reiher oder Alligatoren aufmerksam, die uns mit starren Blicken betrachten. Aber hauptsächlich lauschen wir dem Knarzen der Bäume, dem rollenden Klappern der Gopherfrösche und dem Rascheln von Wildtruthühnern, die uns komplett ignorieren, während sie das Flussufer nach Insekten und Samen absuchen.

Matt pfeift leise, als wir an einem großen Truthahn vorbeikommen. »Mann, was ich jetzt für ein Jagdgewehr geben würde.«

»Ja, nicht?«, stimmt Noah ihm zu. »Truthahnbraten über offenem Feuer.«

Als er ein Jagdgewehr erwähnt, denke ich sofort an die Pistole im Kofferraum und überlege, ob Noah sich jetzt wünscht, er hätte sie mitgenommen. Vielleicht hat er es ja getan. Ich mustere die Konturen seines Rückens und frage mich, ob die Waffe unter seinem T-Shirt im Bund der Shorts steckt, so wie in Spielfilmen. Vielleicht ist sie auch ganz unten in seiner Reisetasche vergraben. Kann man einen Truthahn überhaupt mit einer Pistole abschießen? »Hast du die –«

»Ich habe eine zusammenklappbare Angelrute dabei.« Noah unterbricht mich, bevor ich den Satz zu Ende sprechen kann, aber ich habe das Gefühl, dass er weiß, was ich fragen wollte.

»Vielleicht können wir ein paar Fische fürs Abendessen fangen.«

»Klingt super.« Ich weiß nicht, ob ich erleichtert bin, dass wir das Thema wechseln, oder ob es mich nervt, dass er meine Frage nicht beantwortet hat, doch ich hake nicht nach. Vielleicht ist es mir lieber, nicht zu wissen, ob er die Waffe dabeihat. »Wenn du sie ausnimmst, koche ich sie.«

»Abgemacht.« Er grinst und ich wünsche mir zum millionsten Mal, wir würden zusammen im selben Kanu sitzen. Die Distanz zwischen uns ist nicht groß – ein paar Meter vielleicht –, aber ich will ihn unbedingt berühren. Und das ist zugleich aufregend und beängstigend. Ich kann mich nicht erinnern mich bei Justin jemals so gefühlt zu haben. Nicht einmal am Anfang, als wir uns im Unterricht verstohlen zulächelten und heimliche Küsse vor meinem Spind austauschten. Noah hat Dinge über mich herausgefunden, die Justin nie erfahren wird. Die ich bis gestern Abend nicht einmal selbst wusste.

Wir paddeln stundenlang und die Nachmittagssonne hängt tief am Himmel, als wir einen Flussabschnitt erreichen, wo der Wald Platz macht für grüne Weiden mit grasendem Vieh hier und da. Ein paar Kühe trinken entlang des Flussufers und zwei Kälber mit schlaksigen Beinen und kurzen Hörnern, die hinter hellbraunen Ohren hervorlugen, tollen hinter ihnen herum.

Mollys Bellen hallt schrill und klar durch die Luft und erschreckt mich. »Sie ist bisher so still gewesen, dass ich sie ganz vergessen habe.«

»Sie ist manchmal so«, sagt Noah. »Aber es wird langsam Zeit, dass sie Auslauf bekommt. Sobald wir weit genug von den Kühen entfernt sind, legen wir eine Pause ein.«

»Wir müssten ganz in der Nähe der Stadt sein.« Matt meldet

sich zum ersten Mal seit einer Weile zu Wort. »Warum paddeln wir nicht einfach bis dorthin, damit wir nicht am Arsch der Welt stecken, wenn es anfängt zu regnen.«

Die Kanus driften Seite an Seite und stoßen sanft zusammen, während Noah die Karte studiert, die wir an der Kanustation bekommen haben. »Zolfo Springs ist noch ein ganzes Stück entfernt. Wir machen nur eine kurze Pause, damit Molly ein bisschen Dampf ablassen kann.«

Mein Hintern tut von dem vielen Sitzen den ganzen Nachmittag über weh und ich muss schon seit einer Stunde aufs Klo, von daher gefällt mir die Aussicht, eher früher als später anzuhalten. »Ich hätte nichts gegen eine Pause.«

Matt passt diese Entscheidung offenbar nicht, doch er sagt nichts. Er taucht einfach sein Paddel ins Wasser und unser Kanu gleitet vorwärts.

Wir ziehen die Boote auf eine Insel aus Sand und Gras in der Mitte des Flusses. Molly springt aus Noahs Kanu, aber sie rennt nicht einfach bloß los. Sie flippt völlig aus, dreht Kreise und saust kreuz und quer über die ganze Insel. Planscht im Wasser. Rollt sich im Sand. Noah holt eine orangefarbene Frisbee-Scheibe, die am Rand zerbissen ist, und lässt sie durch die Luft segeln. Molly springt hoch und schnappt sie sich. Wieder und wieder wirft er die Frisbee-Scheibe und sie entwischt ihr kein einziges Mal, sogar als Noah die Scheibe über den Fluss fliegen lässt.

Ich schäle mich aus meinen Kleidern, wate hinaus ins Wasser und sinke bis zum Hals hinein. Einem kleinen Teil von mir ist das peinlich, weil ich ganz offensichtlich gerade pinkele, aber es ist so eine himmlische Erleichterung, dass es mir egal ist. Als ich fertig bin, strecke ich mich auf einem Stück Gras aus, damit mein Badeanzug trocknet. Meine Arme schmerzen vom

Paddeln, ich habe eine große Blase am Mittelfinger und bin völlig fix und alle. Der Himmel ist jetzt dunkler und die Wolken haben die Lücken ausgefüllt. Und ich bete, dass es gleich heftig regnen wird, damit ich mich nicht vom Fleck rühren muss.

»Paddelt ihr zwei ohne mich weiter«, sage ich, als Matt sich neben mich auf den Boden plumpsen lässt. »Ich werde einfach hier sterben, okay?«

Er zieht die Baseballkappe runter, damit sie mein Gesicht bedeckt. »Müde?«

»Du hast ja keine Ahnung.« Ich mache mir erst gar nicht die Mühe, die Kappe wieder hochzuziehen, weil sich die Dunkelheit gut auf meinem Gesicht anfühlt und es wehtut, die Arme zu heben. »Ich hatte schon seit langem nicht mehr so viel Spaß, aber ich bin kein Outdoor-Mädchen. Bei euch wirkt es so einfach.«

»Ja, aber wir haben jahrelange Erfahrung«, sagt Matt. »Meine Eltern haben mich zum ersten Mal zum Paddeln mitgenommen, da konnte ich noch nicht mal laufen. Und Noah isst, schläft und atmet die Wildnis. Wenn dieser Typ von *Into the Wild* nur halb so viel übers Überleben gewusst hätte wie wir ... na ja, dann wäre er vielleicht nicht tot in einem Bus geendet.«

»Diese Theorie werde ich aber bestimmt nicht austesten«, wirft Noah ein und ich spüre die Hitze seines Körpers, als er sich auf meiner anderen Seite ausstreckt. Als er die Kappe von meinem Gesicht nimmt, ist sein Lächeln wie ein Strahlen in einer wolkenverhangenen Welt. »Hey, du.«

»Hey, selber du.« Ich lächele zurück und mein Herzschlag beschleunigt sich einen Tick, als er sich vorbeugt, um mich zu küssen. Seine Lippen sind warm und salzig vom Schweiß – und er riecht nach nassem Hund, weil er Molly in seine Arme hat springenlassen –, aber das hält mich nicht davon ab, die Arme um seinen Hals zu schlingen, um ihn näher heranzuziehen. Wir haben uns den ganzen Tag nicht berührt und ich will ihn einfach bei mir spüren.

Unsere Lippen sind einen Atemzug voneinander entfernt, als ich von einem dicken fetten Regentropfen getroffen werde, der mir wie Schweiß die Wange herunterrinnt. Ein gleißender, gezackter Blitz knistert am Himmel über seiner Schulter.

»Scheiße.« Noah lässt sich zurück aufs Gras fallen. Wir liegen alle drei einfach nur da und sammeln den Regen auf unseren Gesichtern, unserer Haut, unseren Klamotten, bis der Abstand zwischen den Tropfen kleiner wird. Sie sich kälter anfühlen. »Wir werden die Nacht wohl hier verbringen müssen.«

Ich hatte mich auf Zolfo Springs gefreut und wollte vielleicht zu Hause anrufen, um herauszufinden, ob Dad immer noch sauer ist. Ob Lindsey wieder zu Hause ist. Wollte mit Danny reden. Aber ich bin sogar zu müde, um enttäuscht zu stöhnen. Matt steht auf und streckt eine Hand aus, um mir aufzuhelfen. »Wir müssen das Zelt aufbauen, bevor es gleich richtig schüttet.«

Wir beeilen uns die Kanus zu entladen und das Lager aufzuschlagen, doch als wir endlich durch die Zeltklappe schlüpfen, sind wir klatschnass. Der Regen prasselt unablässig auf den Stoff über unseren Köpfen, während wir völlig durchnässt nebeneinandersitzen – sogar Molly – und dabei zuschauen, wie Millionen winziger Tropfen auf der Oberfläche des Flusses tanzen. Donner grollt um uns herum und bei jedem aufflackernden Blitz sieht es aus, als würde der Himmel auseinandergerissen werden.

»Das war's dann wohl mit Fischen.« Noah zieht sein T-Shirt aus und wirft es nach draußen auf das regennasse Gras, denn nasser kann es sowieso nicht mehr werden. Dann lehnt er sich zurück an einen zusammengerollten Schlafsack.

Matt nickt. »Und ein Feuer können wir auch nicht machen.«

»Ja, aber ...« Regen spritzt mir auf Kopf und Schultern, während ich aus der Kühlbox, die direkt vor der Zeltklappe steht, Bier für Noah und Matt, eine Cola für mich und einen Plastikbeutel mit leicht wässrigen Käsewürfeln herausnehme. Mein Haar ist wieder patschnass, als ich mich ins Zelt zurückducke. »Wenn die Cracker noch trocken sind, haben wir was fürs Abendessen.«

Noah lacht ein wenig. »Wow, Cadie, ganz schön nobel.«

»Ich weiß. Du solltest mal sehen, was ich mit einer Schachtel Käsemakkaroni und einem Pfund Hackfleisch machen kann.« Ich reiche ihm einen nur leicht angefeuchteten Cracker mit einem Käsewürfel obendrauf und er steckt ihn sich in den Mund. »Ich sollte wirklich meine eigene Kochsendung haben.«

»Meine Mom hat das Fleisch immer mit Taco-Gewürzmischung angebraten und dann die Käsemakkaroni dazugegeben.« Noah öffnet sein Bier und Schaum sprudelt heraus und tropft auf seine bereits nassen Shorts. Er achtet gar nicht darauf. »Wenn wir Chilischoten im Haus hatten, hat sie die auch noch dazugegeben.«

»Jep.« Ich nicke und arrangiere die Cracker und den Käse auf einem Pappteller, als wären wir an einem schicken Ort, nicht in einem viel zu engen Zelt am Ende der Welt in Florida. »Mein kleiner Bruder findet das auch lecker.«

»Na klar.« Noah grinst. »Das Zeug ist ja auch köstlich. Natürlich hat Matty keine Ahnung von den Wonnen, die Instant-Nudelsuppe und Käsemakkaroni aus der Schachtel bieten. Die erste feste Nahrung des Jungen war Hummer von einem Silberlöffel.«

Matt legt die Stirn in Falten und im Zelt herrscht auf einmal dicke Luft. Ganz offensichtlich reden wir nicht mehr über Essen. Es erscheint mir komisch, dass Noah einen Klassengroll gegen die Leute hegt, bei denen er die letzten paar Jahre gelebt hat. Oder vielleicht zieht er diese Matt-ist-anders-als-wir-zwei-Nummer auch nur ab, weil er nach wie vor eifersüchtig ist. Matt schweigt und ich frage mich, ob er immer noch sauer ist, dass Noah wegen Zolfo Springs nicht auf ihn gehört hat. Er nimmt nur einen langen Schluck von seinem Bier und zeigt seinem Cousin den Stinkefinger.

»Ich mach nur Witze«, sagt Noah zu mir. »Aber tatsächlich bereitet seine Mom Käsemakkaroni frisch zu, mit acht oder neun verschiedenen Käsesorten. Und manchmal mischt sie wirklich Hummer unter. Echt topp.«

»Darauf hätte ich jetzt auch Lust.« Ich werfe Matt ein Lächeln zu – eine kleine Geste der Solidarität –, doch das stellt das Gleichgewicht nicht wieder her. Offenbar sind sie beide wegen irgendwas sauer aufeinander, nur kenne ich ihre wunden Punkte und heißen Eisen nicht. Das werde ich vermutlich nie. Betretenes Schweigen breitet sich im Zelt aus und wir sitzen eine Weile einfach nur da, halten Ausschau, ob der Regen nachlässt, und essen feuchte Käsecracker.

Noah schläft mit dem Kopf auf dem Schlafsack und verschränkten Füßen ein. Molly schleicht sich hinter mir durch und rollt sich an seiner Seite zusammen. Ich lächele, ein klein wenig eifersüchtig auf den Hund, und das auch nur, weil ich weiß, wie nett es an diesem Platz ist.

»Weißt du, worauf ich jetzt Lust hätte?«, sagt Matt, als hätten wir unser Gespräch von vorhin nicht unterbrochen. »Kuchen.«

»Oh, ja«, stimme ich ihm zu. »Bananensahnetorte.«

»Und Apfelkuchen.«

»Rhabarberkuchen.«

»Schokosahne.«

»Limette.« Wir sagen das gleichzeitig und müssen darüber lachen. Ich sehe zu Noah, um mich zu vergewissern, dass wir ihn nicht geweckt haben, aber er schläft immer noch tief und fest mit einem Arm über den Augen. Sein Mund ist leicht geöffnet, sein Gesicht entspannt, nicht mehr so tough, was ihn jünger aussehen lässt. Irgendwie süß.

Als ich mich wieder zurückdrehe, hat Matt ein verschlagenes Grinsen im Gesicht – er führt offensichtlich irgendwas im Schilde. »Wenn du mich fragst, sind wir von der Stadt nicht so weit entfernt, wie er glaubt«, flüstert er. »Lass uns einfach hinpaddeln ... dort gibt's bestimmt irgendein Café, in dem man Kuchen bekommt.«

»Aber es regnet.«

»Es hat aufgehört.«

»Wir sollten Noah wecken«, sage ich, aber Matt schüttelt den Kopf.

»Nein.« Er macht langsam den Reißverschluss des Zelts auf. »Sollten wir nicht.«

Ich habe ein schlechtes Gewissen wegen Noah, aber ich rede mir ein, dass er müde ist, weil er heute allein paddeln musste – obwohl ich weiß, dass das nicht mal annähernd der Wahrheit entspricht. Ich war es, die fix und alle am Flussufer lag, während er einen Hund mit Lagerkoller bespaßt hat. Es ist vielleicht nicht so abenteuerlich wie Sex auf einem Friedhof, doch die Idee einer heimlichen Kuchenexkursion gefällt mir.

Feuchtigkeit hängt schwer in der Luft und der Boden ist matschig unter meinen nackten Füßen, als wir im schwindenden

Tageslicht runter zu den Kanus rennen. Matt hat aber Recht – der Regen hat aufgehört. Es klingt nur so, als würde es noch regnen, weil eine leichte Brise durch die Bäume raschelt. Doch über uns schimmert ein bisschen blauer Himmel durch die Wolken und der Glanz des aufsteigenden Monds lauert gleich hinter einer zurückweichenden Gewitterwolke. Die Frösche und Grillen sind jetzt ohrenbetäubend laut und verdecken das Geräusch des Kanus, das über den Sand schrappt, als wir es zum Wasser schieben.

Matt und ich machen uns lautlos davon, fünf oder zehn Minuten lang wagen wir es nicht zu sprechen. Erst als wir unter der State-Road-64-Brücke durch sind und nach einer kleinen Biegung einen Park am Rand von Zolfo Springs erreichen.

»Verdammt«, flucht Matt leise, als wir das Kanu auf die befestigte Rampe tragen und es umgedreht aufs Gras setzen. »Ich wusste, dass wir nicht so weit weg waren. Wir hätten in einem Restaurant zu Abend essen können, anstatt eingezwängt im Zclt zu hocken.«

»Das stört mich nicht.« Ich schiebe unsere Paddel unter das Boot und schlüpfe in meine Flip-Flops. »Irgendwie mag ich unsere kleine Insel.«

»Natürlich musst du dich auf seine Seite schlagen.«

»Es geht nicht um Seiten.« Wir laufen über einen bewaldeten Campingplatz und vorbei an einem Museumsdorf mit altertümlichen Gebäuden und einer Dampflok aus der Pionierzeit. Wenn uns jetzt irgendjemand sehen würde, würden sie uns vermutlich für Obdachlose halten – unsere Kleider sind zwar trocken, aber zerknittert und unsere Haare platt vom Regen. Sand und Kies kleben zwischen meinen Zehen und den Flip-Flops und wieder einmal habe ich dringend eine Dusche nötig.

»Es wäre cool gewesen, hier zu campen, aber ist ja auch egal. Wir sind in geheimer Kuchenmission unterwegs, Matt. Du und ich.«

Ich warte darauf, für meinen Witz mit einem Lachen belohnt zu werden, aber als es nicht sofort kommt, frage ich mich, ob da irgendwas im Regen war, das ihn und Noah infiziert und beide in Testosteron-Monster verwandelt hat. Doch dann breitet sich ein Lächeln auf Matts Gesicht aus und er lacht, hält mir eine Faust hin, damit ich meine dagegendrücke so wie an dem Abend, als wir uns kennengelernt haben. »Geladen und entsichert.«

KAPITEL 13

Wir finden ein Familienrestaurant gegenüber vom Park. Es ist nichts Besonderes und abgesehen von ein paar Typen, die an der Theke Kaffee trinken, völlig leer, aber es gibt Kuchen. Eine ältere Kellnerin führt uns zu einer Sitzecke mit freier Sicht auf einen Fernseher, auf dem gerade Nachrichten laufen. Der Ton ist ausgeschaltet.

»Kann ich euch was zu trinken bringen?«, fragt sie und legt laminierte Speisekarten vor uns auf den Tisch.

»Zwei Colas?« Matt sieht zu mir, damit ich es bestätige, und ich nicke. »Und wir brauchen keine Speisekarten«, sagt er. »Wir nehmen ein Stück von jedem Kuchen, den Sie haben.«

Sie zieht schlagartig die grau melierten Augenbrauen hoch. »Von jedem?«

»Jep.«

»Herzchen, wir haben sechs verschiedene im Angebot.«

»Ich weiß.«

»Willst du mich auf den Arm nehmen?« Vielleicht glaubt sie, dass wir die Zeche prellen wollen. Die Kendrick-Brüder und ich haben das mal im Pfannkuchenhaus in Lake City versucht, aber ich bin noch mal zurück, um unser Essen zu bezahlen. Obwohl an dem Morgen viel los gewesen war und die Kellnerin noch nicht mitgekriegt hatte, dass wir abgehauen waren, hatte ich ein schlechtes Gewissen. Vielleicht war sie ja eine alleinerziehende Mutter oder hoch verschuldet. Was, wenn das Restaurant sie zwang für die Rechnung aufzukommen?

Matt beugt sich vor, zieht seine Brieftasche aus der hinteren Hosentasche und klatscht einen Hunderter auf den Tisch. »Reicht das?«

»Hm.« Die Kellnerin seufzt, als würde sie immer noch glauben, dass wir sie irgendwie reinlegen wollen, aber Matt schenkt ihr sein süßestes Lächeln – das kann er gut – und ihre Haltung verändert sich. Ihr Mundwinkel zuckt. »Na gut.«

»Und könnten Sie die Lautstärke am Fernseher aufdrehen?«

Sie bestätigt die Bitte nicht, doch nachdem sie unsere Bestellung für sechs verschiedene Kuchen aufgegeben hat, holt sie eine Fernbedienung unter der Theke hervor und schaltet den Ton am Fernseher ein.

»Ich muss mal für kleine Königstiger«, sagt Matt und rutscht aus seinem Ende der Sitzecke. »Lass ein bisschen Kuchen für mich übrig, okay?«

Er steuert die Herrentoilette an und ich wende mich dem Fernseher zu.

»... und zum Schluss noch diese Nachricht: Die Suche nach dem Mann aus Florida, der am Dienstag im Okefenokee-Naturschutzgebiet in Georgia verschwand, hat ein tragisches Ende gefunden«, sagt der Sprecher, während ein weißes Banner am Bildschirmrand verkündet: »Verschwundener Mann aus Florida tot aufgefunden«. Ich frage mich, ob das der Typ ist, von dem Duane heute Morgen gesprochen hat. »Die Leiche des vierundzwanzigjährigen Brian Patrick Clark wurde heute Morgen von Park Rangern entdeckt. Der Mann aus Jacksonville, der laut Verwandten allein im Park campte, wurde als vermisst gemeldet, nachdem er letztes Wochenende nicht nach Hause kam.

Die Todesursache wurde noch nicht bestätigt, aber Verantwortliche des Parks teilten mit, dass Clark mit einer Schusswunde am Kopf aufgefunden wurde. Es gibt bisher keine Verdächtigen und Clarks Tod ist Gegenstand weiterer Ermittlungen.«

»Einfach furchtbar«, kommentiert die Kellnerin, als sie unsere Getränke auf den Tisch stellt. »Wer tut so was?« Sie steht einen Augenblick da, schaut zum Fernseher auf, als würde dort die Antwort erscheinen, und seufzt schließlich. »Ich bring auch gleich eure Kuchen.«

Bei dem Gedanken daran, wie Brian Patrick Clarks Familie sich jetzt wohl fühlt, muss ich sofort an meinen Dad denken. Es ist ein kleiner Trost zu wissen, dass Duane ihm Bescheid gegeben hat. Dad weiß, dass es mir gut geht und ich bald nach Hause komme. So gerne ich auch mit Noah nach Flamingo fahren würde – und jedes bisschen Zeit mit ihm verbringen möchte, bis er in sein richtiges Leben zurückkehrt –, ich muss jetzt nach Hause gehen. Ich vermisse Danny. Ich vermisse sogar Dad.

»Und, was geht ab in der Welt?« Die Sitzecke quietscht, als Matt sich wieder auf seinen Platz setzt.

»Nicht viel.«

Er nimmt seine Gabel und klopft mit den Zacken auf das Papiertischset vor ihm. »Also, Cadie, gehst du irgendwo aufs College?«

Meine Noten waren nicht toll, aber gut genug, um irgendwo einen Platz zu bekommen. Doch Moms Tod hat so ein Loch in unser Leben gerissen, dass ich nicht einmal mehr übers College nachgedacht habe. Meine Schulberaterin ermutigte mich es zumindest zu versuchen. Sie gab mir sogar die Bewerbungsunterlagen, aber ich musste mich um Danny kümmern. Und Dad. Deshalb blieben die Unterlagen in meiner Schreibtischschublade, bis die Bewerbungstermine verstrichen waren. Dort liegen sie immer noch.

»Ich weiß noch nicht, was ich machen will«, erwidere ich. »Ich bin ... na ja, ich kann recht gut mit einer Nähmaschine umgehen, deshalb ... okay, jetzt lach nicht, aber ich dachte, ich könnte vielleicht meinen eigenen Laden aufmachen.«

Obwohl Justin früher immer auf meinem Bett lag, während ich Secondhandklamotten umschneiderte – zu Röcken, Oberteilen, einmal versuchte ich mich sogar an Shorts –, habe ich ihm nie von diesem heimlichen Traum erzählt. Jetzt, da ich Matt davon erzählt habe, ist es aus meinem Kopf raus und Teil des Universums. Er macht sich aber nicht über mich lustig und darüber bin ich sehr froh.

»Leider hab ich nicht viel Geld«, sage ich.

»Hast du darüber nachgedacht, deine Sachen übers Internet zu verkaufen?«, fragt Matt. »Du hättest so gut wie keine Gemeinkosten, du wärst an keinen Ort gebunden und Leute lieben selbst gemachten Scheiß. Nicht dass deine Sachen scheiße sind. Ich meine nur, so würde ich das machen.«

Er richtet seine Aufmerksamkeit auf den Fernseher, wo sich Kandidaten gerade durch *Jeopardy*-Fragen arbeiten, während ich dasitze und mich frage, warum mir die Idee eines Online-Shops nicht selbst gekommen ist, vor allem da ich so viel Zeit meines Lebens im Internet verbringe. Dad hat mit einem Teil meines mageren College-Fonds Moms Krankenhausrechnungen bezahlt und jetzt ist nicht mal genug Geld für ein einziges Semester übrig. Aber es würde für eine neue Nähmaschine reichen und vermutlich auch dafür, einen virtuellen Shop aufzumachen.

»Danke«, sage ich und Matt dreht sich um und sieht mich

an, als hätte er unsere Unterhaltung schon wieder vergessen. »Für die Online-Idee. Die ist gut.«

Er zwinkert mir zu. »Ich bin attraktiv *und* intelligent.«

»Und was wirst du nach eurem Campingtrip durch Florida machen?«

»Ich gehe im Herbst zurück aufs College.«

»Wo?«

»Yale.«

Ich mache einen Knoten in die Papierhülle meines Strohhalms. »Wow, nicht schlecht.«

»Wahrscheinlich. Keine Ahnung. Ja, schon.« Matt zuckt mit den Schultern, als wäre es nichts Besonderes, an einer Elite-Uni zu studieren. Von meiner Highschool haben es vielleicht eine Handvoll Leute auf Unis wie Harvard oder Yale geschafft, aber die meisten meiner Freunde und Bekannten gehen auf eine staatliche Uni oder zum Militär. Oder gehen gar nicht aufs College.

»Intelligent und attraktiv«, sage ich, worüber er grinsen muss.

Die Kellnerin kommt mit einem Tablett voller Kuchenteller – Apfel, Kirsche, Bananensahne, Schokosahne, Pecan und natürlich Limette – und wir reihen sie zwischen uns auf dem Tisch auf.

»Welchen sollen wir als Erstes probieren?«, frage ich. »Sollten wir methodisch vorgehen oder einfach drauflosessen?«

Matt trennt die Spitze des Kirschkuchens ab, steckt sie sich in den Mund und redet um den Kuchen herum. »Denk nicht lang nach. Iss einfach.«

Ich entscheide mich für eine Reihenfolge – vom Kuchen, den ich am wenigsten mag, zu meinem Lieblingskuchen – und fange mit Pecan an, weil ich Pecan nicht ausstehen kann. Er schüttelt den Kopf, als ich den ekligen Geschmack mit einem großen Schluck Cola runterspüle.

»Warum isst du das, wenn es dir nicht schmeckt?«, fragt er.

»Ich will fair sein.«

»Das Leben ist zu kurz, Cadie.« Er streckt den Arm über den Tisch und hält seine Gabel mit einem Stück Limettenkuchen vor meinen Mund. Wenn ich den jetzt probiere, bringe ich mein ganzes System durcheinander, denn es ist mein absoluter Lieblingskuchen – aber mich hat noch nie ein süßer Junge mit Kuchen gefüttert. »Du musst dir nehmen, was du willst.«

Ich öffne den Mund und sein Blick ist ein Leuchtfeuer auf meinem Gesicht, als er mir dabei zusieht, wie ich das Kuchenstück esse. Wie schon bei unserem Kuss überkommt mich der Drang, die Flucht zu ergreifen. Nicht weil mich die Art stört, wie er mich betrachtet, sondern weil das Gegenteil der Fall ist. Und das ist verkehrt. Oder?

»Echt schade, dass Lindsey nicht geblieben ist.« Ich konzentriere mich auf den Apfelkuchen, der vor mir steht. »Ich frage mich, ob sie gut nach Hause gekommen ist.«

»Willst du zu Hause anrufen?« Matt holt sein Handy aus der Tasche und betrachtet das Display. »Oder auch nicht. Kein Empfang.«

»Komisch.«

Einer der Männer an der Theke spricht lautstark in sein Handy, es geht um den rissigen Auspuffkrümmer an seinem Ford Ranger. Matts Blick folgt meinem. »Mein Empfang ist schlecht, seit wir in Florida sind«, erklärt er. »Das kommt davon, wenn man keinen Vertrag mit dem größten Netzwerk der Nation hat, was?«

»Wir sind hier so ziemlich am Ende der Welt«, sage ich. »Und ich habe oft keinen Empfang mehr, wenn ich bloß von der Küche in mein Zimmer laufe, von daher …«

»Sagt Bescheid, wenn ihr irgendwas anderes braucht.« Die Kellnerin legt die Rechnung auf den Tisch und Matt schiebt den Hunderter dazu, ohne überhaupt zu gucken, wie hoch sie ist. Ich glaube nicht, dass er mich damit beeindrucken will, aber ich muss anerkennen, dass er sich so eine Geste leisten kann, ohne zweimal darüber nachzudenken.

»Könnten wir 'ne Schachtel haben?«, ruft er der Kellnerin hinterher, nach einem Blick auf den Tisch – vor uns stehen die Endstücke von sechs verschiedenen Kuchen. »Was über ist, bringen wir Noah als Friedensangebot mit.«

Das schlechte Gewissen, das ich im Zelt zurückgelassen habe, holt mich ein und ich bereue, dass wir Noah nicht eingeladen haben. »Glaubst du wirklich, dass wir Frieden schließen müssen?«

»Keine Ahnung«, sagt Matt. »Vielleicht. Er könnte denken, dass wir den Cougar gestohlen haben und ohne ihn Richtung Flamingo gefahren sind. Er neigt dazu … die Beherrschung zu verlieren.«

Auch wenn ich die beiden erst seit zwei Tagen kenne, kommt es mir ein bisschen übertrieben vor, zu behaupten, Noah würde schnell die Beherrschung verlieren. Ich meine, Jason zu drohen, wegen Matt eifersüchtig zu werden und was auch immer er im Zelt plötzlich hatte – diese Dinge sind nicht unbedeutend, aber sie beschreiben auch nicht das Verhalten einer unberechenbaren Person. »Echt?«

»Na ja, okay, er hat sich so ziemlich am Riemen gerissen, seit er zu uns gezogen ist. Aber du weißt von …« Matt zeigt auf seiner Stirn an die Stelle, wo sein Cousin eine Narbe hat. Ich nicke, auch wenn Noah mir nicht die ganze Geschichte erzählt hat. Ich kenne nur den Teil mit dem Tritt ins Gesicht. »... und dass er unter anderem dazu verurteilt worden ist, eine Therapie zur Aggressionsbewältigung zu machen?«

»Verurteilt?« Er hat mir erzählt, es wäre Notwehr gewesen, woraufhin ich mir in meiner Naivität zusammengesponnen hatte, der arme kleine Noah wäre das Opfer gewesen. Ich war davon ausgegangen, dass es der andere Typ verdient hatte. Aber jetzt ... könnte das Opfer jemand sein, den er kannte. Oder zumindest jemand, der ihn bei einer polizeilichen Gegenüberstellung identifiziert hatte. Jemand, der Anzeige erstattet hatte. »Wer ...?«

»Scheiße, Cadie, ich dachte, er hätte dir die ganze Geschichte erzählt«, sagt Matt. »Ich sollte nicht ... du solltest lieber mit Noah darüber reden. Das steht mir nicht zu.«

»Wer war es?«

»Er, ähm ... okay. Er hat seinen Vater angegriffen. Hat ihn für drei Tage ins Koma befördert. Noah hat ein paar Monate in der Jugendstrafanstalt verbracht, aber eine verminderte Haftstrafe bekommen im Gegenzug zur Therapie. Danach hat ihn seine Mom zu uns geschickt ... um ihn von seinem Dad fernzuhalten.«

»Abwesend.« »Alki.« »Hurensohn.« Mit diesen Worten hatte Noah seinen Vater beschrieben. Könnte sein Vater etwas getan haben, das es rechtfertigte, ins Koma geprügelt zu werden? Gibt es ein Verbrechen, das so eine Strafe verdient? *»Ich reiß dir den Arsch auf.«* Das hatte Noah zu Jason gesagt. Ist das der Mensch, der Noah wirklich ist? Ein Mensch, der einem den Arsch aufreißt? Wie viel von dem, was er mir über sein Leben erzählt hat, entspricht tatsächlich der Wahrheit? Wie viele Lügen habe ich ihm wohl abgekauft?

Von den vielen Fragen fühlt sich mein Kopf zu schwer für meinen Körper an und meine Augen werden müde. Ich lege die Stirn auf den Tisch. Ich weiß nicht, wie ich auf diese neue – und beunruhigende – Information reagieren soll.

»Es tut mir leid, dass ich es dir erzählt habe«, sagt Matt leise. »Noah hat seitdem gute Fortschritte gemacht, weißt du? Wir sind sehr stolz auf ihn.«

»Wir sollten ihm wohl den restlichen Kuchen mitbringen«, ist schließlich meine bescheuerte Antwort. Denn, nein, ich weiß nichts darüber, was Noah Thomas MacNeal, zweiundzwanzig Jahre alt, gemacht hat. »Nur für den Fall.«

KAPITEL 14

Als unsere kleine Insel in Sicht kommt, grillt Noah Fisch am Stock über offener Flamme, wie Hotdogs. Falls er die letzten paar Stunden damit verbracht hat, vor Wut zu kochen, ist er deswegen jedenfalls nicht untätig geblieben. Er beobachtet uns stumm, während wir das Kanu ans Ufer ziehen. Wir werden vom Rauch begrüßt, vom Duft des gebratenen Fischs und von Molly, die vor Freude wie wild mit dem Schwanz wedelt, als wir auf das Feuer zusteuern. Und Noah schweigt weiterhin.

Matt macht einen Bogen um seinen Cousin – der auf einem umgestürzten Baum sitzt, den er von weiß Gott woher gezerrt hat –, watet durch das seichte Wasser zwischen der Insel und dem gegenüberliegenden Ufer und verschwindet im Wald. Ich setze mich neben Noah auf den Baum. Nicht ganz so nah wie zuvor, und ich frage mich, ob es ihm auffällt.

»Also, äh ... wo seid ihr gewesen?«, fragt er. Sein Tonfall ist gelassen, doch ich bin jetzt auf Anzeichen unterschwelliger Wut getrimmt. Die höre ich aber nicht heraus und ihm eine Styroporschachtel mit halb aufgegessenen Kuchen zu reichen ist eine ziemlich miese Entschuldigung dafür, dass wir ihn nicht mitgenommen haben. Vor allem da er Stämme durch die Gegend gehievt, Feuer gemacht und für uns Abendessen geangelt hat.

»Wir waren Kuchen essen.«

Anstatt die Schachtel mit den Kuchenresten aufzumachen, wendet er die Fische, damit sie nicht verbrennen. Im Schein des Feuers glänzt sein Gesicht golden und es ergibt überhaupt keinen Sinn, dass ich ihn immer noch küssen will, wenn in meiner Magengrube gleichzeitig ein ganzes Bienenvolk herumschwirrt. »Alles in Ordnung?«

»Ja. Alles in Ordnung.« Ich bin mir nicht sicher, dass das die Wahrheit ist. »Was sollte sein?«

»Keine Ahnung, Cadie.« Er stößt einen frustrierten Seufzer aus. »Du bist schließlich mit Matt abgezogen und –«

»So war es nicht«, unterbreche ich ihn. »Wir wollten nur was unternehmen.«

»Ohne mich.«

»Sei nicht eifersüchtig.«

»Bin ich nicht.«

»Nein?«

»Okay, vielleicht ein bisschen.« Er grinst und reibt sich den Nacken genau wie Duane, wenn er gleich etwas sagt, das süßer ist, als er zugeben möchte. »Matt kann manchmal impulsiv und leichtsinnig sein. Ich hab mir nur Sorgen gemacht, das ist alles.«

Bei diesen Worten und dieser Geste zerfließt mein Innerstes wie ein geschmolzener Marshmallow. Trotz allem, was Matt mir erzählt hat, hat Noah immer noch die gleiche Wirkung auf mich. »Es tut mir leid, dass ich dich nicht geweckt habe.«

Er drückt seine Stirn gegen meine. »Mir auch.«

»Bist du sauer?«

»Sollte ich es sein?«

»Nein.«

»Dann ...« Er küsst mich auf die Nasenspitze und streicht mir gleichzeitig sanft eine Haarsträhne hinters Ohr. Ein winziger Schauer folgt seinen Fingern und läuft mir weiter das Rückgrat hinunter. »... ist alles in Ordnung.«

Noah isst vom Kuchen, während ich die Fische über dem Feuer im Auge behalte. Es kommt mir so vor, als würde ihr leerer weißer Blick mich in der Dämmerung anstarren, und das macht mich nervös. Ich bin verwirrt. Und es fällt mir schwer, diesen Noah – der mich mit einer Zärtlichkeit küsst, die ich nie zuvor erlebt habe – mit dem Noah in Einklang zu bringen, den Matt beschrieben hat.

Ich atme tief ein und langsam aus, um mich darauf vorzubereiten, ihm diese Frage zu stellen: »Hast du deinen Dad ins Koma befördert?«

»Ja.«

Das Wort hängt einen Moment lang in der Luft und ich weiß nicht, was ich damit anfangen soll.

»Aber mein Dad ist kein anständiger Mensch«, erklärt Noah. »Er ist ein gewalttätiges Arschloch.«

Er nimmt die Fische vom Feuer und steckt die Spieße zum Abkühlen aufrecht in den Boden. Molly hebt den Kopf von Noahs Stiefel, um zu schnuppern, und leckt sich die Lefzen, entspannt sich aber, als er Nein zu ihr sagt. Er fasst nach unten, um ihren Kopf zu tätscheln.

»Ich war als Jugendlicher total außer Kontrolle«, fährt Noah fort. »Ich hab mit krassen Leuten abgehangen. Drogen genommen. Von daher hat es Momente gegeben ... in denen ich Schläge verdient habe. Aber eines Abends hab ich ihn mit den Händen um den Hals meiner Mom erwischt. Ich habe ihm einen Fausthieb verpasst, um ihn von ihr wegzubekommen, und er hat mir eine Flasche Tequila über den Kopf gezogen. Ich war so high, dass ich nichts gespürt habe. So zugedröhnt, dass ich ihn einfach immer weiter geschlagen habe, bis er auf dem Boden lag, und danach habe ich ihn getreten und getreten ...« Er stockt und atmet scharf aus, als würde er versuchen Tränen zurückzuhalten. »Ich hätte ihn umgebracht, wenn Mom mich nicht von ihm weggezogen hätte, aber ich schwöre dir, dass ich es nicht so weit kommenlassen wollte.«

»Matt hat mir nicht erzählt, dass du deine Mom verteidigt hast. Er hat nur gesagt, dass du schnell die Beherrschung verlierst.«

»Was würdest du tun, wenn jemand deinem Bruder wehtut?«

Noahs Frage macht mich nachdenklich, denn es gibt keine Grenzen für das, was ich jemandem antun würde, der Danny verletzen wollte. Doch bevor ich antworten kann, kommt Matt wieder aus dem Wald und watet durch den Fluss zurück zur Insel.

»Wenn ein Bär in den Wald scheißt und niemand da ist, um es zu riechen, hat er es dann wirklich getan?«, fragt er. »Falls ihr euch das jemals gefragt habt, die Antwort ist Ja und der Bär empfiehlt, windwärts zu bleiben.«

Noah lacht, greift in die Kühlbox und wirft Matt ein Bier zu. »Hast du schon von dem neuen Film *Verstopfung* gehört?« Noah wartet kurz. »Ist noch nicht rausgekommen.«

Matt und er lachen sich kaputt wie zwei Sechsjährige, was mich an meinen kleinen Bruder erinnert, der gerade erst Klohumor entdeckt.

»Okay, ich hab auch einen«, sage ich. »Was ist unsichtbar und riecht nach Karotte?«

»Ooh, den kenn ich!« Matt zeigt mit einem Finger auf mich. »Ein Kaninchenfurz. Was ist das Gegenteil von Mundwasser?«

Noah zuckt mit den Schultern. »Was?«

»Aftershave.«

Die Luft zwischen ihnen hat sich offenbar geklärt – wahrscheinlich brauchten sie einfach eine Pause voneinander. Sie sind seit der Beerdigung ihrer Großmutter in Savannah ununterbrochen zusammen gewesen. Noah bietet mir das nächste Bier aus der Kühlbox an, aber bei dem Gedanken an Alkohol werde ich müde. »Ich geh schlafen«, sage ich. »Der Tag steckt mir doch ganz schön in den Knochen.«

Er hält mich am kleinen Finger fest und zieht mich sanft zu sich. »Ist alles in Ordnung?«

Ich nicke. Wir drei haben die ganze Zeit aufeinandergesessen, seit wir O'Leno verlassen haben, und obwohl ich Noah bei der sanften Berührung seines Fingers sofort ins Zelt zerren möchte, bin ich jetzt lieber allein. Eine Weile liege ich da und lausche ihren stillen, unverständlichen Stimmen, ihrem leisen Gelächter und wie sie eine Bierdose nach der anderen öffnen. Das sind die Klänge, wie Noah und Matt in Ordnung bringen, was in Ordnung gebracht werden musste. Wie sie wieder zu den Jungs werden, die sie ohne mich in der Mitte sind.

Ich wache auf, als Noah auf allen vieren ins Zelt krabbelt, sich einen Schlafsack schnappt und wieder nach draußen geht. Ich weiß nicht, wie lange ich geschlafen habe, aber es kommt mir gerade mal wie ein paar Minuten vor. Nur dass Molly jetzt an mich geschmiegt ist, mit dem Bauch und den Füßen nach oben. Durch die offene Zeltklappe sehe ich, wie Noah den Schlafsack über Matt legt, der tief und fest schläft, und dann zurück ins Zelt kriecht.

Ich schließe die Augen, als Noah sich hinter mich legt, seine warme Haut riecht nach Rauch und Schweiß und vielleicht sogar Regen. Mein verschlafener Körper ist auf einmal hellwach vor Verlangen – ich bin überrascht, wie schnell es passiert. Sogar ohne dass er ein einziges Wort sagt.

»Bist du wach?«, flüstert er, während er den Arm um meine Taille legt. »Ich würde dich nämlich wirklich gerne küssen.«

»Sonst nichts?«

Sein Lachen ist leise und warm auf meinem Nacken. Seine Lippen folgen seinem Atem und meine Nervenenden entflammen vor Lust. »Wenn du mehr machen willst, sage ich nicht Nein, aber –«

»Bist du betrunken?«

»Ein bisschen ... vielleicht ... ja doch ... schon«, gibt Noah mit leicht schleppender Stimme zu und ich weiß, dass ich länger geschlafen habe, als ich dachte. »Aber ich will dich ständig küssen. Wenn du lächelst. Wenn du sauer und grimmig bist. Und es ergibt einfach überhaupt keinen Sinn, denn ich kenne dich erst seit drei Tagen.«

»Ja, stimmt.« Ich drehe mich zu ihm. Sein Arm ist bereits um mich geschlungen, seine Finger auf meinem Rücken gespreizt. Er drückt mich sanft an sich. Beine. Knie. Hüften. Brust. »Denn obwohl ich Angst vor dir habe, will ich dich trotzdem unbedingt küssen.«

»Cadie, du brauchst keine Angst vor mir zu haben.« Sein Mund ist so nah, dass ich seine Worte beinahe schmecken kann. »Du bringst mich so durcheinander, dass ich nicht mehr klar denken kann, aber ich würde dir nie wehtun. Versprochen.«

So ein Versprechen ist leicht zu glauben mitten in der Nacht, wenn es dunkel ist und wir alleine sind. Wenn seine Küsse meine Lippen verbrennen und seine stoppeligen Haare sich unter meinen Handflächen sanft anfühlen. Wenn die Art, wie er seine Hüften bewegt, mir den Atem raubt. Und als ich mit dem Kopf auf seiner Schulter einschlafe, geht mir flüchtig durch den Sinn, dass es morgen – oder vielleicht ist es mittlerweile schon heute – ein sehr langer Tag auf dem Wasser werden wird. Aber jede Minute, jeder Kuss wird es wert sein.

Als ich das nächste Mal die Augen aufschlage, liegt ein schlafender Matt neben mir – er muss in der Nacht reingekommen sein. Die Hitze unserer vier Körper in einem winzigen Zelt ist erdrückend und der Regen ist unerbittlich. Es besteht kein Zweifel; dieser Tag wird schrecklich werden.

Auch wenn uns das gestrige Donnergrollen und Blitzgewitter erspart bleibt, gießt es den ganzen Tag lang auf uns herab. Manchmal regnet es in Strömen, manchmal ist es bloß ein Nieselregen, der einem in die Augen läuft und wie eine zweite Haut an einem kleben bleibt. Außer dem endlosen Spritzen der Regentropfen auf dem Fluss gibt es nichts zu beobachten. Molly verzieht sich in Noahs Kanu unter eine der Ruderbänke, bleibt dadurch aber auch nicht trocken. Nichts ist trocken. Sogar unser Proviant ist triefend nass, doch wir essen ihn trotzdem. Und wir unterhalten uns nicht, denn darüber zu reden, wie müde, hungrig und patschnass wir sind, ist von wenig Interesse. Wir sehen uns einfach nur mit erschöpften Augen an und paddeln stundenlang wie Roboter, als wären wir zu nichts anderem in der Lage.

Das ist verrückt.

Und nicht nur die Tatsache, dass ich im Regen auf dem gewundenen Peace River rumpaddele.

Was mache ich hier?

Ich habe seit zwei Tagen nicht mehr mit meinem Dad gesprochen. Vermutlich ist er mittlerweile nicht nur besorgt, sondern völlig panisch, weil ich nicht angerufen habe. Und vielleicht hat er Recht, Angst zu haben. Vielleicht sollte ich auch mehr Angst haben. Ich hatte Sex mit einem Typen, den ich kaum kenne. Bin ihm deshalb bis ans Ende der Welt gefolgt. Sogar nachdem ich von der Waffe erfahren habe. Sogar nachdem Lindsey nicht nach Hause gegangen ist. Er schwört, dass er mir nicht wehtun wird, aber seine Vergangenheit erzählt eine andere, eine brutale Geschichte, und ich weiß nicht, was ich glauben soll. Ich habe mir das Ganze schöngeredet, habe mir gesagt, dass ich diese Auszeit von zu Hause verdient habe. Doch jetzt, da nichts mein Gedankenkarussell stoppt, frage ich mich, ob ich einfach nur total egoistisch war. Einfach ... bescheuert.

Als wir endlich auf den Strand von Gardner zupaddeln, blutet die Blase an meiner Hand, nachdem sie erst angeschwollen und dann geplatzt ist. Die Haut an meinen Fingern ist so verrunzelt, dass es wehtut. Ich stolpere aus dem Boot, falle auf den Sand und bleibe einfach liegen, während ich vor Erleichterung weine. Vor Schmerz weine. Weine, weil ich nach Hause will. Ich bleibe dort liegen, bis Noah mir hochhilft. Meine Beine sind vom langen Sitzen wie Gummi, Sand klebt an meinen Knien und ich habe das Gefühl, in einem mir unvertrauten Körper zu stecken, als wir zum Cougar laufen. Matt steht schon am Kofferraum und durchstöbert die Taschen nach trockenen Kleidern.

Ich werde meine Sachen holen und dann zu Hause anrufen. Duane wird kommen. Mir treten wieder Tränen in die Augen, denn ich weiß, dass er für mich drei Stunden auf dem Highway verbringen wird, ohne Fragen zu stellen.

»Ist alles in Ordnung?« Bei der Sorge in Noahs Stimme zieht

sich mein Magen zusammen. Auch wenn ich mich dagegen wehre, fühle ich mich stark zu ihm hingezogen.

»Ja. Keine Ahnung. Ich glaube –« Ich unterbreche mich, weil ich ihm nicht sagen will, dass ich gehe. Ich will ihn nicht ansehen, aus Angst, ich könnte dann meine Meinung ändern. Er ist wie eine Krankheit, eine Sucht, und ich will das Beste von ihm glauben, auch wenn mir den ganzen Tag das Schlimmste durch den Kopf gegangen ist. »Ich muss zu Hause anrufen.«

»Ja, klar.« Wasser tropft von Noahs Reisetasche, als er sie vom Boden des Kanus hebt und mir reicht. »Mein Handy ist irgendwo da drin. Zieh trockene Sachen an. Meld dich zu Hause. Matt und ich treffen dich beim Auto, nachdem wir die Boote auf den Anhänger geladen haben.« Ich nicke, und als ich weggehe, sagt er: »Und Cadie, wenn du willst, dass ich dich nach Hause bringe, mach ich's.«

Ich ziehe mich in der winzigen Kabine des einfachen Toilettenhäuschens um, wo das Klo lediglich aus einem Sitz über einem Loch besteht und die Luft nach Kacke und Chemikalien riecht. Meine Kleider sind so verknittert wie meine Fingerspitzen und nicht gerade sauber, doch sie sind zumindest größtenteils trocken. So durchnässt, wie ich war, kann ich mit ein bisschen Schmutz und ein bisschen Feuchtigkeit leben. Mit Papierhandtüchern wringe ich das Wasser aus meinen Haaren, mache dann den Reißverschluss an Noahs Tasche auf und suche nach seinem Telefon. Ich schiebe ein grünes Hemd beiseite und zwischen den Falten steckt eine Karte vom Okefenokee-Naturschutzgebiet – an einer Ecke ist eine Zeltplatz-Quittung festgetuckert. Laut dem Datum waren Noah und Matt zur gleichen Zeit dort wie der Typ, der verschwunden ist. Bei diesem Zufall läuft es mir eiskalt über den Rücken.

Ich krame tiefer und finde das Handy ganz unten in der Tasche. Wähle. Warte. Es klingelt nur einmal, bis Dad rangeht.

»Oh, Gott sei Dank.« Die Wörter sprudeln aus ihm heraus, als hätte er sie da auf Reserve gehalten. »Cadie, wo bist du?«

»Wir haben gerade Gardner erreicht«, sage ich. »Wir waren auf dem Fluss, seit –«

»Geht's dir gut?« Der Ton in seiner Stimme ist nicht Wut. Oder gar Sorge. Es ist Angst, wie ich sie nicht mehr gehört habe seit kurz vor Moms Tod. Obwohl er wusste, dass sie sterben würde, hatte er Angst. Um sie. Um sich selbst. Um uns alle.

»Ja, mir geht's gut. Was ist los?«

An der Art, wie es am anderen Ende der Leitung still wird und er nur leise einatmet – so wie er es immer tut, wenn er kurz davor ist, mir etwas zu sagen, das ich nicht hören will –, erkenne ich, dass etwas nicht stimmt. Aber ich höre auch das kurze Stocken in seiner Atmung – und Angst kommt in mir hoch. »Cadie, Lindsey ist ... die Ranger in O'Leno haben heute Morgen Lindsey Bucks Leiche gefunden.«

»Ihre Leiche?« Seine Worte ergeben überhaupt keinen Sinn, denn wenn sie eine Leiche gefunden haben, bedeutet es, dass Lindsey tot ist. »Was?«

»Man hat sie im Wald zurückgelassen«, sagt Dad. »Mit einer Wäscheleine an einen Baum gefesselt und erschossen, ähm ... man hat ihr in den Kopf geschossen.«

»Aber sie hat mir eine SMS geschrieben, dass sie ... o Gott.« Ich lasse mich abrupt auf den dreckigen Sitz fallen, als mir auf einmal alles klar wird. An einen Baum gefesselt. Wie Jason Kendrick. In den Kopf geschossen. Wie Brian Patrick Clark. Von jemandem mit einer Waffe. *Schenk ihm nicht dein Herz. Er wird dich zerbrechen.*

»Cadie, bist du in Sicherheit?«

»Ich weiß es nicht.«

»Sag mir einfach genau, wo du bist.« Dads Stimme ist jetzt ruhig. Beruhigend. Ich erkläre ihm, dass sich die Anlegestelle am Ende eines Feldwegs befindet, der zwischen Zolfo Springs und Arcadia vom Highway 17 abgeht. »Ich hole dich. Bleib, wo du bist, okay? Versprich es mir.«

Lindsey ist tot.

»Versprochen.«

Die Leitung verstummt und er ist weg und ich will ihn sofort wieder zurück. Ich will, dass er mir im Gegenzug verspricht, dass alles gut werden wird, denn ich habe das Gefühl, dass mein Leben unkontrolliert von mir wegstrudelt. Aber alles wird gut werden. Ich werde hier in dieser Klokabine warten, bis ich sie gefahrlos verlassen kann.

Doch jemand klopft an die Tür und eine Frauenstimme fragt, ob ich bald fertig bin.

»Moment.« Ich schnappe mir Noahs Tasche und ihr Inhalt ergießt sich auf den Boden. Zwischen den Hemden und den Shorts liegt ein weiteres Handy mit einer pinkfarbenen, strassbesetzten Hülle.

Lindseys Telefon.

Mein Herz schlägt so heftig und so rasend schnell, dass ich das Blut in meinen Ohren rauschen hören kann. Ich spüre, wie mein Körper im Takt dazu pulsiert. Was soll ich tun? Ich kann nicht hier in der Toilette bleiben, aber ich will auch nicht da rausgehen. Die Frau klopft noch einmal – meine Zeit ist um.

Ich stopfe Noahs Klamotten zurück in die Reisetasche, stecke sowohl sein als auch Lindseys Handy in meine Hose und öffne den Riegel an der Tür, um hinaus in eine Welt zu treten, die zu grell geworden ist. Matt steht neben der Tür. Seine Kleider sind sauber und trocken und seine noch feuchten Haare locken sich um seine Ohren. An seinem Ohrläppchen löst sich ein wenig Haut von einem Sonnenbrand. Er ähnelt Noah so sehr, aber ich habe Angst und will nicht allein sein. Ungeschützt.

»Cadie, ist alles in Ordnung?«, fragt er.

Ich bin am Leben und Lindsey ist tot. Ich bin so weit davon entfernt, in Ordnung zu sein, dass ich mich nicht einmal daran erinnere, wie sich das anfühlt. »Nein.«

»Ich weiß, heute war ein harter Tag mit dem Regen und allem«, sagt Matt. »Aber –«

»Lindsey ist tot.«

Ihm fällt die Kinnlade herunter. »Was?«

»Sie haben ihre Leiche im Wald von O'Leno gefunden.« Die Worte, die aus meinem Mund kommen, verwandeln etwas Surreales in Realität und Tränen laufen mir in einer Geschwindigkeit, die ich nicht kontrollieren kann, übers Gesicht. »Sie war wie Jason an einen Baum gefesselt, aber man hat sie –« Ich atme schluchzend ein. »Mein Gott, Matt, ich habe Mrs Buck versprochen, dass Lindsey nichts passieren würde. Ich habe es versprochen.«

»Scheiße.« Er fährt sich mit den Fingern durchs Haar. »Ich hätte das voraussehen müssen. Ich hätte ... scheiße, Cadie, ich hätte es besser wissen müssen.«

Ich wische mir mit meinem T-Shirt-Ärmel übers Gesicht. »Wir müssen die Polizei anrufen.«

»Wir müssen sofort von hier verschwinden.« Er langt in die Tasche seiner Shorts und holt die Schlüssel für den Cougar heraus. »Sofort.«

»Wo ist, ähm ... wo ist er?« Ich kann mich nicht mal dazu

durchringen, Noahs Namen zu sagen. Mir dreht sich der Magen um, als ich an die Nacht auf dem Friedhof denke. An gestern Abend. Wie leicht es ihm gefallen ist, mir etwas vorzumachen, und wie ich voll und ganz darauf reingefallen bin.

»Er ist auf dem Klo«, sagt Matt. »Ich schlage vor, dass wir jetzt abhauen und die Polizei auf dem Weg nach High Springs anrufen, okay?«

»Mein Dad hat gesagt, dass ich auf ihn warten soll.«

»Glaubst du wirklich, er würde wollen, dass du hier allein mit Noah bleibst?«

»Nein, aber ich hab's ihm versprochen –«

»Komm schon, Cadie.« Matt blickt über seine Schulter zur Klotür. Er sieht genauso ungläubig und verängstigt aus, wie ich mich fühle, als er mir die Hand hinstreckt. »Nicht mal ich will hier allein mit Noah bleiben. Wir müssen gehen. Du kannst es deinem Dad unterwegs erklären. Versprochen.«

Ich lege meine Hand in seine.

»Okay.«

KAPITEL 15

Noah kommt um die Ecke des Männerklos, als wir aus dem Parkplatz fahren. Ich weiß es, weil ich mich umdrehe, um zu schauen. Er ist zu weit weg, als dass ich seinen Gesichtsausdruck erkennen könnte, aber er rennt uns nicht hinterher. Er schreit nicht oder kickt Staub auf oder wirft etwas in Richtung des Autos, wie man es immer in Filmen sieht. Noah steht einfach nur da mit Molly an seiner Seite und beobachtet, wie wir ihn zurücklassen. Meine Gefühle für ihn schieben sich zwischen meine Angst und die Beweise gegen ihn. Wie kann dieser junge Mann – der mich so sanft berührt hat, dessen Hund ihm überallhin folgt, als wäre er Gott – ein Mörder sein?

Noah steckt die Hand in seine Hosentasche, als wollte er sein Handy rausholen, und mir fällt ein, dass es in meiner Tasche ist. Ich ziehe es hervor und schalte es ein. An diesem Telefon ist nichts ungewöhnlich. Nützliche Apps. Vernünftige Apps. Wetter. Karten. Wandern. Campen. Paddeln. Musik. Fotos. Mit dem Daumen berühre ich das Fotogalerie-Icon. Ich weiß nicht, warum ich mir seine Fotos ansehen will oder was ich zu finden erwarte. Vielleicht die eine Sache, die das alles widerlegt. Die ihn wieder von einem Monster in einen Menschen verwandeln wird.

Das erste Foto ist eins von mir bei der Lagerfeuerparty, wie ich in meinem Kleid und den Bikerboots neben dem Biertrog stehe. Ich betrachte das Bild eine Weile und wünsche mir, ich könnte die Zeit zurückdrehen und wieder dieses Mädchen sein. Oder sogar das Mädchen vor ihr. Das vielleicht zu Hause geblieben wäre.

Ich wische zum Foto davor und das Herz bleibt mir im Hals stecken. Es ist Jason, der an den Baum gefesselt ist, sein Kopf hängt zur Seite mit Klebeband über dem Mund. Das Bild ist dunkel um die Ränder und hell in der Mitte, als wäre es bei Nacht mit Blitz gemacht worden – und es ist nah genug, dass man Tränen auf seinem Gesicht erkennen kann. Meine Augen brennen und ich wische das Bild weg, weil ich es mir nicht mehr ansehen will.

Beim nächsten Foto kommt es mir wieder hoch. Dieselbe Pose. Dieselbe Wäscheleine. Dasselbe Klebeband. Nur ist auf der Brust des Mannes eine Tätowierung in Rot und Gold – ein brennendes Herz Jesu wie in der Vision des Mediums – und in seiner Schläfe ein Einschussloch. Ich habe diesen Mann noch nie gesehen, aber ich würde alles darauf verwetten, dass er Brian Patrick Clark heißt.

Grauen steigt in mir auf, als ich zum nächsten Foto wische.

Es ist schlimmer.

Noch viel schlimmer.

Es ist Lindsey.

Dieselbe Pose wie bei den anderen, gefesselt und mit Klebeband über dem Mund, nur sind ihre toten Augen weit aufgerissen. Ich drücke meine zu, kann aber immer noch ihren nackten Körper als Negativ hinter meinen Augenlidern sehen. Jegliche Zweifel, die ich an Noahs Schuld noch hatte, schrumpfen wie Papier im Feuer, mein Herz schlägt wie verrückt und salzige Spucke füllt meinen Mund. »Halt an.«

»Was?« Matt wendet seine Aufmerksamkeit von der Straße ab. »Cadie, was ist los?«

Ich halte ihm das Handy vors Gesicht und nach einer kurzen Pause wird das Auto langsamer, bis wir auf dem Seitenstreifen stehenbleiben. Die Tür knarzt, als ich sie aufschmeiße und ein paar Schritte zur Grasfläche stolpere, wo ich auf die Knie falle und mich übergebe, bis mein Magen völlig leer ist. Ich verharre einen Augenblick lang dort – meine Augen tränen, meine Nase läuft, winzige Kieselsteine bohren sich in meine Handballen und die knochigen Partien meiner Knie – und wünschte mir, ich wäre zu Hause in Sicherheit und würde mir Abenteuer ausmalen, anstatt in diesem Albtraum gefangen zu sein. Ein Schluchzen steigt in mir hoch und platzt heraus und alle Tränen, die ich bis jetzt unterdrückt habe, sprudeln gleichzeitig hervor.

Ich spüre Matts Hand auf meinem Rücken.

»Es wird alles gut werden.« Seine Stimme ist so sanft wie seine Berührung und ich lasse mir von ihm aufhelfen. Ich weine so heftig, dass ich nicht sprechen kann, während er mich zurück zum Wagen führt. Matt legt mir den Gurt an und schließt meine Tür, geht dann um das Auto herum und drückt Ziffern auf Noahs Handy, um die Polizei zu rufen.

Ein paar Minuten später steigt er auch ein und steuert den Cougar zurück auf die Straße. »Noah sitzt ohne Auto an der Anlegestelle fest«, sagt er. »Und das Sheriff Department schickt einen Patrouillenwagen dorthin. Er kann uns nichts mehr anhaben, Cadie. Es wird alles gut werden.«

»Müssen sie uns nicht befragen oder so was?«

»Ich habe ihnen unsere Namen gegeben.« Wir fahren jetzt auf dem Highway 17 in nördliche Richtung. »Der Officer hat gesagt, dass er uns kontaktieren wird, falls wir eine Aussage machen müssen.« Er reicht mir das Telefon zurück und ich rufe zu Hause an. Auf dem Festnetz nimmt niemand ab. Dad ist vermutlich schon auf dem Weg nach Gardner und ich wähle die Nummer seines Handys. Es geht direkt zur Mailbox.

»Hey, ich bin's«, sage ich. »Ich weiß, ich hab versprochen auf dich zu warten, aber ich habe mich nicht sicher gefühlt. Ich bin jetzt auf dem Weg nach Hause.«

Der Fluss, auf dem wir gerade gepaddelt sind, liegt westlich von uns, während Matt und ich in Richtung Zolfo Springs fahren. Ich kann es nicht erwarten, diesen Teil des Bundesstaats hinter mir zu lassen, und die Vorfreude auf zu Hause bringt mich wieder zum Weinen.

Als wir bei einer Tankstelle anhalten, schmerzt mein ganzer Körper und meine Augen sind dick und geschwollen. Ich lehne den Kopf ans Fenster, während Matt tankt, und versuche mir das Lächeln meines kleinen Bruders vorzustellen. Justins himmelblaue Augen. Das Gesicht meiner Mutter. Irgendwas, damit ich Lindseys leblosen Blick nicht hinter meinen geschlossenen Augen sehen muss. Irgendwas, um nicht darüber nachzudenken, wie verängstigt sie gewesen sein muss, kurz bevor Noah ihr in den Kopf geschossen hat.

»Hier.« Matt reicht mir einen Pappbecher, als er sich wieder hinters Steuer setzt. »Heiße Schokolade. Ich dachte, dass du dich dann vielleicht besser fühlst.«

»Danke.« Der erste Schluck verbrennt meine Zunge, aber die Traurigkeit hat mich so taub gemacht, dass es mir egal ist. Der Motor springt mit einem Brummen an und wir sind wieder auf der Autobahn. »Wusstest du, dass er zu so etwas fähig ist?«

Matt seufzt und trinkt einen Schluck Kaffee, den Blick fest auf die Straße gerichtet. Reflexartig tue ich dasselbe und verbrenne mir noch einmal die Zunge. Eine Träne tropft aus meinem linken Auge. Als sie mein Kinn erreicht, wische ich sie mit der Schulter weg. »Meine Familie …«, sagt er schließlich. »Wir wussten alle, dass er zu so etwas fähig ist, aber wir haben uns vorgaukeln lassen, dass er es unter Kontrolle hat.«

»Was unter Kontrolle hat?«

»Auf dem Papier nennen sie es dissoziale Persönlichkeitsstörung«, erklärt Matt. »Ihm fehlt Impulskontrolle. Ihm fehlt Empathie. Aber eigentlich bedeutet es einfach, dass er … na ja, er ist ein Soziopath.«

»Warum …« Ich habe das Gefühl, dass mein Hirn gerade in meinem Kopf explodiert ist, meine Gedanken sind ein einziges Durcheinander. »Warum verbringst du dann überhaupt Zeit mit ihm?«

»Ich dachte –«

»Du hast doch gesehen, was mit Jason passiert ist«, unterbreche ich ihn. »Und da hast du nicht sofort Noah im Verdacht gehabt? Oder du hast ihn sehr wohl verdächtigt und nur nichts gesagt. So oder so, du hast mich und Lindsey einfach mitkommen lassen, obwohl du wusstest, dass Noah gefährlich ist. Warum?«

»Er ist mein Cousin«, antwortet Matt leise. »Mein Freund. Er verhält sich schon so lange normal, dass ich glauben wollte, mit ihm wäre alles in Ordnung. Und ich wollte … keine Ahnung. Ich wollte dich in der Nähe haben, auch wenn du mich nicht auf dieselbe Weise mochtest wie ihn.«

»Lindsey ist tot und hier bin ich.« Ich strecke die Arme aus, als wäre ich der Preis bei einer Spieleshow. »War es die Sache wert?«

»Cadie, tu das nicht –«

»Was? Mich schuldig fühlen, weil ich Lindsey in diese Sache

mit hineingezogen habe und dein Cousin sie umgebracht hat? Mich wie eine absolute Idiotin fühlen, weil ich Sex mit ihm hatte? Mir total dumm vorkommen, weil ich mit dem Typen in einem Auto sitze, der wusste, dass so etwas passieren könnte und nichts unternommen hat?«

»Glaubst du etwa, dass ich *nicht* komplett die Panik schiebe?« Matts Stimme ist scharf. Er fährt sich mit den Fingern durchs Haar und verkrampft die Hand am Steuer. »Glaubst du, es fällt mir leicht zuzugeben, dass einer, der in meinem Haus gelebt, an unserem Küchentisch gefrühstückt, mit meiner kleinen Schwester gespielt und in dem Zimmer neben meinem geschlafen hat, tatsächlich jemanden umbringen könnte? Scheiße, nein, Cadie. Ich wollte daran glauben, dass Noah klarkommt. Und dass, wenn ich bei ihm bin, nichts schieflaufen würde.«

»Tja, schieflaufen ist ja wohl kein Ausdruck für das, was passiert ist.«

»Ich weiß«, sagt Matt leise. »Ich weiß.«

Ich drehe mich von ihm weg und betrachte die Welt, die am Fenster vorbeizieht, während wir schweigend weiterfahren. Die Landschaft erscheint so wie immer, doch sie hat sich verändert. Wirkt fremd und seltsam. Oder vielleicht liegt es an mir. Ich trinke noch einen Schluck heiße Schokolade – die nicht mehr heiß ist – und bete lautlos zu meiner Mom, damit sie die Welt wieder in Ordnung bringt. Mir sagt, dass das alles nur ein Missverständnis ist. Sie antwortet nicht und mir fällt ein, wie sie meinen Kakao immer mit farbigen Marshmallows besprenkelte, als ich klein war. Was in diesem Moment ein merkwürdiger Gedanke ist, aber die Erinnerung treibt warm und verschwommen durch meinen Geist.

»Ich hab immer behauptet, die grünen würden anders

schmecken.« Es klingt, als würde das jemand mit meiner Stimme sagen, doch erst als Matt ein kleines Lachen von sich gibt und mich bittet meine Worte zu wiederholen, begreife ich, dass ich es laut ausgesprochen habe. Seine Stimme dringt wie aus weiter Entfernung zu mir und ich habe irgendwie ein flaues Gefühl. Als müsste ich mich gleich übergeben. »Halt an.«

Kies knirscht unter den Reifen, als Matt zum zweiten Mal auf den Seitenstreifen fährt. Meine Finger kommen mir dick und ungeschickt vor, als ich mich mit dem Sicherheitsgurt abmühe. Den Kopf über dem Rand des Türrahmens, warte ich darauf, dass mein Magen sich verkrampft und mir ein saures Brennen den Hals hochsteigt, aber nichts passiert. Ich schließe die Augen und die Dunkelheit ist eine Erleichterung.

»Cadie.« Matt bringt mich wieder in eine aufrechte Position. »Ist alles in Ordnung?«

»Mir ist nur –« Ich blinzele. Gott, ich bin so müde. »Matt, ich will nach Hause.«

»Okay.« Er nickt, streckt sich über mich, um die Tür zu schließen, und streichelt mir dann mit der Hand übers Haar. Es fühlt sich so angenehm an, dass ich meinen Kopf an seine Handfläche schmiegen und vielleicht sogar auf seine Schulter lehnen möchte. »Ich bring dich nach Hause, Cadie. Nur …«

Er sagt noch mehr, aber es dringt leise und wie aus weiter Ferne an mein Ohr, als würde er vom anderen Ende eines Tunnels sprechen. Ich schließe die Augen noch einmal und die Worte hören einfach auf.

Ich wache mit klebrigen Lidern und Kopfschmerzen auf, als hätte ich zu viel getrunken. Ich weiß nicht, wie lange ich geschlafen habe, aber es kommt mir wie eine sehr lange Zeit vor und ich kann mich nicht daran erinnern, wann ich weggenickt bin. Mein Kopf ist zu schwer für meinen Hals und ich stütze den Ellbogen auf den Rand des Fensters, um mich aufrecht zu halten. Das Erste, was mir auffällt, sind die Scheinwerferlichter, die hinaus in die Dunkelheit zeigen und struppige Bäume und eine enge, zweispurige Straße erleuchten, die ich nicht kenne. Der Himmel um uns herum erstreckt sich ins Unendliche, tintenblau und mit mehr Sternen übersät, als ich je gesehen habe.

Der Cougar prescht auf dieser Straße ins Nirgendwo entlang und ein gelbes Vorsicht-Rehe-Schild ist auch keine große Orientierungshilfe. Mein Herzschlag verdoppelt sich, als ich die Frage stelle: »Wo sind wir?«

Matt lehnt sich nach vorn über das Lenkrad, als würde uns das schneller an unser Ziel bringen – wo auch immer das ist. Die Reifen quietschen, als wir um eine Kurve rasen, und ich halte mich an der Türklinke fest. Als er mich endlich ansieht, hat er ein Grinsen im Gesicht, aber es ist nicht mehr süß. Nicht mehr freundlich. »Etwa acht Kilometer von Flamingo entfernt.«

»Aber –«

Die Erkenntnis legt sich wie eine kalte Hand um mich und droht mich in die Tiefe zu reißen. Auf Noahs Handy war ein Foto von mir auf der Lagerfeuerparty. Ich stand neben dem Biertrog und trug mein Kleid und meine Bikerboots. Bevor ich Noah getroffen hatte. Bevor wir nackt baden gewesen waren. Sie haben die gleichen Handys. Die gleichen wasserdichten Hüllen. Aber auf Noahs Fotos würden meine Haare nass sein und ich würde sein Trojan-All-Stars-T-Shirt tragen. »O mein Gott. Das ist dein Handy.«

»Jep.«

Und die anderen Fotos – die von Jason, Brian und Lindsey – waren bewusst hervorgehoben. Sollten dafür sorgen, dass ich an Noahs Schuld glauben und völlig verzweifeln musste.

»Es war nicht Noah ...« Mein Mund wird vor Angst trocken. Matt fährt mich zu der kaum bewohnten Spitze Floridas, wo ... o Gott. Wie konnte ich mich so täuschen? »Er hat Lindsey nicht umgebracht. Er hat niemanden umgebracht, oder?«

»Nö.« Sein Ton ist so gelassen. Ein wenig stolz.

Ich schiebe die Hände unter meine Oberschenkel, damit sie aufhören zu zittern. »Warum?«

»Der Typ oben in Georgia war nur zur Übung.« Sein Schulterzucken drückt völlige Gleichgültigkeit aus. »Aber Lindsey war zum Spaß. Sie war ohne Bedeutung.«

»Lindsey war nicht ohne Bedeutung.«

»Ach, bitte. Sie war ein nerviges Landei.«

»Wie ich?«

»Lindsey war ein Mittel zum Zweck. Als du gesagt hast, dass du mitkommst, war ihre Zeit abgelaufen«, erklärt er. »Aber du ... du bist immer noch hilfreich.«

»Oh, wow, da bin ich aber erleichtert.« Mein Versuch, sarkastisch zu klingen, scheitert, weil meine Stimme zittert, aber Matt lacht trotzdem.

»Schau, das ist genau der Grund, warum ich dich mag, Cadie«, sagt er. »Du bist tapfer, sogar wenn du da sitzt und Panik schiebst, dass ich dich womöglich umbringe. Und es ist klug von dir, Angst zu haben. Denn ich werde es höchstwahrscheinlich tun.«

Ich überlege aus dem Auto zu springen, doch auch wenn ich den Aufprall überlebe, ohne mir irgendwas zu brechen, sind wir immer noch sechzig Kilometer vom nächsten Ort entfernt. Flamingo ist eine Stadt, die an drei Seiten von den Everglades bedrängt wird, während sie sich mit dem Rücken an den Golf von Mexiko presst. Ich könnte Matt entwischen, würde aber Gefahr laufen, mich in der Weite der Glades zu verirren und zu verhungern. Oder von einem Alligator gefressen zu werden.

»Die Chancen stehen ziemlich beschissen, was?«, sagt er und es erschreckt mich, dass wir beide dasselbe denken. »Du solltest einfach darauf warten, dass Noah einen Rettungsversuch startet – und das wird er. Er hat nämlich diesen seltsamen Retter-in-der-Not-Komplex, weißt du? Die Chancen werden also weiterhin nicht gut stehen, aber besser.«

»Warum machst du das?«

»Sie hat ihm das Auto vererbt.«

»Willst du mich verarschen?« Die Worte platzen aus mir heraus und sogar Matt schaut überrascht. »Das ist der Grund für das alles? Weil deine Großmutter ihm ein Auto gegeben hat? Du bist krank.«

Er lässt den Arm zur Seite schnellen und sein Handrücken knallt gegen meinen Mund. Meine Lippen brennen von dem Schlag. »Was zum –«

Matt schlägt mich noch einmal. »Halt die Klappe.«

Meine Unterlippe pocht vor Schmerz, und als ich darüberlecke, schmecke ich Blut. Ich tue, was Matt sagt. Zum Teil, weil ich Angst habe, dass er mich wieder schlägt, aber vor allem weil ich Angst habe, dass er mir noch Schlimmeres antun wird.

KAPITEL 16

Als wir durch Flamingo fahren, bemerke ich, dass es nicht ganz so verlassen ist, wie ich dachte. Es gibt dort einen recht neuen Jachthafen, ein Besucherzentrum – die beide über Nacht geschlossen sind, so dass es keine Hoffnung gibt, dort Zuflucht zu finden – und einen leeren Campingplatz. Aber zu dieser späten Stunde und Jahreszeit, wenn tropische Stürme die Küstenlinie bedrohen, könnte es genauso gut eine Geisterstadt sein.

Matt umfährt die gut erleuchtete Innenstadt und wählt eine dunkle Straße, die in ein früheres Wohnviertel führt. Wo einmal Gebäude standen, befinden sich jetzt nur noch Betonflächen, und die wenigen verbleibenden Häuser sind für die Hurrikan-Saison mit Brettern verriegelt. Keine Straßenbeleuchtung. Keine Autos.

Ich bin allein am Ende Floridas zusammen mit einem Kerl, der mich umbringen will.

Mir entwischt ein hysterisches Lachen.

Als Matts Kopf in meine Richtung schnellt, mache ich mich ganz klein und drücke mich gegen die Tür aus Angst, dass er mich wieder schlägt. Er tut es nicht. Er schenkt mir lediglich ein selbstgefälliges Grinsen, als wäre ich der widerspenstige Hund, den er durch Prügel zum Gehorsam gezwungen hat. Er fährt in die Kieseinfahrt eines Geländes, auf dem einst ein Strandhaus stand, und eine dünne Reihe von Mangrovenbäumen ist alles, was uns vom Wasser trennt. Matt fummelt am Radio herum und versucht einen besseren Empfang für den Country-Musiksender zu finden, der durch die Lautsprecher dröhnt. Meine Hand ist auf der Türklinke und ich überlege rauszuspringen. Und wegzurennen.

Matt steckt die Hand unter den Fahrersitz und holt Noahs Waffe hervor. »Renn ruhig los, wenn du willst.« Er zeigt auf die Tür, als stünde es mir frei zu gehen. »Ich schieße gerne auf bewegliche Ziele. Mit Kaninchen und Eichhörnchen bin ich ziemlich gut. Der Nachbarspudel war eine Herausforderung, aber den hab ich auch gekriegt.«

Ich sinke tiefer in meinen Sitz und blinzele etwa eine Million Mal, um Tränen zurückzuhalten. Matts Handy klingelt. Er zieht es aus seiner Hosentasche, lächelt das Display an, als er es aufs Armaturenbrett legt, und schaltet den Lautsprecher ein. »Perfektes Timing.«

»Verdammte Scheiße, Matt? Ich habe x-mal versucht dich anzurufen. Wo bist du?« Noahs verwirrte Stimme kommt aus dem Telefon und ein Hoffnungsschimmer durchfährt mich. Ich packe die Gelegenheit beim Schopf.

»Noah, wir sind in Flamingo! Ruf die Polizei!«

Matt lässt wieder die Hand rüberschnellen und meine geschwollene Lippe platzt noch weiter auf. Mein Gesicht glüht und der metallische Geschmack von Blut sickert mir in den Mund.

»Bevor du die Polizei anrufst«, sagt Matt, »solltest du dir überlegen, ob du für Cadies Tod verantwortlich sein willst. Denn wenn die Polizei auftaucht, bringe ich sie um.« Matt drückt den kurzen Lauf der Pistole gegen meine Schläfe. Ich erstarre, denn ich will nichts tun, was dazu führen könnte, dass sein Finger auf den Abzug rutscht. Tränen laufen mir die Wangen hinunter und Rotz tropft mir aus der Nase, aber ich wage es nicht, sie wegzuwischen. »Sie ist wirklich tapfer gewesen, Noah. Gib ihr eine faire Chance. Komm allein.«

Keine Antwort. Ich bete zu Gott, zu meiner Mutter, zu irgendjemand, der vielleicht zuhört – im Himmel oder anderswo –, dass die Verbindung nicht abgebrochen ist, hier draußen im Nirgendwo.

»Was ist los, Matty?« Noah klingt ruhig, und obwohl ich so heftig zittere, dass der Pistolenlauf wieder und wieder gegen meine Haut drückt, tröstet mich der Klang seiner Stimme irgendwie. »Warum machst du das?«

»Er will das Auto.« Ich drehe das Gesicht schnell zum Fenster, damit Matt mich nicht wieder schlagen kann. Die Waffe berührt meinen Hinterkopf und ich höre das Kratzen des Laufs, als er gegen mein Haar reibt. Ich kneife die Augen zusammen, trotzdem werde ich das Bild nicht los, wie meine Hirnmasse das Fenster vollspritzt.

»Es ist deins«, sagt Noah. »Abgemacht.«

»Es gehört mir schon.« Matts Stimme ist eiskalt. »Als ich ein Kind war, hat Grandad jeden Sommer in diesem Auto eine Spritztour mit mir gemacht und gesagt, dass es eines Tages mir gehören würde. Diese dämliche alte Hexe hat es dir vermacht, aber es ist mein Auto. Eines Tages ist jetzt.«

»Du hast den Cougar, Matt. Jetzt lass Cadie gehen.«

»Nicht bevor du hier auftauchst.«

»Ich bin schon unterwegs«, sagt Noah und ich frage mich, wie. Fährt ihn jemand? Wo hat er ein Auto aufgetrieben? Ist er in der Nähe? »Dann reden wir darüber, okay? Nur tu ihr nichts … Cadie, ich bin bald da.«

»Keine Bullen.« Einen Moment lang klingt Matt jung und verzweifelt – vielleicht hat er Angst vor Noah. Wenn ein fünfzehnjähriger Noah einen erwachsenen Mann zusammenschlagen konnte, was könnte dann dieser Noah mit Matt anstellen? Aber Matts Stimme ist wieder eisig, als er sagt: »Ich habe schon Lindsey erschossen. Ich werde nicht zögern auch Cadie umzubringen.«

»Keine Bullen«, wiederholt Noah. »Versprochen.«

Matt beendet das Gespräch und das Handy liegt da auf dem Armaturenbrett. Ich greife danach, doch er stößt mich weg und mein Kopf knallt gegen das Fenster. Nicht heftig genug, um das Glas zu zerbrechen – oder mich –, aber Schmerz schießt durch meinen Schädel. Ich weiß nicht einmal, wen ich hätte anrufen können. Selbst wenn Dad den langen Weg zur Anlegestelle in Gardner schon geschafft hat, ist er jetzt immer noch zu weit entfernt, um mir zu helfen. Duane kann mich auch nicht retten. Und wenn ich weiter dämliche Dinge tue, wird vielleicht nicht mal Noah rechtzeitig hier ankommen.

»Verdammt, Cadie! Zwing mich nicht dir ständig wehzutun.«

»Ach, so läuft das also? Es ist meine Schuld?« Meine Stimme ist tränenerstickt. »Hat Jason dich auch gezwungen ihm wehzutun?«

»Jemand musste ihm eine Lektion in Sachen Respekt erteilen«, sagt Matt. »Er hat bekommen, was er verdient hat, aber du warst zu dumm, um es als Strafe zu betrachten. Er hat dir leidgetan.«

»Was ist mit Lindsey? Was hat sie falsch gemacht?«

»Nichts.« Matt lächelt mich an und mir dreht sich der Magen um. Ich kann nicht anders als mich fragen, ob seine Lügen über Noah Wahrheiten über ihn selbst sind. Soziopath. Psychopath. Mörder. Monster. Ganz gleich wie man ihn bezeichnen will, irgendwas stimmt ganz und gar nicht mit Matt.

Er schnappt sich das Handy und die Waffe, steigt aus dem Wagen und knallt die Tür zu. Während er im Scheinwerferlicht steht, schnellt mein Blick zur Zündung. Scheiße. Die Schlüssel sind auch weg.

Ich denke wieder darüber nach wegzurennen, aber ich bin mir nicht sicher, ob ich den Wanderweg, der hinter ihm beginnt, erreichen kann, bevor er auf mich schießt. Außerdem habe ich keine Ahnung, wo der Weg hinführt. Das Wasser ist näher, aber wie lange – oder wohin – könnte ich schwimmen, bevor mich Erschöpfung übermannt? Gibt es in diesen Gewässern Haie? Ich weiß es nicht, doch die Gefahr, hier draußen in den Everglades auf Alligatoren zu treffen, ist sehr real. Die klügste Option – die natürlich alles andere als klug ist – wäre, zu einem der Häuser zu rennen und sich darin zu verstecken. Aber auch wenn ich das schaffen würde, säße ich dort in der Falle, falls Matt mich findet. Wenn es Teil seines Plans war, Noah an einem Ort umzubringen, wo es Wochen dauern würde, bis man seine Leiche findet – wenn überhaupt –, ist es ein schrecklich genialer Plan.

In meinem Kopf überschlagen sich die Gedanken darüber, wie ich Matt entwischen könnte, bis ich mich plötzlich an seine Worte erinnere, dass Jason eine Lektion in Respekt verdient hätte. Ich steige aus dem Wagen und kämme mir mit den Fingern durch mein zerzaustes Haar. Im Moment sehe ich alles andere als sexy aus, doch das könnte die einzige Waffe sein, die ich besitze.

Matt lehnt an der Motorhaube des Wagens und beobachtet die Straße. Wartet auf Noah.

»Hey, ähm ... weißt du, die Sache mit Jason?« Ich bemühe mich ein wenig schüchtern und ein wenig kokett zu klingen, weiß aber nicht, ob mir auch nur eins von beiden gelingt. »Du hast das für mich gemacht?«

»Ist jetzt nicht mehr wichtig.«

»Natürlich ist es wichtig.« Ich bin ihm so nahe, dass wir uns fast berühren. Mein Tonfall ist leicht und hoffentlich selbstsicher. »Es tut mir leid, dass ich das nicht kapiert habe. Jason hat sich mir gegenüber immer wie ein Vollidiot benommen, von daher weiß ich zu schätzen, was du für mich getan hast.«

Matt runzelt die Stirn und seine dunklen Augen blicken misstrauisch. Weil ich lüge und er nicht dumm ist. Aber ich muss ihn davon überzeugen, dass ich es ehrlich meine. Und auf seiner Seite bin. Etwas anderes fällt mir nicht ein, um vielleicht am Leben zu bleiben, bis Noah hier eintrifft. Je näher ich Matt komme, umso besser stehen die Chancen, dass ich uns beide retten kann.

»Dafür ist es jetzt zu spät«, sagt er.

»Wirklich?« Ich lehne mich neben ihm ans Auto. »Mir ist klar, dass du mir wahrscheinlich nicht glaubst, Matt, aber ich kapier's jetzt. Noah ist der totale Loser, der sich in deiner Familie eingenistet und sich alles genommen hat, was eigentlich dir gehören sollte. Er hat sogar mich getäuscht, aber du hast ihn von Anfang an durchschaut.«

»Genau.«

»Ich hätte auf der Party bei dir bleiben sollen«, sage ich. »Aber als ich dich mit Lindsey gesehen habe, bin ich eifersüchtig geworden. Schließlich hatte *ich* dich eingeladen. Ich habe auf dich gewartet, Matt.«

»Du hast dich für ihn entschieden.«

»Nur weil ich dachte, du würdest mir wegen ihr eine Abfuhr erteilen«, sage ich. »Und ich bin noch hier.«

Er lacht. »Das liegt nur daran, dass ich eine Waffe habe.«

»Okay, ja«, gebe ich zu. »Aber ich bin nicht weggerannt.«

»Noch nicht.

»Hast du auch nur die geringste Ahnung, wie es ist, als Vierzehnjährige ein Baby aufzuziehen? Ich habe mein Leben aufgegeben, um mich um meinen kleinen Bruder zu kümmern.« Mein Atem stockt und ich muss innehalten, um nicht loszuweinen, denn das ist nicht Teil meines Plans. Aber die Sache ist die: Für Danny würde ich das alles noch einmal durchmachen. »Ich habe einfach die Schnauze voll, verstehst du? Und das so sehr, dass ich mit zwei Fremden in die Wildnis abgehauen bin.«

Ich werfe Matt einen Blick zu und er nickt. Vielleicht kauft er es mir ab. Vielleicht spielt er mit mir. So oder so, ich mache weiter.

»Wir könnten einfach irgendwohin fahren«, sage ich. »An einen Ort, an dem uns niemand findet. Wir könnten unsere Namen ändern, unsere Lebensgeschichten und ein echt scharfes Auto fahren. Was hältst du von Mexiko?«

Matt lacht leise und stupst mich mit der Schulter an – die Schulter, die mit dem Arm und mit der Hand verbunden ist, die meinen Mund verunstaltet hat – und ich versuche nicht zusammenzuzucken. »Das ist ein guter Plan.«

»Dann lass uns gehen.« Ich drücke mich vom Wagen ab und halte ihm meine Hand hin. Bis Noah hier eintrifft, könnten wir weg sein. Er wäre in Sicherheit und ich hätte die Chance, Matt an irgendeinem anderen Ort als mitten in den Everglades zu entwischen. Es ist riskant, aber sonst weiß ich nicht, was ich tun soll. »Bitte.«

Matt nimmt meine Hand und zieht mich wieder zu sich und zwischen seine Knie, so wie Noah vor zwei Tagen in meinem Zimmer. Matt legt die Finger um mein Gesicht, hält aber weiterhin die Waffe fest – daher weiß ich, dass er mir immer noch nicht völlig vertraut –, als er mit dem Daumen leicht über meine geschwollene Lippe fährt. Er lächelt ein wenig, als würde er mein verletztes Gesicht als eine Art Trophäe betrachten. Obwohl sich mein Magen zu einem engen Knoten zusammenzieht, zwinge ich mich zurückzulächeln, denn das ist ein Test und ich muss ihn bestehen.

Matts Lippen berühren meine, und als er seine Zunge in meinen Mund zwängt, schließe ich die Augen und lasse es geschehen. Als er mich das letzte Mal geküsst hat, fühlte es sich warm und sanft an, aber jetzt drückt sich eine Waffe in meinen Rücken und die einzige Art, das durchzustehen, ist so zu tun, als wäre er Noah. Doch Matts Mund ist aufdringlich und fordernd, bis ich schließlich einen kleinen Laut von mir gebe – als würde es mir gefallen – und er sich entspannt. Er küsst die Platzwunde an meiner Unterlippe, bevor er den Kopf hebt, um mich anzusehen.

»Das ist so viel besser, Cadie.« Seine Stimme wird leise und sanft. Einen Moment lang klingt er sogar wie Noah und ich möchte nur noch weinen. »Es gefällt mir, wenn du kooperierst.«

Matt nimmt die Hand von meinem Gesicht und schiebt sie unter mein Hemd, bis seine Finger den Rand meines BHs berühren. Mein Mund schmeckt salzig, als müsste ich mich gleich übergeben, und doch protestiere ich nicht, als sich seine Finger unter den Stoff winden. Mein Herz schlägt so wild, dass er es mit Sicherheit durch meine Haut spüren kann. Wie weit werde ich gehen müssen, um ihn davon zu überzeugen, dass ich auf seiner Seite bin? Wie weit bin ich bereit zu gehen?

Ich packe mit beiden Händen sein Hemd und ziehe ihn mit mir runter auf den Boden. Matt grinst. Es könnte Vertrauen oder die schiere Lust sein, aber so oder so, er gibt sich eine Blöße. Die Waffe liegt auf dem Boden unter seiner Hand, als er sich über mich kniet und mein Hemd hochschiebt.

Gott, Noah, wo bist du? Ich will das nicht tun.

Matt bewegt sich ungelenk, während er versucht mit nur einer Hand meine Shorts aufzuknöpfen. Deshalb steckt er die Waffe in seine Hosentasche. Ich ziehe ihn weiter runter, damit er mich küsst, und spüre das Gewicht der Waffe gegen meine Hüfte, und seine Hand gleitet von meinem Nabel zu meiner Brust hoch. Mit den Fingern fahre ich an seinem Rücken entlang und drücke die Spitzen in seine Haut, damit er glaubt, es würde mir gefallen. Ich stöhne gegen seine Lippen ...

... und dann greife ich nach der Waffe.

KAPITEL 17

»Du dämliche Schlampe!« Matt begreift nahezu sofort, was ich vorhabe, und packt mich am Handgelenk. Wir liegen immer noch auf dem Boden und ich bin unter ihm gefangen. Er drückt mein Handgelenk so fest zusammen, dass ich Angst habe, er könnte es mir brechen. »Hast du wirklich geglaubt, ich würde auf deinen jämmerlichen Verführungsversuch reinfallen? Und warum würde ich eine Scheißpistole in meine Hosentasche stecken, wenn sie losgehen könnte?«

»Warum hast du dann mitgemacht, Matt?«

»Ich wollte sehen, wie weit du gehen würdest«, antwortet er. »Und es ist einfacher, als Gewalt anzuwenden.«

Er greift nach der Waffe in seiner Hosentasche und hält mit der anderen Hand weiter mein Handgelenk umfasst, so dass seine Körpermitte entblößt ist. Ich strecke wieder die Finger aus, aber diesmal nicht, um mir die Pistole zu schnappen. Ich packe ihn an den Hoden und drücke so fest zu, wie ich kann. So fest, wie er mein Handgelenk zusammendrückt. Matt schreit vor Schmerz auf. Rollt von mir herunter. Lässt mich los.

Ich versuche von ihm wegzukriechen und aufzustehen. Doch Matt macht eine schnelle Bewegung, greift nach meinem Knöchel und umklammert ihn wie ein Schraubstock. Mit meinem freien Fuß trete ich mit voller Wucht nach hinten und ein widerliches Knacken ist zu hören, als meine Schuhsohle auf seine Nase trifft. Matt lässt automatisch los und ich rappele mich auf und renne, so schnell ich kann, auf den Wanderweg zu. Ich weiß nach wie vor nicht, wohin er führt, aber da Flamingo sich offenbar am Wasser entlangzieht, bringt er mich vielleicht zum Jachthafen und zur Hauptstraße, auf der Noah eintreffen wird.

Hinter mir ertönt ein Schuss und die Welt wird langsamer, Blut rauscht mir in den Ohren, während ich darauf warte, dass die Kugel meinen Körper durchschlägt. Wie groß wird der Schmerz sein, wenn sie mich trifft? Wie viele Minuten wird es dauern, bis ich sterbe? Wird meine Mutter auf der anderen Seite auf mich warten? Aber die Zeit beschleunigt sich wieder und die Sekunde ist vorbei. Dann vergeht die nächste Sekunde und ich begreife: Matt hat mich verfehlt.

Ein zweiter Schuss hallt durch die Luft, doch jetzt habe ich schon bessere Chancen. Ich bin weiter weg. Bin jenseits des schwächer werdenden Scheinwerferlichts und werde unsichtbar, als ich dem Pfad folge, der am Strand entlangführt. Ich horche, ob Matt mir hinterherkommt, werde aber nicht langsamer. Nur ein paar wenige Bäume bieten Deckung und der sich auf dem Wasser spiegelnde Mond erleuchtet meinen Weg, während ich an dem verlassenen Campingplatz vorbeisprinte. Ich bin immer noch ein bewegliches Ziel, aber keine weiteren Schüsse durchbrechen die Nacht. Das macht mich nervös, weil es Matt nicht so lange außer Gefecht gesetzt haben kann, dass ich ihn an den Eiern gepackt habe. Warum verfolgt er mich nicht?

Der Pfad führt in einen waldigen Bereich hinter einem Freilichttheater und ich fange an mir Sorgen zu machen, dass ich mich getäuscht haben könnte, was diesen Weg betrifft. Ich fürchte die Stille. Ich zweifle an meinem Orientierungssinn, obwohl der Golf genau dort ist, wo er sein sollte. Durch eine Lücke zwischen den Bäumen sehe ich die Überbleibsel eines anderen alten Wohnviertels. Am Ende der leeren Sackgasse befindet sich ein einsames Haus. In der Einfahrt stehen zwar keine Autos, doch das Haus ist auch nicht mit Hurrikan-Fensterläden verriegelt. Vielleicht sind die Besitzer einfach kurz weg. Vielleicht haben sie ein Telefon, mit dem ich die Polizei anrufen kann.

Im selben Moment, in dem ich die Entscheidung treffe, den Pfad zu verlassen, pralle ich mit etwas zusammen. Mit jemandem.

Der Ansatz eines Schreis rutscht mir heraus, bevor sich eine große Hand über meinen Mund legt und ein Arm meine Taille umschlingt und mich gegen eine männliche Brust drückt. Ich beiße fest in den fleischigen Teil seiner Handfläche in dem Versuch, mich zu befreien, aber er ist zu stark. Ich kann ihm nicht entwischen. Ich schließe die Augen und bete zu meiner Mom – oder irgendeinem Gott, der zuhört –, dass mich ein schneller Tod ereilen möge. Die Antwort ist ein Schhh-Laut an meinem Ohr.

»Cadie, ich bin's.« Mein Körper erschlafft vor Erleichterung, als ich Noahs Stimme erkenne. Er nimmt seine Hand von meinem Mund. Ich kann nicht ausmachen, ob ich eine Bisswunde darauf hinterlassen haben, doch jetzt, da ich weiß, dass er es ist, hoffe ich, dass es zumindest nicht blutet. »Ich habe Schüsse gehört. Ist alles in Ordnung?«

»Ja!«

»Wo ist er?«

»Er hat auf mich geschossen und ich bin weggerannt und –«

Die Mangroven um uns herum rascheln in der Brise und Panik schnürt mir die Kehle zu. Wir bewegen uns nicht. Sind dadurch leichte Ziele. »Wir müssen weiter, Noah. Ich weiß nicht, wo er ist.«

»Da lang.« Er nimmt meine Hand, als wollte er mich in die Richtung ziehen, aus der er gekommen ist – in Richtung des Parkplatzes.

»Matt hat das Auto und er weiß bestimmt, wohin dieser Weg führt«, wende ich ein. »Wenn wir in die andere Richtung gehen –«

»Er könnte an beiden Enden des Pfades auf uns warten«, sagt Noah. »Aber der Parkplatz ist offenes Terrain und dort wartet ein Pick-up auf uns. Wir schleichen uns hin und verschwinden von hier.«

Ich folge ihm, und während belaubte Äste über meine Schultern streifen wie knochige Finger und mir Schauer über den Körper jagen, füllt sich mein Kopf mit allen möglichen Ängsten. Am größten ist die Angst, die mich daran erinnert, dass ich auf Matts Hilfe vertraut hatte, um dem Albtraum zu entkommen, und er mich stattdessen an diesen Ort entführt hat – aber ich kann mir keine Zweifel leisten. Ich konzentriere mich auf Noahs Rücken und das Gefühl seiner Hand um meine. Darauf, es bis zum Parkplatz zu schaffen. Darauf, nach Hause zu gehen.

Licht dringt durch die Bäume, als wir uns dem Ausgangspunkt des Pfads nähern. Licht von den Scheinwerfern des Cougar? Noah bleibt stehen und in der Stille kann ich einen laufenden Motor hören.

»Matt beobachtet den Pfad«, flüstert er. »Oder zumindest will er, dass wir das glauben.«

»Sollen wir zurückgehen?«

»Er könnte überall sein, Cadie«, sagt Noah. »Wir müssen es versuchen und einfach rennen, was das Zeug hält. Ich zuerst, um ihn rauszulocken. Egal was passiert, bleib auf keinen Fall stehen.« Er drückt mir einen Metallring mit einem einzelnen Schlüssel in die Hand. Das und die Art, wie er dann sanft meine Finger drückt, lassen jeglichen Zweifel, den ich ihm gegenüber hatte, verschwinden. »Renn zum Pick-up und fahr los.«

»Es tut mir leid, dass ich dir nicht vertraut habe«, sage ich. »Er hatte ein Foto von Lindsey und ich dachte –«

»Vergiss das jetzt. Renn einfach los.«

Wir halten uns im Schatten des Pfads, während wir langsam zu seinem Ende schleichen. Noah zeigt lautlos mit zwei Fingern nach vorne und prescht dann hinaus auf den Parkplatz. Ich renne hinterher und alles um mich herum verschwimmt. Ich sehe Matt nicht, als ich am Cougar vorbeikomme. Nur Noah vor mir und etwa vierzig Meter weiter einen typisch orange-weißen Pick-up-Transporter – einen Mietwagen –, was urkomisch wäre, wenn ich nicht so eine Scheißangst davor hätte zu sterben, bevor ich ihn erreiche. Vierzig Meter – halb so lang wie ein Fußballfeld.

Ich kann das schaffen.

Ein Schuss ertönt und Noah wird aus seiner Bahn geworfen. Er schwankt und schreit vor Schmerz auf. Mit einer Hand hält er sich den Oberarm, als ich an ihm vorbeirenne. Ich komme dem Pick-up immer näher – fünfundzwanzig Meter, zwanzig Meter –, als ich höre, wie Matt mir zuruft, dass ich stehenbleiben soll.

»Wenn du abhaust, bringe ich ihn um.«

»Er wird mich sowieso umbringen.« Noahs Stimme schallt über den Parkplatz. »Bleib nicht stehen, Cadie. Nicht für mich.«

Fünfzehn Meter.

Ich bleibe stehen und drehe mich um.

In dem bernsteinfarbenen Glanz der Parkplatzlaternen sehe ich Noah auf Knien, sein linker Arm hängt schlaff herunter. Matt steht neben ihm und hält die Waffe gegen Noahs Kopf. Matts Gesicht ist blutverschmiert, wo ich ihn getreten habe, und sein Körper ist leicht gebeugt vom Schmerz in seinem Schritt, doch er hält weiterhin die ganze Macht genau unter seinem Abzugsfinger.

Wenn ich schlau wäre, würde ich auf Noah hören. In den Pick-up steigen. Wegfahren.

Leben.

Aber Lindseys Tod lastet schwer auf meinem Gewissen und ich glaube nicht, dass ich die Last von Noahs Tod auch noch tragen kann. Auch wenn es bedeutet, dass ich es wahrscheinlich nicht bis nach Hause schaffen werde, laufe ich wieder auf die beiden zu.

Matts Lachen ist kalt und schrill.

»Einen Moment lang dachte ich wirklich, dass du abhauen würdest.« Seine Worte triefen vor Herablassung. »Aber letztlich bist du genauso vorhersehbar, genauso schwach wie alle anderen. Du lässt zu, dass deine dämlichen, nutzlosen Gefühle dich davon abhalten zu tun, was getan werden muss.«

»Ja?« Ich hebe das Kinn und setze den tapfersten, arrogantesten Tonfall ein, den ich hinbekomme. Und mal im Ernst, ich muss nicht lange in meiner Gefühlskiste kramen, um auf Wut zu stoßen. Wenn ich schon sterben muss, bin ich deswegen lieber stinksauer. »Was hält *dich* denn ab, Matt? Du hast Noah auf Knien vor dir und mich ...« Ich strecke die Arme weit aus und mache aus mir die größtmögliche Zielscheibe. »Jetzt kannst du mich doch bestimmt nicht verfehlen, oder? Warum tust du's nicht einfach? Oder reicht das deinem abgefuckten Ego nicht?«

Noah schließt die Augen, als hätte er unser Schicksal angenommen. Doch Matt erschießt keinen von uns. Es liegt bestimmt nicht daran, dass in ihm vielleicht doch noch ein kleines Körnchen Gutherzigkeit steckt, aber für jemanden, der Noah unbedingt töten will, hat Matt es offenbar nicht eilig, die Sache zu Ende zu bringen.

»Das würde doch keinen Spaß machen«, gibt er zurück. »Ich will, dass Noah dabei zusieht, wie ich seinen Hund häute und dich auf alle möglichen Arten vergewaltige, bevor ich euch beide umbringe.«

»O Gott. Molly.« Mein Magen macht einen heftigen Sprung.

Noah schüttelt den Kopf. »Sie ist nicht hier.«

»Du gehst ohne diesen Hund nirgendwohin«, sagt Matt. »Warum hättest du sie diesmal zurücklassen sollen?«

»Ich hab deine Mom angerufen«, erwidert Noah. »Sie hat mir alles erzählt. Über dich und ihren Verdacht, was Lily betrifft.«

Ich blicke von einem Cousin zum anderen und frage mich, was ein fünfjähriges Mädchen mit Noahs Hund zu tun hat. Oder überhaupt mit dieser ganzen Sache.

»Dafür gibt es keine Beweise.« Matt zuckt mit den Achseln. »Ich wollte keine Schwester. Es war einfacher, sie loszuwerden, als sie noch ein Baby war. Ersticken kann man praktisch nicht vom plötzlichen Kindstod unterscheiden.«

Er hat über sie geredet, als wäre sie noch am Leben. Über ihre Bilmstar-Sonnenbrille.

»Du hast sie umge–« Ich verstumme, während meine Ohren dröhnen und mir schwindlig wird, als würde ich jeden Augenblick das Bewusstsein verlieren. Meine Beine knicken unter mir weg und ich sinke vor Noah auf die Knie. Er legt seine funktionierende Hand um meine Wange. »Schau mich an, Cadie. Ich bin hier bei dir.«

Ich schaue ihm in die Augen, atme tief durch und bemühe mich die Dunkelheit in Schach zu halten. Sanft berühre ich seine linke Schulter mit den Fingerspitzen. Die Kugel hat den Ärmel seines T-Shirts zerfetzt und Blut sickert aus dem Einschussloch.

»Du hättest abhauen sollen«, sagt er leise.

»Dann wärst du hier allein.« Ich ziehe mein T-Shirt aus und benutze es, um Noahs Wunde so fest wie möglich zu verbinden. Falls der Knochen gebrochen ist, kann ich nichts tun, aber vielleicht wird es die Blutung stillen. »Glaubst du wirklich, ich könnte dich einfach zurücklassen?«

Noah drückt seine Stirn gegen meine. »Es tut mir so leid.«

»Ihr langweilt mich zu Tode«, geht Matt dazwischen und gestikuliert mit der Waffe, damit wir aufstehen. »Lasst eins der Kanus zu Wasser, damit wir das Spiel zu Ende bringen können.«

Noah kommt langsam hoch und Schmerz überschattet sein Gesicht. Er ist wegen des Blutverlusts mittlerweile leichenblass und wackelig auf den Beinen. Ich will ihm helfen. Ich will ihn retten. Hilflose Wut steigt in mir hoch und ich überlege mich auf Matt zu stürzen. Aber selbst wenn ich ihn umstoße ... was dann? Ich habe ihm schon vorhin nicht die Waffe entreißen können. Warum um alles in der Welt bilde ich mir ein, dass ich es jetzt könnte?

»Was zum Teufel ist los mit dir?«, frage ich Matt, als ich die Seile löse, mit denen die Boote auf dem Anhänger befestigt sind. Ich arbeite langsam in der Hoffnung, dass ... keine Ahnung, worauf ich hoffe. Das einzige Lebenszeichen an diesem Ort sind die

Moskitoschwärme, die uns zerstechen. Kein Wunder, dass diese Stadt praktisch unbewohnt ist. Sie ist unbewohnbar. »Warum tust du das?«

»Das hier wird nicht mit so einem Monolog darüber enden, dass meine Mommy mich nicht geliebt hat«, höhnt er. »Soziopathie ist keine Krankheit, Cadie. Sie ist ein Geschenk.«

»Ich bezweifle, dass Lindsey Bucks Familie das so sehen wird.«

»Sie wird es nie erfahren.«

»Wenn man dich erwischt, schon.«

»Wenn eure Leichen gefunden werden – falls sie gefunden werden –, wird es so aussehen, als hätte Noah dich ermordet und sich dann selbst das Leben genommen. Das Ende einer tragischen Mordserie in Florida«, sagt er. »Inklusive O-Tönen seines bestürzten Cousins, wie ich immer befürchtet hatte, dass so etwas passieren könnte, und versucht habe ihn aufzuhalten.«

»Deine Mom kennt die Wahrheit.«

»Sie wird sie *vermuten*«, korrigiert mich Matt. »Aber genau wie bei Lily wird es keine Beweise geben. Und sie behält meine Geheimnisse immer für sich.«

»Warum?«

»Weil sie weiß, dass ich sie auch umbringen werde, wenn sie irgendjemandem davon erzählt.«

Mit einer Waffe im Rücken tragen ich und Noah – er nur mit einem Arm – das Kanu zur Anlegestelle und lassen es ins Wasser gleiten. Matt folgt uns mit zwei Holzpaddeln.

»Ladies first.« Er weist uns mit Gesten an, dass ich mich in die Mitte setzen soll und Noah nach vorne. Weil Noah nicht einarmig paddeln kann und Matt die Waffe in der Hand hält, muss ich das übernehmen. Ich paddele abwechselnd links und rechts, während wir uns durch das Hafenbecken bewegen. Am Rand des Mangrovenwalds sehe ich die dunkle, unebene Form eines Alligators an der Oberfläche des Wassers entlanggleiten.

Als ich in der zweiten oder dritten Klasse war, brachte ein Florida Wildlife Officer einen Alligator zu uns in die Schule. Das Tier war über einen Meter lang. Wir fanden es lustig, dass er es in einer Plastikhundebox transportierte, und noch lustiger, als das Reptil auf den Boden des Klassenzimmers pinkelte. Das Maul des Alligators war mit Isolierband zusammengebunden, und während wir mit den Fingern über seine zerklüftete Haut strichen, erklärte der Officer den Unterschied zwischen Alligatoren und Krokodilen. Der hauptsächlich darin besteht, dass Alligatoren Süßwasser bevorzugen und Krokodile schmalere Schnauzen haben.

Ich fasse über den Rand des Boots, tauche die Fingerspitzen ins Wasser und halte sie mir an die Zunge. Salzig. Obwohl ich die Schnauze nicht sehen kann, glaube ich, dass die alligatorenähnliche Form ein Krokodil sein muss. Sie sind seltener als Alligatoren und ich habe noch nie eins in freier Wildbahn gesehen.

Wir gleiten durch die schmale Öffnung des Hafenbeckens hinaus in die Florida Bay und Matt zeigt auf den dunklen Umriss einer Mangroveninsel vor uns. »Dorthin.«

Boote passieren diese Insel jeden Tag. Fische und Krabben leben zwischen den dicht verwachsenen Mangrovenwurzeln und Vögel nisten in den Ästen, aber sie hat nichts für Menschen zu bieten. Es gibt keinen Grund, dort anzuhalten. Noah und ich werden uns in sonnengebleichte Skelette verwandeln, ohne dass man uns je finden wird, und Matt wird damit davonkommen, weil niemand daran denken wird, hier nach uns zu suchen.

Als ich klein war, hatte ich eine Lieblingsgutenachtgeschichte namens *Der kleine rote Dampfer.* Sie handelt von einem Spielzeugdampfer, der sich zu groß vorkommt für den Spielzeugladen, in dem er angeboten wird. Er reist von der Badewanne über einen Bach und einen Fluss bis zum Rand des Meeres, wo er begreift, dass seine Größe vielleicht doch relativ ist. Ich habe fast mein ganzes Leben lang den Teil der Geschichte ignoriert, wenn – gerade als er hinaus in die Weite des Ozeans segeln will – eine Hand nach ihm greift und ihn zurück in die Sicherheit der Badewanne bringt. In diesem Augenblick würde ich alles dafür geben, in meiner eigenen Badewanne zu liegen, während mir Daniel Boone auf der anderen Seite der Tür mitteilt, dass er Pipi muss. Denn es ist sehr wahrscheinlich, dass ich mein Zuhause nie wiedersehen werde. Und dass es zu spät sein könnte, auf eine Hand zu hoffen, die mich zurückbringt.

Tränen laufen mir übers Gesicht, während mir Matts Worte im Kopf herumgehen: *Du lässt zu, dass deine dämlichen, nutzlosen Gefühle dich davon abhalten zu tun, was getan werden muss.* Plötzlich habe ich einen Geistesblitz. Ich kann nicht einfach auf unseren Tod zupaddeln, wenn ich etwas dagegen unternehmen könnte. Wenn ich weiß, was getan werden muss.

Auf dem Wasser um uns herum ist es zu leise, als dass ich Noah vorwarnen könnte. Ich kann nur hoffen, dass das, was ich gleich tun werde, nicht alles noch schlimmer macht und dass ihm nichts passieren wird.

Das Paddelblatt tropft auf meine Schienbeine, als ich es aus dem Wasser hebe und vor mich halte, als wollte ich es auf die andere Seite des Kanus bringen. Mein Herz schlägt so laut, dass ich kaum etwas anderes hören kann. Meine Hände treffen sich in der Mitte, wie sie es sonst auch tun würden – eine Hand mir zugewandt, die andere von mir weg. Es ist kein sonderlich starker Griff, aber es wird reichen müssen. Ich umklammere das Paddel fester und atme tief ein. Dann schiebe ich meine Füße nach links und hoffe, dass ich es hinbekomme. Drehe mich auf meinem Platz schnell nach hinten.

Und schwinge das Paddel, so fest ich kann, herum.

KAPITEL 19

Die Kante des Paddels knallt mit einem hölzernen *Klong* gegen Matts Kopf, direkt über seinem Ohr, und stößt ihn auf die Seite. Ich werfe mich in dieselbe Richtung und bringe das Kanu zum Kentern, so dass wir alle drei ins warme, dunkle Wasser der Florida Bay purzeln. Mein Körper geht komplett unter und ich verliere die Orientierung, bis meine Füße den schmutzigen Boden berühren und ich mich aufrichten kann. Das Wasser geht mir bis zur Brust, ist also seicht genug, um zu stehen.

Noah und Matt tauchen prustend mit mir auf und Matt stürzt Richtung Kanu. Mir wird bewusst, dass seine Hände leer sind. Er muss die Waffe im Boot fallen gelassen haben. »Halt ihn auf!«

Noah umschlingt Matts Taille und zieht ihn unter Wasser und beide schlagen wild um sich, während Matt sich zu befreien versucht und Noah sich mit Mühe weiter an ihn klammert. Ich wate zum überfluteten Kanu und finde die Pistole auf dem Boden in etwa dreißig Zentimeter tiefem Wasser. Ich weiß nicht, ob eine nasse Waffe feuern kann, doch ich schnappe sie mir trotzdem und drehe mich um.

Im Licht des großen Sommermondes kann ich sehen, dass Matt seine Hände um Noahs Hals hat und ihn unter Wasser drückt. Ihn würgt. Ihn ertränkt. Noah zerrt schwach an Matts Fingern.

»Hör auf!« Die Worte kommen mir unerwartet laut und harsch über die Lippen, als Angst sich in Wut verwandelt. Beide Hände fest um den Pistolengriff, hebe ich sie an. Richte sie auf Matt. »Lass Noah los. Sofort.«

Matts Gelächter knallt wie eine Peitsche, als er Noahs Kopf aus dem Wasser zieht, aber nicht loslässt. »Du wirst mich nicht erschießen, Cadie«, sagt Matt. »Die Schuldgefühle würden dich auffressen.«

Aber das Leben weicht allmählich aus Noah. Sein Körper ist schlaff, seine Augen nach hinten gerollt. Ich werde ihn nicht sterben lassen. »Wenn ich schon mit der Schuld leben muss, dass jemand stirbt«, gebe ich zurück, »dann wirst das du sein.«

Die Wucht des ersten Schusses versetzt mir einen Schlag und der Knall wummert in meinen Ohren. Matt lässt Noah los, als ihn die Kugel trifft, und taumelt rückwärts. Ich feuere noch einmal.

Und noch einmal.

Obwohl ich das Klicken der leeren Waffe nicht höre, spüre ich es und sehe, wie Matt nach hinten kippt. Einen kurzen Moment lang geht er unter, dann taucht er wieder auf, mit dem Gesicht nach oben, nur wenige Meter von Noah entfernt, der jetzt auch an der Oberfläche treibt. Ich wate an Noahs Seite. Hake die Arme unter seine Achselhöhlen, um seinen Kopf über Wasser zu halten, und ziehe ihn ins knietiefe Wasser.

»Bleib bei mir, Noah.« Ich setze mich hin und drücke ihn an mich, meine Hand auf seiner Wange. Seine Haut ist kühl und er scheint nicht zu atmen. »Du kannst jetzt nicht sterben. Nicht, nachdem ich dich gerettet habe.«

Als Danny geboren wurde, habe ich gelernt, wie man jemanden wiederbelebt – nur für den Fall –, aber ich kann Noah nicht flach hinlegen, um die Herzdruckmassage durchzuführen, und ich weiß nicht, was ich sonst tun soll. Also halte ich seinen Kopf über Wasser und spreche ein leises Gebet, damit er wieder anfängt zu atmen.

Noahs Brust weitet sich plötzlich, als er scharf einatmet. Er fängt an zu husten und spuckt Meerwasser aus, bis er wieder annähernd normal atmen kann. Schließlich übergibt er sich.

»Geht's dir gut?« Seine Worte klingen, als hätten sie sich gewaltsam einen Weg gebahnt. »Wo ist Matt?«

»Er ist, ähm ... dort drüben.« Mehrere Meter entfernt treibt Matt regungslos im Wasser und ich habe keine Ahnung, ob er tot oder lebendig ist. Ich habe mal einen Film gesehen, in dem eine völlig durchgeknallte Frau vorgab, sie wäre in der Badewanne ertrunken. Sie lag mit offenen, leblosen Augen unter der Wasseroberfläche, bis ihr Opfer – und das ganze Kino – dachte, sie wäre tot. Wir schrien alle auf, als sie plötzlich aus dem Wasser sprang.

Ich lasse Noah im seichten Wasser zurück und mache ein paar vorsichtige Schritte auf Matts Körper zu, die leere Waffe in meiner Hand. Ich habe große Angst, er könnte den Arm ausstrecken, mich am Bein packen und unter Wasser ziehen. In seinem Hemd sind zwei Löcher – in der linken Schulter und auf der rechten Seite seiner Brust –, wo ich auf ihn geschossen habe, und mir kommt Galle hoch. Seine Augen starren hinauf in den Mitternachtshimmel, so wie die der Frau im Film, aber Matt springt nicht auf. Er atmet nicht. Er täuscht nichts vor. Er ist tot.

Noch vor vier Tagen war ich ein Mädchen, das einen kleinen Aufstand probte, indem es zu einer Lagerfeuerparty im Wald ging. Jetzt ist Jason Kendrick schwer verletzt, Lindsey Buck ist tot und ich habe einen Menschen *ermordet.* Die Wucht von Matts letzten Worten – *die Schuldgefühle würden dich auffressen* – trifft mich wie ein plötzlicher Schlag ins Herz. Das alles ist meine Schuld.

Ein Schluchzen steigt mir brennend die Kehle hoch. »Ich wollte nicht, dass das alles passiert. Ich wollte nur ... er wollte dich ertränken und ...«

»Cadie.« Noah ist jetzt neben mir. Wie er aufrecht stehen kann, während ich das Gefühl habe, ich könnte jeden Augenblick in mich zusammenfallen, ist mir unbegreiflich.

»Ich wollte nur, dass er aufhört«, sage ich. »Ich wollte ihn nicht umbringen.«

»Bleib ruhig.« Er legt seinen unverletzten Arm um mich und drückt mich an sich, sein T-Shirt nass an meiner Wange. Erst in dem Moment wird mir klar, dass wir uns gegenseitig aufrecht halten. »Es wird alles gut werden.«

»Was soll ich tun, Noah? Ich will nicht ins Gefängnis.«

»Das wird nicht passieren.«

»Aber ...« Ich versuche die Augen zu schließen, sehe aber nur Matt, wie ihn die Kugel trifft. Wie er nach hinten taumelt. Umkippt. »Ich hab einfach weitergeschossen. Und ich habe ihn zweimal getroffen.«

Noah lässt mich los, streckt die Hand aus und dreht Matt auf die Seite. Die Art, wie er mit Matts Leiche umgeht, erscheint mir respektlos und ich muss mich daran erinnern, dass Matt ein nacktes, totes Mädchen im Wald zurückgelassen hat. Ich denke an Lindseys Familie, die sie so hat sehen müssen. Matt verdient nichts Besseres. Noah steckt die Hand in Matts Tasche und holt das Telefon heraus. Er drückt den Ein/Aus-Knopf durch die wasserdichte Hülle und erweckt das Display zum Leben.

»Wir haben Beweise«, sagt er. »Und wenn irgendjemand fragt, sagen wir, dass ich Matt erschossen habe.«

»Das kann ich nicht zulassen.«

»Hör mal, ich glaube kaum, dass einer von uns für diese Sache in den Knast kommt«, erwidert Noah. »Aber wenn wir auf das Schlimmste vorbereitet sein wollen ... ich war schon mal im Gefängnis. Ich komme auch ein zweites Mal damit klar.«

»Dann kriegst du in keinem Nationalpark einen Job als Park Ranger.«

»Das ist mir egal.«

»Mir nicht.« Vielleicht hat er Recht. Vielleicht reicht es aus, dass ich Matt in Notwehr erschossen habe. Vielleicht sind die Fotos in Matts Handy Beweis genug. Aber wenn Noah nicht Recht hat, werde ich nicht zulassen, dass er die Konsequenzen trägt. »Wir werden die Wahrheit sagen.«

Das Kanu ist abgetrieben, seit wir im Wasser sind. Es ist nah genug, dass ich hinschwimmen könnte, doch die Paddel sind weg und wir sind zu weit vom Ufer entfernt, um Handyempfang zu haben.

»Was machen wir jetzt?«, frage ich.

»Ich bin mir ziemlich sicher, dass mein Arm gebrochen ist, also wirst du das Boot holen müssen«, sagt Noah. »Wir werden Matt hineinlegen und ... keine Ahnung. Wenn wir auf den Sandbänken bleiben, können wir das Kanu bestimmt bis in die Nähe des Ufers ziehen und dann den Rest der Strecke schwimmen.«

Geistig und emotional bin ich schon so ausgelaugt, dass ich dazu eigentlich nicht mehr in der Lage bin, aber die Alternative ist, die Nacht mit der Leiche des Typen zu verbringen, den ich umgebracht habe. Ich muss alle meine Kraft zusammennehmen, um nicht zu weinen. »Okay.«

Ich laufe über die Sandbänke auf das Kanu zu, bis das Wasser tief genug ist, um zu schwimmen. Das Kanu treibt jetzt im Bootskanal, der hinaus in den Ozean führt, ich muss mir jedoch keine Sorgen machen, angefahren zu werden, da die Welt um mich herum fast ganz still ist. Ich höre lediglich meine Schwimmzüge, die das Wasser durchschneiden, und den Klang meiner Atmung im Innern meines Körpers.

Das vollgelaufene Boot ist schwer und das Zurückkommen dauert länger als das Hinschwimmen. Ich muss mich an der Seite festhalten und mit einem Arm paddeln, bis ich wieder stehen kann. Das Kanu zu ziehen ist einfacher, aber als ich die Sandbänke wieder erreiche, brennen meine Arme und Beine vor Schmerz. Wie soll ich es da schaffen, nach Flamingo zu schwimmen. Doch dann sehe ich Noah an – Blutverlust, gebrochener Arm und fast ertrunken – und finde in mir die Kraft, die ich brauche, um durchzuhalten.

Zusammen kippen wir das Kanu und leeren das Wasser aus. Als ich mich Matt zuwende, sehe ich, wie eine schmale Schnauze und ein Paar dunkle Reptilienaugen direkt hinter der Leiche auftauchen. In der Grundschule damals erzählte uns der Wildlife Officer, dass Alligatoren und Krokodile normalerweise keine Menschen angreifen, aber dass sie durchaus die Chance auf eine kostenlose Mahlzeit nutzen. Und in diesem Augenblick ... will ich nicht einmal darüber nachdenken, als was das sich nähernde Krokodil Matts Leiche betrachtet.

»Noah.« Ich spreche leise. Ruhig. Auch wenn ich eigentlich Panik schiebe. »Wir haben Gesellschaft.«

»Steig ins Boot.«

Wir klettern vorsichtig ins Kanu, als das Krokodil – vielleicht das von der Küste, vielleicht ein völlig anderes – am

Saum von Matts Shorts zieht. Die Leiche senkt sich langsam ins Wasser wie ein Angelrutenschwimmer. Das Krokodil zieht noch einmal, diesmal ein bisschen fester, mit demselben Ergebnis. Da es keinen Widerstand spürt, öffnet das Reptil sein Maul voller spitzer Zähne, spannt es um Matts Bein und zerrt ihn unter Wasser.

Ich spreche erst wieder, als das Wasser sich nicht mehr kräuselt und völlig ruhig ist. »Hat es gerade ...«

»Ja.« Noah nickt.

»Was machen wir jetzt? Ich meine ... Matt ist *weg*.«

»Na ja ... auch wenn es sich völlig abgefuckt anfühlt, das zu sagen, aber ich glaube, unsere Probleme sind gerade weniger geworden«, meint Noah. »Wenn es keine Leiche gibt, musst du nicht mehr beweisen, dass es Notwehr war, wir haben immer noch die Fotos von Matts Opfern für die Polizei und –«

»Und für Lindseys Familie ist es ausgleichende Gerechtigkeit.«

Es ist völlig unpassend, so etwas zu sagen, und es ist noch unpassender, als wir beide anfangen zu lachen, aber normales Verhalten ist mir gerade so fremd, dass ich nicht mal mehr weiß, was das ist. Wir lachen, denn wenn wir es nicht tun, werde ich Noah, der mir gegenüber im Kanu sitzt, ansehen und mich daran erinnern, dass er derselbe Typ ist, der erst vor vier Tagen auf dem Magnolia-Campingplatz etwas in mir geweckt hat. Wir können niemals zu diesem besonderen Augenblick zurückkehren. Und selbst wenn es zuvor eine Chance gegeben hat, dass daraus mehr wird als nur ein gemeinsames Wochenende, wie sollte unsere Zukunft jetzt aussehen, wo es der Tod ist, der uns miteinander verbindet? Wir lachen, weil ich sonst weinen würde.

Sobald das Lachen zu betretenem Schweigen verebbt, fädelt Noah seinen Gürtel durch die Öse vorne am Kanu und wir laufen über die Sandbänke – sehr langsam, weil es Noah überhaupt nicht gut geht. Wir ziehen das leere Boot über das seichte Wasser, bis wir das Ufer mit dem dichten Mangrovenwald erreichen. Doch da ist immer noch die Frage, wie wir durch das Tiefwasserbecken zur Anlegestelle gelangen sollen.

»Setz dich ins Kanu«, sage ich zu ihm. »Lass mich diesen Teil übernehmen.«

»Nein.«

»Du kannst kaum stehen«, wende ich ein. »Ich will mir keine Sorgen darüber machen müssen, dass du ertrinken könntest, jetzt, wo wir es schon so weit geschafft haben. Steig einfach rein.«

Noah gibt nach und legt sich auf den Boden des Kanus, um sein Gewicht gleichmäßig zu verteilen, und ich schwimme den Rest der Strecke mit dem Boot im Schlepptau. Als ich das Ufer erreiche, muss ich ihn wecken, damit er mir hilft das Kanu wieder auf dem Anhänger zu befestigen. Es ist immer noch dunkel, aber bis Tagesanbruch sind es nur noch ein paar Stunden.

»Und was machen wir jetzt?«, frage ich.

»Ich muss den Pick-up zurück nach Arcadia bringen.« Noahs Stimme klingt müde und wie aus weiter Ferne. Er kann auf keinen Fall Auto fahren. »Und ich habe Molly bei der Frau gelassen, die bei der Anlegestelle im Klo war. Ich muss meinen Hund holen.«

»Du musst ins Krankenhaus.«

»Das geht nicht«, sagt er. »Wenn ich dort mit einer Schusswunde reinmarschiere, melden sie es der Polizei.«

»Aber –«

»Was soll ich sagen, wer mich angeschossen hat, Cadie?«, fragt er. »Matt ist für immer verschwunden, und bis wir entschieden haben, wie wir mit der Sache umgehen, ist es besser, wenn so wenig Leute wie möglich davon wissen.«

Noah reicht mir sein Handy, und als es endlich Empfang hat, finde ich zu meiner Überraschung mindestens ein Dutzend verpasste Anrufe von meinem Dad. Ich rufe ihn zurück und er geht noch vor Ende des ersten Klingelns ran.

»Dad, ich bin's.«

Ich warte darauf, dass er mich anbrüllt, weil ich nicht in Gardner geblieben bin, aber das tut er nicht. Ich höre bloß schiere Erleichterung, als er fragt, ob es mir gut geht.

»Ich weiß nicht.« Mein Adrenalinspiegel ist im Keller und meine Augen füllen sich mit Tränen. »Wo bist du?«

»Eddie, Duane und ich sind vor etwa fünfzehn Kilometern durch den Homestead-Eingang in die Everglades gefahren«, sagt er. »Ich hab deine Voicemail erst gehört, als wir schon in Arcadia waren, und dann kam ein Anruf von einem Typen namens Noah, der sagte, er wäre auf dem Weg nach Flamingo, um dich zu suchen. Ich wusste nicht, ob wir ihm trauen sollten oder nicht, aber wir –« Seine Stimme bricht und ich weiß, dass er weint.

»Es tut mir so leid«, sage ich. »Ich war sauer und –«

»Wir müssen jetzt nicht darüber reden.« Dads Stimme ist so lieb, dass ich richtig zu weinen anfange. »Warte dort, Cadie, wir sind fast da.«

»Kommt, so schnell ihr könnt«, bitte ich ihn. »Wir werden Onkel Eddie brauchen.«

Ich wache eine halbe Stunde später auf dem Rücksitz des Cougar vom lauten *Wusch* einer Motorbremse auf. In meinem ganzen Leben war ich noch nie so froh Duane Imlers Abschleppwagen zu sehen. Noah liegt neben mir und sein Gesicht ist so blass und kühl, dass ich die Hand auf seine Brust legen muss, um mich zu vergewissern, dass er noch lebt. Als ich das sanfte Auf und Ab seiner Atmung und das langsame Schlagen seines Herzens spüre, überschwemmt mich eine Welle der Erleichterung.

»Noah, wach auf.« Ich schüttele ihn leicht. »Hilfe ist eingetroffen.«

»Kein Krankenhaus, Cadie«, nuschelt er und macht kurz die Augen auf und wieder zu. »Kein Krankenhaus, okay?«

Ich steige aus dem Wagen und mache einen Schritt in Dads offene Arme. Seine Umarmung ist voller ungestümer Liebe, wie ich sie in den letzten vier Jahren gebraucht hätte, und ich erwidere die Umarmung mit der ganzen Kraft, die ich noch in mir habe. »O mein Mädchen«, sagt er. »Es tut mir leid, dass ich mich so schlecht um dich und Danny gekümmert habe, seit eure Mom ... Ich hab dich so lieb.«

»Ich hab dich auch lieb, Dad, und wir müssen über vieles reden«, erwidere ich. »Aber jetzt braucht Noah erst mal Onkel Eddie. Sein Arm ist gebrochen.« Ich zeige ins Auto und auf den improvisierten Verband, der um Noahs Oberarm geknotet ist. Er ist voller Blut und steif vom getrockneten Salzwasser. »Und da steckt irgendwo eine Kugel drin.«

Onkel Eddie ist nach der Highschool in die Marine eingetreten und hat dort zehn Jahre als Sanitäter gearbeitet. Er hat zwar keine offizielle medizinische Berechtigung mehr, aber alle zu Hause wissen, dass Eddie Wells der Mann ist, zu dem man geht, wenn man sich einen Angelhaken in die Hand gerammt oder von seinem besten Freund eine Ladung Schrot in den Hintern bekommen hat. Er weiß bestimmt, wie man eine Kugel herausholt und Noahs Wunde näht. Ich bin nicht ganz so sicher, dass er auch einen gebrochenen Arm richten kann, aber er klopft mir auf die Schulter. »Ich kümmer mich drum, Kleines.«

Während er und Dad Noahs Wunde untersuchen, lädt Duane den Miet-Pick-up auf sein Flachbett. Als er damit fertig ist, nimmt er mich in die Arme.

»Es tut mir so leid«, sage ich. »Ich verdiene dich nicht.«

»Red keinen Quatsch.«

»Hassen ... hassen mich jetzt alle zu Hause?«

»Die Bucks sind im Moment sehr verwirrt, Cadie«, erklärt Duane. »Sie geben dir nicht die Schuld, aber sie wollen verstehen, was mit ihrer Tochter geschehen ist. Sie wollen Antworten.«

Diese Geschichte wird nicht unter Verschluss bleiben können. Die Bucks müssen das irgendwie verarbeiten. Die Familie von Brian Patrick Clark muss erfahren, was ihm zugestoßen ist. Sogar Matts Mutter muss wissen, dass die Welt endlich vor ihrem Sohn sicher ist. »Ich weiß.«

Onkel Eddie kommt herüber. »Also die gute Nachricht ist, dass die Schusswunde nicht lebensbedrohlich ist«, erklärt er. »Ich habe Noah wegen Schock behandelt, aber wir müssen ihn unbedingt irgendwo hinbringen, wo ich die Kugel herausholen und den Knochen richten kann. Das sollte man nicht wirklich auf dem Rücksitz eines Autos machen.«

»Die Sonne geht auch bald auf«, meint Dad. »Wir wollen das nicht irgendwelchen Park Rangern erklären müssen, bevor wir selbst eine Erklärung haben. Wir müssen los.«

Für einen unbeteiligten Beobachter würden wir wahrscheinlich eine ziemlich merkwürdige Prozession abgeben, wie wir so aus dem Everglades-Nationalpark fahren. Nur ist um diese Stunde keiner da, um uns zu sehen. Und wenn der Mann am Empfang des Motels bei Homestead es merkwürdig findet, dass mein Dad um fünf Uhr morgens ein Zimmer bucht, erwähnt er das nicht. Hier kann man die Zimmer auch wochenweise mieten, von daher hat er vielleicht schon so einige merkwürdige Dinge erlebt.

Onkel Eddie und Dad müssen Noah mehr oder weniger ins Zimmer tragen, wo sie ihn auf eins der Betten legen.

»Du könntest ein bisschen schlafen«, sagt mein Dad und das zweite Bett sieht sehr einladend aus nach den vielen Tagen, die ich auf dem Boden verbracht habe. Nach ... Matt. Aber es kommt mir nicht richtig vor, mich hinzulegen, wenn Noah eine Kugel aus dem Arm gepult bekommt. Und Dad und ich müssen reden.

Wir gehen nach draußen und setzen uns auf die Klappstühle neben der Tür, und während die Sonne am Horizont aufsteigt, die Dunkelheit verdrängt und uns im Licht zurücklässt, erzähle ich ihm alles.

KAPITEL 19

Feierabend rückt mit jedem Ticken der alten Wanduhr über der Tür in immer greifbarere Nähe – näher, näher, noch näher –, als Jason Kendrick in den Laden kommt. Auf seinem Gesicht breitet sich ein großes dämliches Grinsen aus, als würde er mich zum ersten Mal in seinem Leben sehen. Glaubt mir, er ist ein menschlicher Goldfisch.

»Hallo, Sparkles.« Er wackelt mit seinen LEGO-Mann-Augenbrauen auf eine Art, die mich wahrscheinlich jedes Mal wieder aufs Neue zum Lachen bringen wird. »Wie stehen die Chancen, dass ich den Laden mit einem illegalen Sixpack Bier verlasse?«

»Das hängt davon ab, was du von angesagten, überteuerten Bieren aus kleinen örtlichen Brauereien hältst.« Da unser Lebensmittelladen auf dem besten Weg war, wegen des hiesigen Supermarkts einen langsamen Tod zu sterben, hat Dad beschlossen die Ökoschiene zu fahren. Er bietet jetzt abgepackte Bio-Lebensmittel an sowie Fleischprodukte und Obst und Gemüse aus der Region. Er hat sogar ein paar Tische im Bistro-Stil auf den Gehsteig gestellt, an die sich mit Vorliebe Wochenendtouristen setzen, um Fair-Trade-Kaffee zu trinken. Dad behauptet, es ginge dabei bloß um das Überleben des Geschäfts, aber ich glaube, es ist Teil von Dan Wells persönlicher Entwicklung.

An Jason ist eine solche Entwicklung allerdings verschwendet. Er rümpft die Nase. »Wenn das alles ist, was du da hast.«

»Ich gebe dir den Familienrabatt.«

Er grinst, und obwohl er sein »Ich bin ein verantwortungsbewusster, arbeitender Erwachsener«-Outfit aus Polohemd und Khakihose trägt, was darauf schließen lässt, dass er gerade von seiner Schicht im Baumarkt kommt, hat er eine abgebrochene Ecke an seinem Vorderzahn, die ich noch nicht kenne. »Ich wusste schon immer, dass du auf mich scharf bist.«

»Du hast mich voll und ganz durchschaut«, gebe ich zurück und er folgt mir zu den neuen Bierkühlschränken, die voller Marken sind, von deren Existenz ich nicht einmal wusste, bevor wir sie ins Sortiment aufnahmen. »Ich habe deinen Bruder nur benutzt, um an dich ranzukommen.«

»Wenn wir schon beim Thema sind, hast du gehört, dass er und Gabrielle sich endgültig getrennt haben?«

In der darauffolgenden kurzen Pause überprüfe ich mein Justin-Barometer auf etwaige Gefühlsausschläge, doch außer ein wenig Mitleid spüre ich nichts. »Nein. Tut mir leid.«

Jason zuckt mit den Schultern und greift sich einen Sixpack Ahorn-Hafer-Bier. »Trinken Leute diesen Scheiß wirklich?«

»Jep.«

»Schmeckt's nach was?«

»Keine Ahnung.«

»Glaubst du, es würde einem Mädchen schmecken?«

»Einem Mädchen, das keine aufblasbare Puppe ist?«

Jason boxt mich spielerisch auf die Schulter, aber seine Ohren sind so rot, dass ich der Versuchung widerstehe, ihn weiter aufzuziehen. »Ein paar von uns machen heute Abend ein Lagerfeuer in O'Leno«, sagt er. »Magst du mitkommen?«

Seit der letzten Lagerfeuerparty ist schon ein Jahr vergangen, aber ich war seitdem nicht wieder im Statepark. Es ist immer noch zu frisch. Meine Therapeutin meint, ich sollte die Ereignisse an jenem Wochenende nicht so sehen, dass ich jemandem das Leben genommen, sondern vielmehr, dass ich mein eigenes gerettet habe. Doch seit dieser letzten Lagerfeuerparty wache ich jeden Morgen auf und muss meine Schuldgefühle wegräumen, um Platz für ein bisschen Glück zu machen. Sie sitzen tief in meinem Herzen wie Sand in einer Auster und ich habe das Gefühl, nichts auf dieser Welt kann den Sand in eine Perle verwandeln.

Ich erzähle Jason nichts davon. Ich stecke bloß die Erinnerungen zurück in den dunklen, zarten Teil meines Herzens und schenke ihm das aufrichtigste Lächeln, das ich hinkriege. »Ich wünschte, ich könnte.« Das ist gelogen und vielleicht weiß er das sogar, doch was ich als Nächstes sage, ist wahr. »Aber wir fahren heute Abend los.«

»Wohin geht's?«

»Dad hat sich einen alten Wohnwagen von einem Freund in Tarpon Springs geliehen«, antworte ich. »Wir werden den Sommer mit Campen verbringen.«

Jasons Miene wird nachdenklich. »Bereit wieder in den Sattel zu steigen, was?«

Die Therapeutin schlug vor, dass wir Campen wieder zu einer richtigen Familienaktivität machen. Und so ein paar der schlechten Erinnerungen durch gute ersetzen. Dad und ich reden heutzutage wieder miteinander und Danny nennt sich nicht mehr Daniel Boone. Das fehlt mir irgendwie. Es war süß. Aber es ist schön, wieder eine funktionierende Familie zu haben. »Ja«, sage ich. »Ich glaube, wir werden viel Spaß haben.«

Dad nimmt sich die nächsten drei Monate frei und überlässt den Laden Rhea Chungs kompetenten Händen, während wir weg sind, damit wir herumreisen können. Als Erstes wollen wir die Ostküste hochfahren. Wir werden Washington D.C. und New York City besuchen und dann der Interstate 90 quer durchs Land folgen und an Orten wie Mount Rushmore und dem Yellowstone Nationalpark Zwischenstopps machen. Vielleicht gehen wir auch nach Disneyland, um zu sehen, wie sehr es sich von Disney World unterscheidet. Abschließend nehmen wir die südliche Route nach Hause, damit wir auf Mauleseln durch den Grand Canyon reiten und ein oder zwei Tage in New Orleans verbringen können. Danny packt jetzt schon seit Wochen seinen Koffer – Wonder Woman ist auch startklar – und fragt vorm Schlafengehen jedes Mal, ob morgen der Tag ist, an dem wir campen fahren.

Heute ist es endlich so weit.

»Gute Reise.« Jason stupst mich an der Schulter an. »Schick mir ein paar Postkarten und lass dich nicht schwängern.«

Ich lache und küsse ihn auf die Wange. »Ich hoffe, deiner Freundin wird das piekfeine Bier schmecken. Jetzt mach, dass du hier rauskommst.«

Die Ladenglocke klingelt, als er geht, und ich stecke zehn Dollar von meinem eigenen Geld in die Kasse, um für das Bier zu bezahlen. Da klingelt die Ladenglocke wieder. »Ich hab dir doch gesagt, du sollst von hier –«

Es ist nicht Jason.

Seine Arme sind immer noch von oben bis unten tätowiert – Sterne, Meerjungfrauen und Segelschiffe –, aber sein Haar ist jetzt länger. Es lugt dunkel und gelockt unter einer braunen Baseballkappe hervor, die so abgenutzt ist, dass sich der Stoff von der Krempe löst. Wenn ich ihn nicht wiedererkennen würde, wenn ich mir nicht hundertprozentig sicher wäre, könnte man ihn leicht verwechseln ... mit einer gewissen anderen Person.

Aber er ist es. Es ist Noah.

Noah ist hier.

Ich habe ihn nicht mehr gesehen, seit wir auf der Polizeiwache von Homestead von FBI-Agenten – genau wie in Krimiserien – getrennt befragt wurden, um zu sehen, ob sich unsere Geschichten decken. Wie sich herausstellte, war es keine schlaue Entscheidung, Flamingo zu verlassen, bevor wir die Polizei verständigten. Es machte uns verdächtig, vor allem weil Noah und ich die Tatwaffe, ein Smartphone voller Fotos von toten Menschen und Lindseys Handy bei uns hatten. Daher musste ich die Geschichte wieder und wieder und wieder erzählen, von dem Moment an, als Duane mich in O'Leno abgesetzt hat, bis zu unserem Aufenthalt in einem heruntergekommenen Hotel in Homestead. Und jedes Mal musste ich Fragen beantworten, die darauf abzielten, mich zu verwirren, die mich dazu bringen sollten, meine Geschichte zu ändern.

Sie befragten mich zu allem, was wir getan, zu jeder Entscheidung, die wir getroffen hatten. Und als sie wissen wollten, ob Noah und ich Geschlechtsverkehr hatten, klang es bei ihnen beschämend und falsch, obwohl es keins von beiden war. Ich wollte nicht, dass mein erstes Mal eine große Sache wird, und jetzt ist es für immer Teil einer FBI-Mordermittlung. Jede Strafverfolgungsbehörde in Süd-Florida – sowie mein Dad – weiß, dass ich meine Jungfräulichkeit auf dem Friedhof von Cassadaga verloren habe.

Schließlich ließen sie uns gehen.

Später fand ich heraus, dass wir das Susan MacNeal – Matts Mutter – zu verdanken hatten. Sie erzählte den Ermittlern, dass sie, seit Matt als Zehnjähriger die Katze des Nachbarn in Brand gesetzt hatte, immer schon befürchtete, dass er fähig war einen Mord zu begehen. Sie teilte ihnen ihren Verdacht mit, dass Matt für den Tod seiner Schwester verantwortlich war und dass sie seine Störung geheim gehalten hatte aus Angst um ihr eigenes Leben. Dass sie ihrem Neffen mehr vertraute als ihrem Sohn.

Zwei Tage später fand ein Taucherteam Matts Leiche in der Nähe des Jachthafens von Flamingo zwischen Mangrovenwurzeln verkeilt – einer Art Vorratskammer für Krokodile. Die Größe seiner Hände entsprach den Würgemalen um Noahs Hals und die Schusswunden stimmten mit meiner Notwehrgeschichte überein.

Noah jetzt zu sehen – wie er in der Ladentür steht, als hätte er Angst, näher zu kommen – ruft die Erinnerungen wieder wach. Vielleicht ist das der Grund, warum ich nicht versucht habe ihn zu kontaktieren. Und warum ich auch von ihm nichts gehört habe. Doch Noah ist jetzt hier. Es ist vielleicht total schräg, dass ich so fühle, nach allem, was passiert ist, aber ich bin verdammt froh ihn zu sehen.

»Hi«, sagt er mit seiner sanft-rauen Stimme, bei der mir immer noch ein angenehmer Schauer über den Rücken läuft. Er grinst mich zurückhaltend an und es ist, als hätte ich keine Kontrolle über meinen Mund. Ich lächele breit. Strahlend. Glücklich.

»Hi.«

»Ich, ähm ... ich war nicht sicher, ob ich kommen sollte, aber –«

»Ich bin froh, dass du da bist.«

Seit unserer ersten Begegnung weckt er in mir das Bedürfnis, ihm mein Innerstes zu offenbaren, anstatt es für mich zu behalten. Auch wenn ich nie an Liebe auf den ersten Blick geglaubt habe, weiß ich, dass es nur selten vorkommt, solche Gefühle für jemanden zu haben. Vielleicht ist es nur unser geteiltes Trauma, das uns zusammenhält. Vielleicht hat meine Fantasie ihn im Laufe des letzten Jahres zu jemandem gemacht, der er nicht ist. Aber es besteht auch die Möglichkeit, dass mein Innerstes genau bei ihm am besten aufgehoben ist.

»Wirklich?«, fragt er.

Ich nicke. »Wo ist Molly?«

»Ich habe ihr gesagt, dass sie lieber im Pick-up warten soll.«

»Lass sie rein.«

Er drückt die Tür auf und pfeift. Mollys Krallen machen ein klickendes Geräusch auf dem Holzboden, als sie in den Laden gerannt kommt. Sie springt sofort hoch und leckt mein Kinn ab.

»Weißt du, im vergangenen Jahr hat es so viele Dinge gegeben, über die ich mit dir sprechen wollte«, meint Noah. »Aber ich hätte nie gedacht, dass wir als Erstes über den Hund reden.«

Nach Flamingo setzte Duane den Miet-Pick-up in Arcadia ab. Aber als er die Frau anrief, die sich um Molly kümmerte, sagte sie, Noah hätte bereits mit ihr vereinbart den Hund abzuholen.

Ich hatte gehofft, dass er auf dem Weg nach Hause in High Springs anhalten würde, doch er tauchte nie auf. Meine Therapeutin meinte, dass Noah möglicherweise alles, was mit dem traumatischen Ereignis zu tun hat, in sich vergraben und weggepackt hat, um damit klarzukommen. Das verstand ich. Wirklich. Doch es tat trotzdem weh, dass er sich nie verabschiedet hatte. Ich schiebe das beiseite und frage: »Was dachtest du denn, worüber wir reden würden?«

»Keine Ahnung.« Noah tritt von der Tür weg und kommt näher, aber nicht so nahe, wie wir uns einmal waren. »Ich war ziemlich fertig, als ich Florida verlassen habe. Von den körperlichen Strapazen abgesehen kam ich mir bescheuert vor, weil ich nicht erkannt hatte, wie Matt wirklich ist, wenn er sich doch eigentlich genau wie mein eigener Vater verhielt. In Flamingo war ich dir überhaupt keine Hilfe. Nutzlos. Du hast mir das Leben gerettet und danach habe ich mich einfach völlig ... unwürdig gefühlt.«

»Wenn du dir wegen irgendwas bescheuert vorkommen musst, dann eher für alles, was du gerade gesagt hast«, erwidere ich und sein Mundwinkel hebt sich zu einem schiefen Grinsen. »Ich hab dich gerettet, weil mir nie der Gedanke gekommen ist, dass ich eine Wahl habe. Aber ich würde es immer wieder tun, wenn wir beide dadurch Teil derselben Welt bleiben. Erspar mir also diesen Quatsch, dass du unwürdig wärst. Du bist mir wichtig.«

Noah streckt die Hand aus und streicht mir eine Strähne hinters Ohr. Mein Haar ist jetzt wieder blond und ich wüsste zu gern, was er davon hält. Als seine Fingerspitzen über meine Haut gleiten, läuft mir ein Schauer über den Rücken. Nach all der Zeit hat er immer noch dieselbe Wirkung auf mich. »Es ist schon abgefuckt, dass ich dich vermisst habe, oder?«

»Total«, sage ich und er lacht auf diese tiefe Noah-Art, die in mein Hirn eingebrannt ist, seit ich es das erste Mal gehört habe. »Aber ich habe dich auch vermisst.«

Wir stehen so nah beieinander, dass kaum ein Luftzug zwischen uns passt – und ich habe dieses starke Gefühl, dass ich ihn gleich küssen werde –, als die Ladenglocke noch einmal klingelt und Rhea reinkommt für die Nachmittagsschicht. »Entschuldige die Verspätung«, sagt sie. »Ich hab im Stau gesteckt.«

Ich trete lachend von Noah weg, weil es in High Springs so gut wie nie Stau gibt. »Ich werde fünfzehn Cent von deinem nächsten Gehaltsscheck abziehen müssen«, scherze ich und sie drückt mich an sich, um sich zu verabschieden. »Tut mir leid.«

»Geh nach Haus, du albernes Ding«, erwidert sie. »Und verbring einen glücklichen Sommer.«

»Du auch.«

Noah und Molly folgen mir aus dem Laden hinaus auf den Gehsteig. »Hast du Zeit für einen Spaziergang?«

Ich muss noch fertig packen, Abendessen kochen und Danny baden, aber da ich jetzt offiziell im Urlaub bin, besteht wohl keine Eile. »Jep.« Wir gehen die Hauptstraße entlang in Richtung der Bahnschienen und der beiden konkurrierenden Baumärkte, die einander gegenüberliegen. Hinter dem Bahndamm verkündet der Wasserturm, dass dies High Springs ist. Nachdem ich jahrelang von hier verschwinden wollte, habe ich endlich meinen Frieden mit dieser Stadt geschlossen. Das bedeutet nicht, dass ich bleiben werde, ich habe nur kein Problem mehr damit, dass es der Ort ist, aus dem ich komme und an den ich immer zurückkehren kann.

»Wie, ähm ... ist bei dir alles in Ordnung?«, fragt Noah ganz beiläufig, aber ich weiß, was er wirklich wissen möchte.

»Ich weiß nicht.« Ich zucke mit den Schultern. »Ab und zu habe ich Albträume und ich gehe zu einer Therapeutin, die mich wöchentlich daran erinnern muss, dass ich kein Monster bin. Und ich *weiß* das, aber man kann so was leicht wieder vergessen.«

Noah nickt. »Das verstehe ich.«

»Ich wusste, dass du es verstehen würdest. – Lindseys Eltern geben mir nicht die Schuld«, fahre ich fort. »Aber manchmal erwische ich Mrs Buck dabei, wie sie mich sonntags in der Kirche anstarrt, und dann frage ich mich, ob sie denkt, wie unfair es ist, dass ihre Tochter tot ist und ich am Leben bin. Wahrscheinlich denkt sie das. Ich tue es die ganze Zeit.«

»Ich dachte, allein zu sein würde mir helfen die Sache zu vergessen.« Noahs Stimme ist einen Augenblick lang heiser, doch er räuspert sich und klingt wieder normal. »Aber man kann auch zu viel allein sein. Man kann zu viel Zeit haben, um nachzudenken.«

»Hast du den Cougar noch?«

»Nein«, antwortet er. »Es kam mir nicht richtig vor, ihn zu behalten.«

»Tut mir leid.«

Er zuckt leicht mit den Schultern. »Es war nur ein Auto.«

Wir laufen weiter.

»Ich habe lange mit mir gerungen, ob ich kommen soll«, sagt Noah. »Ich war mir nicht sicher, ob du mich wiedersehen wolltest nach allem, was passiert ist ... aber ich habe immer bedauert, dass ich mich nie verabschiedet habe, und ich dachte, es wäre langsam Zeit, mich bei dir zu bedanken.«

Ich stoppe ihn gleich hier auf dem Gehsteig und küsse ihn. Der Kuss ist eine Mischung aus Vergebung und Hoffnung, Trauer und Verheißung. Und als er den Kuss erwidert, gewährt er mir dasselbe. Er gräbt die Hände in mein Haar, und als der Kuss zu Ende ist, halte ich sein T-Shirt mit beiden Händen fest umklammert.

»Gern geschehen.«

»O Mann«, flüstert mir Noah ins Haar. Gänsehaut breitet sich über meine Arme aus und ich habe das Gefühl, dass meine Zehen in meinen Stiefeln zerfließen. »Jetzt wünschte ich, ich wäre früher gekommen.«

»Ich auch.«

»Ich hab mich gefragt«, sagt er, als wir unseren Spaziergang fortsetzen. »Glaubst du, wir könnten noch mal von vorne anfangen? Es vielleicht ein wenig langsamer angehen lassen. Auf ein richtiges Date gehen und herausbekommen ...« Noah gestikuliert zwischen uns beiden hin und her, »... ob da wirklich etwas zwischen uns ist.«

»Ja.«

»Wann?«

»Was sagst du zu August?«

»Das ist zu weit weg.«

»Wir fahren heute Abend los, um den ganzen Sommer über zu campen«, erkläre ich ihm. »Wir, ähm ... meine Familie war ziemlich zerrüttet, als ich dich kennengelernt habe. Damals war mein Kopf voll schwammiger Träume und es gab nur diesen verzweifelten Drang, meinem Leben zu entkommen. Wir wissen beide, was dabei rausgekommen ist.«

»Ja.«

»Ich hab jetzt einen Online-Shop.« Es ist ein merkwürdiges Gefühl, eine gute Erinnerung an Matt MacNeal zu haben, aber wenn es schon sein muss, bin ich froh, dass es diese ist. Ich bin weit davon entfernt, meine erste Million zu verdienen, aber wenn Danny im Herbst in den Kindergarten geht, werde ich genug Geld für meine erste Reise zusammenhaben. Vielleicht nichts Großartiges wie Machu Picchu oder Fiji. Vielleicht einfach irgendwo nicht ganz so weit weg von zu Hause.

»Ich habe deine Website gesehen«, sagt Noah. »Sieht gut aus.«

»Es fühlt sich gut an, etwas zu tun und nicht nur davon zu träumen«, erwidere ich. »Und das ist unser erster gemeinsamer Urlaub als Familie, seit meine Mom gestorben ist. Da muss ich einfach dabei sein. Da will ich dabei sein.«

Noah wirkt enttäuscht, aber die Art, wie er nickt, und die braune Wärme seiner Augen drücken auch Verständnis aus. »Also, in Ordnung. August. Damit werde ich mich wohl abfinden müssen.«

Ich muss meine ganze Willenskraft aufbringen, um ihm nicht zu erzählen, dass mir – als ich die Nadeln aus meiner Wandkarte gezogen habe – die eine aufgefallen ist, die er von New York nach Montana umgesteckt hatte. Dass ich Dutzende von Stateparks angerufen habe, bis ich den einen fand, in dem Noah arbeitet. Der Typ, der ans Telefon ging, erklärte, dass Noah gerade als Guide auf Wandertour unterwegs war, und bot an ihm eine Nachricht von mir zu hinterlassen. Stattdessen buchte ich einen Campingstellplatz.

Noah verschränkt seine Finger mit meinen und mein Hirn und mein Mund fallen mir in den Rücken und pfeifen auf meinen Entschluss, ihn damit zu überraschen. »Vielleicht sehe ich dich ja auch schon in drei Wochen in Thompson Falls.«

Seine Augen leuchten, als er es kapiert, und ich kann nicht anders, als sein breites, strahlendes Lächeln – wie ein kleines Kind am Weihnachtsmorgen – zu erwidern. Ich muss einfach den Gefühlen Luft lassen, die zu groß sind für meinen Körper. Und während wir die Hauptstraße entlanglaufen und unser Glück offen auf unseren Gesichtern zur Schau tragen, kommt mir dieser eine Gedanke: Vielleicht ist das endlich die Perle.

Vielleicht auch nicht.
Die Zukunft wird es uns zeigen.
Aber, so oder so, es ist gut, einen Plan zu haben.

Anmerkung der Autorin

In meinem ersten Collegejahr belegte ich ein Literaturseminar, in dem wir Kurzgeschichten amerikanischer Schriftsteller lasen, darunter literarische Giganten wie Ernest Hemingway und F. Scott Fitzgerald. Die Geschichten zu lesen machte mir viel Spaß, doch wenn es um ihre Interpretation ging, versagte ich kläglich. (Das Internet steckte damals noch in den Kinderschuhen, daher gab es keine eigens dafür gedachten Websites, die das für mich hätten übernehmen können.) Wenn wir nach der Lektüre die Texte im Seminar besprachen, war ich meistens überrascht (und manchmal verwirrt), was mir im Gegensatz zu meinen Kommilitonen so alles entgangen war.

Eine meiner Lieblingsgeschichten – und eine, die mir in all den Jahren im Gedächtnis geblieben ist – war Fitzgeralds *Der Eispalast.* Sie wurde 1920 zum ersten Mal in der *Saturday Evening Post* veröffentlicht. An dieser Geschichte gefiel mir besonders gut, dass sie sich selbst umrahmte (ein Stilmittel, das ich mehr als einmal in meiner eigenen beruflichen Schriftstellerlaufbahn benutzt habe), doch vor allem begeisterte mich, dass Sally Carol Happers Kampf, als junge Frau ihren Platz in einer sich verändernden Welt zu finden, 1986 noch genauso relevant war wie 1920. Und dieser Kampf ist auch heute noch relevant.

Nachts am Fluss ist stark von *Der Eispalast* beeinflusst. Obwohl fast hundert Jahre Cadie und Sally Carol voneinander trennen, ähnelt sich ihr Werdegang sehr. Beide Mädchen möchten mehr vom Leben, verlieren bei ihrer Suche danach ein wenig die Orientierung und finden am Schluss doch wieder nach Hause. Fitzgerald wusste schon 1920, was wir heute wissen: dass es in einer Welt voller echter und imaginärer Monster schwer ist, eine Frau zu sein.

Und dass hinter einer Geschichte meist mehr steckt, als es auf den ersten Blick den Anschein hat.

Danksagung

Manchmal vergisst man leicht, dass Bücher nicht als schon völlig fertiges Produkt der Vorstellungskraft eines Schriftstellers entspringen. Hemingway (der übrigens denselben Verleger hatte wie Fitzgerald) soll einmal gesagt haben: »Der erste Entwurf ist immer scheiße«, womit er vermutlich Recht hatte. Deshalb bin ich Brett Wright so dankbar, dass er seine Gummistiefel angezogen hat und mit mir in dieses Abenteuer gewatet ist.

Es braucht ein ganzes Dorf, um ein Kind großzuziehen, heißt es und zu meinem Dorf gehören das ganze Bloomsbury-Team: Victoria Wells Arms, Kate Schafer Testerman, Suzanne Young, Cristin Bishara, Miranda Kenneally, Tara Kelly, Veronica Rossi, Kelly Jensen, Carla Black, Ginger Phillips, Anna Hutchinson, Gail Yates, die Mitarbeiter von Barnes & Noble #2711 in Fort Myers und die ganze B&N-Familie, einschließlich Tracy Vidakovich, Billy McKay und Brian Monahan. Ich hätte es ohne euch alle nicht geschafft. Vielen Dank.

Mein besonderer Dank gilt Lee County Sheriff Deputy Todd Olmer und Florida Wildlife Officer Guy Carpenter, die mich in die praktischen Details von Mord, Justiz und der Fressgewohnheiten von Alligatoren und Krokodilen eingeführt haben. Danke für die ekligen Geschichten, Todd. Und ich hoffe, dass meine

Darstellung von Naked Ed Watts so respektvoll und sympathisch geworden ist, wie ich es beabsichtigt hatte.

Mom, Jack, Caroline und Scott, ich liebe euch alle.

Und Phil ... dich liebe ich am meisten.

Zum Sterben schön

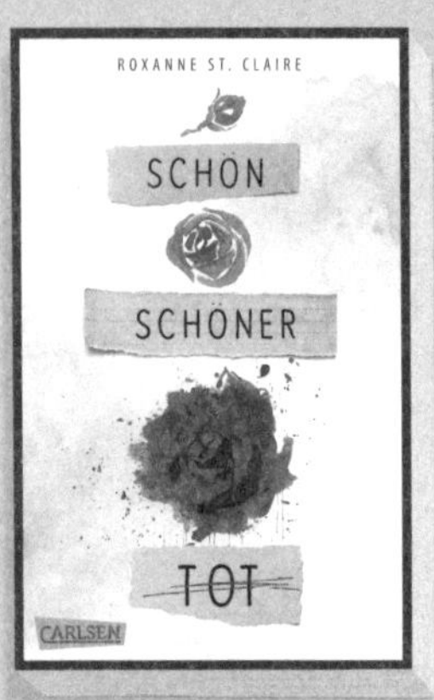

Roxanne St. Claire
Schön, schöner, tot
400 Seiten
Taschenbuch
ISBN 978-3-551-31618-9

Kenzie ist ein Latein-Nerd, schlau, ehrgeizig – und auf der Liste der zehn heißesten Mädchen der Schule! Sie versteht die Welt nicht mehr. Die Partyeinladungen häufen sich, alle wollen mit ihr befreundet sein und gleich zwei süße Jungs flirten sie an. Doch dann passieren mysteriöse Unfälle. Das erste Mädchen der Liste stirbt … kurz darauf Nummer 2. Alles nur Zufälle? Oder ein düsterer Fluch? Für Kenzie beginnt ein mörderischer Wettkampf gegen einen unsichtbaren Gegner. Und die Uhr tickt, denn sie ist die Fünfte!

CARLSEN

www.carlsen.de